Troublants baisers

—

D'amie à amante

KATHERINE GARBERA

Troublants baisers

Traduction française de
SOPHIA LIBRET

PASSIONS

HARLEQUIN

Collection : PASSIONS

Titre original :
THE WEDDING DARE

HARPERCOLLINS FRANCE
83-85, boulevard Vincent-Auriol, 75646 PARIS CEDEX 13
Service Lectrices — Tél. : 01 45 82 47 47 - www.harlequin.fr
ISBN 978-2-2804-8058-1 — ISSN 1950-2761

Composé et édité par HarperCollins France.
Imprimé en décembre 2022 par CPI Black Print (Barcelone)
en utilisant 100% d'électricité renouvelable.
Dépôt légal : janvier 2023.

MIXTE
Papier issu de sources responsables
FSC® C159065
FSC www.fsc.org

Pour limiter l'empreinte environnementale de ses livres, HarperCollins France s'engage à n'utiliser que du papier fabriqué à partir de bois provenant de forêts gérées durablement et de manière responsable.

- 1 -

Le ciel était d'un bleu pur et le soleil brillait de mille feux. Pour la plupart des gens, se trouver à Nantucket par une si radieuse journée de juin constituait un vrai bonheur. Mais pour Logan Bisset, venu sur l'île pour assister au mariage de Nick Williams, son rival en affaires, ce moment était bien loin de ressembler à une partie de plaisir.

Une fois arrivé dans le vaste cottage de sa grand-mère, Logan constata que ses frères, plutôt que de se mêler aux invités, étaient en grande discussion dans le bureau : Sa cousine Adler Osborn avait-elle enfin retrouvé la raison et rompu avec Nick ?

Toute sa famille s'était rassemblée à Nantucket pour les noces d'Adler, fille de la rock star Toby Osborn et de la tante de Logan, Musette, morte quand la jeune femme n'avait que deux ans. Adler avait été élevée auprès d'eux après le décès de sa mère et était comme une sœur pour Logan, ses frères et sa sœur.

Mais, pour ce qui était de Nick Williams, les choses étaient bien différentes aux yeux de Logan. Depuis aussi loin qu'il pouvait s'en souvenir, Nick et son père, Tad Williams, avaient été des rivaux de Bisset Industries. Il ne pouvait supporter cet homme, qui essayait toujours de prendre le dessus sur lui.

Et pour tout dire, s'il était arrivé si tardivement à

Nantucket, c'était parce qu'il avait voulu marquer un point contre Nick en rachetant un brevet intéressant son rival au plus haut point.

— Que se passe-t-il ? demanda Logan à son frère Zac, arrivé sur place depuis plusieurs jours déjà en compagnie de sa nouvelle petite amie, la témoin de la mariée, Iris Collins.

— Papa vient de reconnaître qu'il a eu une liaison avec Cora Williams il y a trente-cinq ans. Nick est notre demi-frère, répondit Zac en lui tendant un verre de whisky soda.

— Tu te f… fiches de moi ? s'exclama Logan.

Il n'avait nullement besoin d'un autre frère. Il en avait déjà trois – en plus de Zac, il y avait Leo, lui aussi plus jeune que lui – qui avait quitté Bisset Industries pour créer avec succès sa propre entreprise – et leur aîné, Dare, sénateur des États-Unis. Leur petite sœur Mari, fiancée au pilote de Formule 1 Inigo Velasquez, retenu par une course en ce week-end, complétait la fratrie.

— J'aimerais que ce soit une plaisanterie, mais ce n'est pas le cas. Maman est… disons, très perturbée. Cora et son mari sont avec elle.

— Et Papa est avec Carlton, intervint Dare.

Logan n'était pas surpris que son père ait fait venir sur l'île Carlton Mansford, son assistant et l'homme chargé des relations publiques de la famille.

— Suis-je le dernier à apprendre la nouvelle ? demanda Logan.

— Mari ne va pas tarder à nous rejoindre mais je lui ai déjà envoyé les détails quand elle était sur le ferry, dit Leo.

— Les détails ? Ne veux-tu pas formuler les choses

clairement, comme un adulte ? cingla Logan que la colère rendait d'humeur querelleuse.

— Merci pour tes conseils, Papa junior. Devons-nous attendre des surprises de ta part également ? répliqua Leo.

Logan bondit vers son frère, les poings serrés. Une petite bagarre ne lui déplairait pas ; ce serait le moyen idéal d'exprimer toute la colère qui enflait en lui à la pensée que Nick Williams soit leur frère.

— Cessez, s'il vous plaît, lança Dare en saisissant les épaules de Logan pour le repousser. La dernière chose dont Maman a besoin en ce moment est que nous nous battions.

— Tu as raison, répondit Logan en s'écartant de lui et en se tournant vers la fenêtre derrière laquelle se déployaient les magnifiques jardins vers l'océan.

Sa famille.

Elle avait fait de lui l'homme qu'il était, mais ses rapports avec elle n'étaient pas toujours aisés. Néanmoins, il se sentait fier qu'on dise de lui qu'il possédait la ténacité de son père et le charme de sa mère.

— Comment va Maman ? demanda alors Dare à Zac, le seul d'entre eux ayant assisté au moment où la nouvelle de l'infidélité de leur père avait été révélée à leur mère.

— Elle avait l'air brisée, répondit Zac. Je ne voulais pas la laisser seule avec Papa, mais il a refusé de quitter la pièce.

— Même s'ils devaient avoir une terrible dispute, jamais il ne lui ferait de mal, dit Logan.

— Ne jamais lui faire de mal ? lâcha Zac d'un ton sardonique. Et que dis-tu du fait qu'il ait couché avec une autre femme alors qu'elle était sur le point de te donner naissance de sorte qu'elle découvre une trentaine d'années plus tard que le fiancé de sa nièce est en réalité notre demi-frère ? Tu ne veux pas voir Papa tel qu'il est car tu veux être comme lui !

— Je ne veux pas être comme lui, je suis comme lui, rétorqua Logan. Et je contrebalance les côtés les plus durs de sa personnalité avec le charme dont j'ai hérité de Maman.

— Ou, du moins, c'est ce que tu essayes de faire, rétorqua Leo.

— Cherches-tu la bagarre ? tonna Logan.

— Peut-être. Même si je n'affiche pas un air sombre comme le tien, je ne veux pas de Nick Williams pour frère. Ce gars a une réputation presque aussi mauvaise que la tienne, Logan.

— Et maintenant, nous savons pourquoi, ajouta Dare. Mais il est victime de cette situation, tout comme nous. Et d'après ce que Zac a dit, il a semblé lui aussi interloqué quand l'annonce est tombée.

— Cette situation est un foutu b…, commença Logan.

— Surveillez votre langage, les garçons. Il y a une demoiselle ici, lança Mari en entrant dans la pièce.

Leur sœur, ses longs cheveux blonds flottant autour de ses épaules, semblait descendre d'un podium de la Fashion Week plutôt que du ferry. Elle affichait un sourire franc, qui semblait ne plus quitter ses lèvres depuis qu'elle était tombée amoureuse d'Inigo Velasquez.

Tout le monde se tourna pour l'accueillir.

— Ainsi Papa a encore frappé, dit-elle. Je savais bien que cette liaison pour laquelle il s'est fait prendre avant ma naissance ne pouvait être la seule.

— Qu'allons-nous faire à propos de Nick ? demanda Dare.

— J'ai dîné avec lui l'autre soir, dit Zac. J'irai le voir pour tâter le terrain et voir ce qu'il veut.

Oui, bien sûr, il leur faudrait voir ce que voulait Nick, songea Logan.

Il était arrivé à Nantucket prêt à se montrer aimable durant tout le week-end envers son ennemi juré. Uniquement parce que cette ordure épousait Adler. Elle était l'unique nièce de sa mère et il adorait sa cousine, mais cela ne l'empêchait pas d'estimer qu'elle avait un goût terrible en matière d'hommes.

Cette pensée occupait toujours son esprit trois heures plus tard alors qu'il se trouvait au bar de l'hôtel. Les invités se regroupaient sur la plage autour d'un grand feu pour l'une des festivités du week-end, un barbecue de fruits de mer. Apparemment, le mariage était bel et bien maintenu malgré les derniers événements. Logan se tenait assis, un air maussade sur le visage, quand il aperçut Quinn Murray.

Il avait eu une relation avec elle à l'époque où tous deux fréquentaient l'université. Et elle était également la productrice chargée de filmer le mariage de la célébrité qu'était Adler pour un réseau de télévision. Il ne s'était pas attendu à ressentir quoi que ce soit en la revoyant. Mais voilà qu'elle se trouvait là, à quelques pas, traversant le hall de l'hôtel avec une indéniable assurance. Elle était reconnaissable entre toutes avec ses longs cheveux roux et ses splendides yeux bruns, un regard qui lui avait toujours fait comprendre qu'elle n'était pas dupe quand il employait de belles paroles pour charmer son auditoire. Et bien sûr, avec ce corps menu aux courbes exquises qu'aucune de ses conquêtes ultérieures n'avait pu lui faire oublier.

Elle exerçait sur lui une fascination indéniable. Et même s'il n'aimait pas l'idée de ne pas être complètement maître de lui-même dès qu'il s'agissait de Quinn, en cette soirée, alors que son univers semblait vaciller sur ses bases, cette dernière avait le pouvoir de lui offrir une distraction bienvenue.

Il ne se faisait pas d'illusion, elle ne le rejoindrait pas entre ses draps – il n'aurait pas ressemblé à Quinn d'agir de la sorte – mais elle lui permettrait pendant quelques instants d'oublier ses tracas. Il demanda au barman d'inscrire ses consommations sur sa note et la suivit à l'extérieur, dans la chaleur de la nuit estivale.

Quinn se trouvait déjà sur le sentier menant au rivage. Elle marchait d'un pas alerte, comme si elle était pressée. Mais à vrai dire, quand ne l'était-elle pas ? Elle était tout aussi ambitieuse que lui et n'avait jamais rien laissé la détourner de ses objectifs – pas même leur brève relation amoureuse. Elle l'avait jugé trop opiniâtre pour elle, mais elle s'était toujours montrée aussi déterminée que lui.

Au moment d'atteindre la plage, Logan aperçut Zac et Nick qui chantaient, à moitié ivres, face à Adler et Iris.

La dernière chose dont avait envie Logan était d'apprendre à mieux connaître son nouveau demi-frère. Nick et lui étaient les pires rivaux en affaires, chacun essayant en permanence d'avoir le dessus sur l'autre. Zac, quant à lui, revenait tout juste d'Australie, où ce passionné de voile s'entraînait pour la Coupe de l'America. Il avait, durant la semaine écoulée, entamé une relation avec Iris, une femme intelligente et sophistiquée qui semblait littéralement le subjuguer. Logan secoua la tête comme pour s'éclaircir les pensées.

Comment gérer la question de Nick ?

Comment se montrer cordial envers un homme dont il venait de ruiner un projet de contrat ? Comment convaincre tout le monde qu'il avait mis son plan en branle depuis longtemps déjà et que celui-ci ne pouvait être stoppé ? Comment diable…

— Il paraît que tu as un nouveau frère ? lui lança Quinn, venant ainsi interrompre le cours de ses pensées. Voilà une nouvelle qui a dû te déstabiliser, non ?

Le regard de Logan se posa sur la splendide jeune femme. Dans la faible lueur des flammes il pouvait à peine distinguer les taches de rousseur qui parsemaient ses joues et son nez.

— Oui, ce n'est pas un problème que je m'étais préparé à affronter aujourd'hui, en effet, répliqua-t-il d'un ton acerbe. Pourquoi un tel intérêt ?

— Je voulais juste savoir si tu étais secoué, énervé ou si tu avais déjà pris la mesure de la situation et élaboré un plan pour y faire face. Alors, dis-moi, comment te sens-tu ? demanda-t-elle en s'installant près de lui sur l'un des sièges disposés par le personnel de l'hôtel sur la plage.

Cela faisait des années qu'il n'avait laissé personne être trop proche de lui. La plupart du temps il préférait ne se fier qu'à son propre avis.

— Je vais bien, merci.

— Je n'y crois pas une seconde, dit Quinn en posant sa main sur la sienne.

Une sorte d'étincelle électrique traversa Logan à ce contact, une étincelle qui finit son chemin tout au bas de son ventre. Il avait beau avoir besoin de distraction, il savait qu'avec Quinn les choses n'étaient jamais simples. Elle était sexy en diable et mettait tous ses sens en éveil, il en avait toujours été ainsi.

Il s'agissait toutefois d'une femme complexe et bien réelle, et non d'une inconnue croisée dans un bar et qu'il pourrait conduire jusqu'à sa chambre le temps d'une nuit. Il appréciait Quinn, la respectait, et elle était très amie avec les femmes de sa famille. Mais, même si cela ne pouvait mener nulle part, il retourna sa main et fit courir ses doigts le long de son poignet puis de son bras.

Quinn frémit et se pencha plus près. Elle portait toujours ce parfum aux notes de vanille dont il avait gardé le souvenir. Elle inclina la tête sur le côté et l'observa attentivement. Il ignorait ce qu'elle lisait en lui mais il savait qu'en cette soirée il n'avait nullement envie de son approche pragmatique. Ce dont il avait besoin était de croire qu'il offrait de lui la même image qu'avant la révélation sur ses nouveaux liens de parenté.

Il s'avança donc lentement vers Quinn pour voir si elle lui permettrait de l'embrasser. Elle passa sa langue sur ses lèvres, porta sa main sur son épaule et s'approcha à son tour. Dès que leurs bouches se frôlèrent, Logan mit de côté les soucis du jour pour savourer ce baiser, un baiser qu'il semblait avoir attendu durant les dix dernières années. Il oublia tout sauf Quinn Murray et le fait qu'elle l'embrassait ainsi qu'elle faisait toute chose dans l'existence. Avec passion. Peut-être avait-il consacré trop de temps à ses affaires et pas assez à cette part de lui-même, se surprit-il à songer.

Logan amena alors Quinn Murray, l'unique femme à laquelle il n'avait jamais pu résister, à se lever de son siège et à venir s'asseoir sur ses genoux pour prolonger et intensifier ce délicieux moment. Elle enfouit ses mains dans ses cheveux, et le tint tout près d'elle. Il avait trouvé dans cet élan fiévreux la distraction qu'il recherchait. Du moins pour le temps de cette soirée, il décida qu'il n'avait besoin que d'une chose : faire plaisir à cette femme.

Logan. Il avait toujours été le seul problème qu'elle n'avait jamais réussi à régler. Le seul homme qu'elle ne pouvait pas simplement reléguer dans le passé. Il était sexy, c'était indéniable, avec ses cheveux blond foncé, sa mâchoire carrée, ses yeux bleu glacier et son corps si musclé.

Au temps de l'université, il avait été exaltant d'être avec un homme si déterminé à réussir, mais elle avait rapidement réalisé qu'il ne cessait de vouloir rivaliser avec elle à tout propos. Et si elle avait apprécié ce défi dans un premier temps, bientôt la compétition ne s'était plus limitée à savoir qui avait obtenu les meilleures notes. Elle avait concerné presque tous les aspects de leur existence. Et quand elle avait pris conscience du fait qu'aucune victoire ne suffirait jamais à Logan, elle était partie. Mais une part d'elle, celle qui s'était empressée de s'installer sur ses genoux, après neuf longs mois sans personne dans sa vie… avait envie de lui, même si ce n'était qu'à la faveur de la perspective de ce long week-end passé à Nantucket.

Ce baiser était délicieux. *Addictif.* Jamais aucun homme ne l'avait aussi bien embrassée. Il y avait quelque chose de langoureux et de terriblement sensuel dans sa manière de faire. C'était indéniable : la passion entre eux ne s'était pas évanouie après toutes ces années. Et même si elle eut préféré qu'il en soit ainsi, elle ne pouvait s'empêcher de se sentir heureuse d'éprouver de nouveau de telles sensations.

Quinn aimait se trouver dans ses bras, sentir son érection sous sa hanche et ses mains vagabonder le long de son dos. Mais elle savait que tout cela n'avait rien de réel. Elle ne se leurrait pas : si Logan agissait de la sorte, c'était pour oublier un instant que son rival et ennemi était son frère. Cela ne voulait pas dire toutefois qu'il n'avait pas allumé l'étincelle du désir en elle.

Elle détacha ses lèvres des siennes et plongea son regard dans ses yeux bleu glacier. La franchise, le désir absolu qu'elle y lisait trouvèrent un écho en elle. Elle avait toujours su voir au-delà de son arrogance et, en cette soirée, ce qu'elle déchiffrait au fond de ses yeux reflétait ce qu'elle désirait elle aussi.

Ils avaient besoin de cette nuit. Rien n'avait véritablement scellé la fin de leur relation, et ce week-end pourrait leur offrir l'occasion d'y mettre un point final. Juste une nuit de passion enfiévrée et, quand une nouvelle aube se lèverait, il retrouverait le chaos frappant sa famille et elle retournerait préparer l'émission dédiée au mariage d'Adler.

— C'était inattendu, dit-elle.

— Et malvenu, selon toi ? demanda-t-il. Je sais que nous avons rompu il y a longtemps, mais il me faut être honnête envers toi, Championne : chaque fois que je te vois, je pense à t'embrasser.

Championne.

Il était le seul à l'appeler ainsi. Et cela faisait des années qu'elle n'avait pas entendu ce surnom.

— J'y pense aussi parfois, reconnut-elle.

— Mais pas plus que moi, pas vrai ? Je sais que je me suis montré excessif à la fin de notre relation et, bon sang, je le suis probablement encore…

Elle le percevait à sa manière de parler. Il voulait faire l'amour, mais ne voulait pas donner l'impression d'être celui qui le proposerait, au cas où elle refuserait. Ce qui signifierait perdre aux yeux de Logan. Ce qui les ramenait précisément à la raison pour laquelle leur relation n'avait pas fonctionné. Dès qu'il s'agissait de Logan, Quinn ne pouvait baisser la garde. Tout était toujours affaire de compétition.

— Ce baiser était torride et m'a agréablement rappelé le passé. Mais je crois que ni toi ni moi n'avons besoin des complications qu'entraînerait une nuit passée ensemble.

— Faut-il absolument que ce soit compliqué ?

— Je ne sais pas, mais tu te comportes comme si tu ne pouvais pas simplement admettre que tu as envie de moi, et, crois-moi, j'ai dépassé tous ces petits jeux.

Atteindre l'âge de trente ans avait fait franchir un cap à Quinn et elle ne voulait plus se voiler la face à propos de certaines réalités.

— De plus, être ton vilain petit secret ne m'intéresse pas.

— Cela n'aurait pas besoin de rester secret. Et quant à faire de vilaines choses avec toi…

Un frisson traversa Quinn. Cette idée ne lui déplaisait pas non plus.

— Pourquoi moi ? demanda-t-elle. Il y a une foule de femmes ici avec qui tu pourrais passer la nuit.

— Parfois je me réveille en nage après avoir rêvé de nous. Je sais que les choses n'ont pas marché mais j'ai toujours envie de toi, Championne. Ce désir ne s'est jamais éteint en moi. Et je ne suis pas sûr d'avoir la force de l'ignorer ce soir. Je n'essaye pas de te pousser à passer un moment avec moi. Si tu me dis non, je te laisserai partir, bien sûr. Mais je prie pour que tu dises oui parce que, après la journée que je viens de vivre, j'ai besoin de toi.

Il avait besoin d'elle.

Y avait-il au monde plus aphrodisiaque que ces mots ?

Pour les autres femmes, peut-être, mais qu'un homme tel que Logan ait besoin d'elle suffisait à fissurer la détermination de Quinn et à lui donner envie de céder aux pulsions qui s'étaient réveillées en elle dès l'instant où ses yeux s'étaient posés sur lui en cette soirée. Il était fort – un géant de l'industrie. Un homme qui scellait le sort de maintes entreprises et stupéfiait certains par sa détermination et, parfois, son arrogance. Mais en cette soirée, Logan Bisset, qui n'avait jamais eu besoin de rien ou de quiconque, avait besoin d'elle.

Et elle avait besoin de lui, elle aussi.

Elle avait besoin de se souvenir à quoi ressemblait d'être dans ses bras, besoin d'oublier toutes ces questions de compétition.

Elle se leva et tendit la main vers lui. Dans la lueur vacillante dispensée par le feu allumé sur la plage, Quinn ne put déchiffrer ce qui se lisait au fond de ses yeux bleu glacier. Mais elle sentit la chaleur de la main de Logan quand celle-ci se referma sur la sienne et qu'il l'attira entre ses bras. Elle inspira profondément les notes épicées de son parfum et ferma les yeux, tout en espérant ne pas commettre la plus grosse erreur de sa vie.

- 2 -

Sa peau avait l'odeur de l'été, du soleil brûlant et d'autre chose encore, qui évoquait la pureté. Quinn était le genre de distraction dont il avait envie. Elle connaissait ses défauts mieux que quiconque et elle n'attendait rien de lui. Il l'amena à se rasseoir sur ses genoux.

Mais quand il voulut l'embrasser, elle posa aussitôt ses doigts sur ses lèvres. Un geste qui propulsa une violente décharge de désir tout au bas de son ventre.

— Qu'y a-t-il ? demanda Logan.

— Es-tu certain que c'est ce que tu veux ?

La dernière chose – la toute dernière chose – dont il avait envie était parler. Il voulait simplement une nuit d'amour torride pour tout oublier.

Quinn se rapprocha encore et fit courir son doigt sur ses lèvres.

— Parler de ce qui se passe t'aidera sans doute.

— Je ne crois pas, Quinn. Je ne peux pas. Je peux m'envoyer en l'air. Je peux boire. Mais je ne veux pas parler.

— Tu te conduis comme un abruti, Logan.

— Je sais, je suis comme ça, dit-il avec sérieux.

Il plongea son regard dans les yeux bruns de Quinn et réalisa subitement qu'il était à deux doigts de passer cette nuit seul, à écouter son frère Zac chanter faux et à ruminer.

Quinn poussa un lourd soupir.

Sentant qu'il était sur le point de la perdre, Logan posa délicatement sa main sur sa cuisse et prit une profonde inspiration.

— Mais ne pense pas toutefois que je sois homme à céder facilement quand il est question de sexe.

Quinn rejeta la tête en arrière, riant si fort que tout son corps trembla, et Logan sourit en réalisant qu'il avait suscité cette réaction. Après une journée de colère et d'incertitude, c'était de cela qu'il avait besoin.

Il avait besoin d'elle.

Bon sang.

Juste pour ce soir, se promit-il à lui-même.

Il était Logan Bisset. Il n'avait besoin de personne. Et encore moins d'une jeune femme rousse aux courbes affriolantes et à la détermination sans faille qui l'avait toujours battu à son propre jeu. Mais à cet instant Quinn plaça ses mains sur ses épaules et se mit à cheval sur lui.

Elle baissa sa tête vers son visage, et ses mèches effleurèrent ses joues avant que sa bouche ne frôle la sienne. Son souffle était chaud et sucré, et il ne put s'empêcher de placer ses mains sur ses hanches comme pour s'assurer qu'elle ne partirait pas.

Quinn inclina la tête sur le côté et leur baiser se fit plus profond, plus fiévreux. Il grogna en sentant son excitation grandir, et lutta pour garder le contrôle sur son corps. Il savait qu'elle n'avait pas envie de coucher avec lui. Il la respectait et n'insisterait pas. Mais un tel baiser, cela faisait une éternité qu'il n'en avait pas connu.

Il évitait généralement les femmes telles que Quinn, qui était capable d'allumer une foule d'émotions en lui et de susciter si résolument son désir. Les relations sans lendemain étaient bien plus faciles. Mais en cette soirée, alors qu'il se sentait comme anéanti et savait que le pire des répercussions liées aux révélations concernant Nick n'avait pas fini de se faire jour, en raison de ses propres actions – puisqu'il avait ravi un brevet au nez et à la barbe de Williams, Inc. – il avait besoin de cela. Il avait besoin d'elle.

Elle s'écarta légèrement. Leurs regards se croisèrent et il lut une forme de compassion dans ses yeux. Il s'agissait probablement de l'une des raisons pour lesquelles elle réussissait si bien dans son travail. Elle était déterminée et compétitrice mais aussi capable d'empathie, qualité dont il savait être dépourvu.

Je t'en prie, songea-t-il, ne me demande rien d'autre.

— As-tu plutôt envie de bourbon ou de bière, ce soir ? le questionna Quinn.

— J'ai envie d'alcool fort, reconnut-il.

— Du bourbon dans ce cas. Il y a un bar près du feu. Veux-tu aller chercher de quoi manger et boire ?

Non, pas le moins du monde. Mais il savait que s'il répondait qu'il voulait qu'ils regagnent ensemble sa chambre, elle partirait dans l'instant.

— Bien sûr. Mais sache que je n'ai pas l'intention de me perdre en mondanités.

— Vraiment ? dit-elle en lui adressant un clin d'œil tout en sautant de ses genoux. D'ailleurs, cela t'est-il déjà arrivé ?

Il se leva et prit la main qu'elle lui tendait. Quinn noua ses doigts aux siens avant de lever les yeux vers lui.

— Et ne crois surtout pas que c'est plus que de l'amitié.

Logan acquiesça d'un hochement de tête avant de demander :

— Pourquoi fais-tu cela ?

— Tu as besoin d'une amie ce soir. Quelqu'un avec qui tu peux te laisser aller et être toi-même, ce que tu ne peux pas faire avec ta famille pour l'instant.

— Merci.

— Ne me remercie pas pour le moment. Nous avons encore à affronter la foule autour du feu, l'avertit-elle.

Le feu autour duquel se trouvaient toute sa famille et un groupe d'amis de ses parents et de sa cousine. Seule sa famille proche et les enfants Williams toutefois connaissaient la vérité à propos de Nick pour l'instant.

Logan était capable de raconter des histoires et de garder des secrets mais il n'avait jamais été doué pour masquer ses émotions. Quand il était furieux, tout le monde s'en apercevait. Cela ne serait pas différent en cette soirée.

Une fois qu'ils se furent approchés du feu, ils notèrent que c'était à présent le père d'Adler, le rocker Toby Osborn, qui chantait l'un de ses tubes. L'une des phrases de la chanson parlait d'un chemin qui aurait été plus facile à emprunter en étant un homme meilleur et Logan se surprit à constater que ces mots résonnaient fortement en lui. Mais il chassa vite cette pensée.

Laissant Quinn un instant, il gagna le bar, commanda deux whiskys soda et, en se retournant, percuta Nick Williams. Le futur marié, son rival en affaires et, ainsi qu'il l'avait appris le jour même, son demi-frère. Les yeux de l'homme étaient injectés de sang et il semblait ressentir… la même chose que Logan. C'était pour Nick toutefois que le poids de cette révélation devait être le plus lourd, et si Logan avait été un homme meilleur, il aurait essayé de le réconforter. Mais au bout du compte, Logan était toujours l'homme qu'il était.

— Et merde ! s'exclama Nick. Bien sûr, il faut que je tombe sur toi.

— Je ne l'aurais pas mieux dit, répliqua Logan.

Nick lui adressa un petit sourire.

— Le seul côté positif de toute cette pagaille c'est que je sais que tu détestes cette situation autant que moi.

Logan se fit violence pour s'empêcher de sourire à son tour. Il n'avait jamais passé de moments avec Nick autrement que dans une salle de réunion à négocier et à proposer des offres concurrentes. Et l'espace d'un instant, il le regretta. Il y avait quelque chose de familier chez cet homme ; probablement cela était-il lié à cet ADN qu'il tenait de son père.

— C'est exactement ce que je pense, moi aussi, reconnut Logan. Laisse-moi t'offrir un verre.

— Tu peux rêver, riposta Nick. C'est moi qui t'invite.

— Tu organises déjà tout, je te rappelle que cet événement est le tien. Où est ta future épouse ?

— Elle écoute son père chanter, dit Nick en se redressant. Et elle attend sa boisson. Alors dégage, Bisset. Je ne veux pas la faire patienter trop longtemps.

— Tu prononces le nom Bisset comme s'il s'agissait d'une insulte, mais tu…

— Stop. Ne le dis pas à voix haute. Je ne suis pas prêt à l'entendre, en particulier de ta bouche, répliqua Nick.

Il écarta Logan de son chemin et ce dernier se laissa faire.

La situation avait beau être difficile pour lui, elle devait l'être davantage pour Nick. La famille s'était rassemblée pour son mariage et, la veille du jour où toutes les personnes de sa connaissance arriveraient sur l'île, il avait appris qu'il était le fils biologique de son rival en affaires, l'homme qui avait élevé son pire ennemi. Logan le regarda s'éloigner avant de pivoter sur ses talons pour aller retrouver Quinn.

Il savait qu'il était plus que probable que les choses empirent au cours des prochains jours, une fois que la nouvelle sortirait dans la presse, malgré tous les efforts de Carlton en matière de relations publiques. Et Logan réalisa qu'à un moment donné il lui faudrait jouer franc jeu auprès de son père et de Nick à propos du brevet qu'il avait acheté alors que son ennemi croyait pouvoir l'acquérir. Une forme de revanche aux yeux de Logan après que Nick avait remporté un marché qu'il convoitait trois mois plus tôt.

Quinn dansait sous la lueur de la lune près de Mari, d'Iris Collins et d'Adler. Logan se tint tout près, abrité par les ombres. Il avait envie de rejoindre les jeunes femmes mais savait qu'il ne devait rien faire. Il devait laisser Quinn aider Adler à s'adapter à la nouvelle qui l'ébranlait elle aussi. Sa cousine avait toujours été confrontée aux paparazzis et aux gros titres des tabloïds. Sa mère avait été la jeune compagne d'une célèbre rock star menant une vie de débauche. Puis, alors qu'Adler n'avait que deux ans, elle était morte d'une overdose, un événement qui avait attisé l'intérêt de la presse pour sa fille. Durant toute sa vie, Adler s'était battue pour rester à l'écart des projecteurs. Toutefois, elle désirait que son mariage soit télévisé. C'était pour elle une manière de reprendre le pouvoir sur les informations la concernant et d'éviter de faire les gros titres des tabloïds – du moins jusqu'à ce jour.

Jusqu'à ce qu'il s'avère que son fort respectable fiancé était le fils illégitime d'un rival de la famille Williams. La situation n'était-elle pas totalement insensée ?

Logan se demandait parfois si le sort ne se moquait pas cruellement de sa famille. Son père s'était certainement attiré un mauvais karma à cause de la façon dont il poignardait ses associés dans le dos et compromettait ses rivaux. Et, bien sûr, dont il avait trompé son épouse et leur avait menti à tous.

Logan se demanda s'il valait mieux que lui.

Il essayait de s'inspirer du caractère charmant et de la gentillesse de sa mère. Tentait avec force de contrebalancer sa nature impitoyable avec une certaine dose de douceur, mais les choses étaient loin d'être simples pour lui.

— Mon vieux, te voir broyer du noir comme cela me donne le cafard, dit Leo en s'approchant et en lui prenant un verre des mains. Il s'agit d'une fête. Même un fou de travail comme toi doit savoir ce que c'est.

— Cette boisson était destinée à quelqu'un d'autre, dit Logan.

— Personne ne voudra boire avec toi tant que tu auras cet air renfrogné sur le visage.

— Tu es si agaçant.

— Tu as besoin que quelqu'un te dise la vérité en face. Et si les autres y renoncent, moi, cela ne me dérange pas, répliqua Léo.

Logan sourit à ces mots.

— La même remarque vaut pour toi. Sais-tu que j'ai entendu parler d'une entreprise qui fabrique de la maroquinerie aux États-Unis et qui essaye d'attaquer ta part de marché ?

— Tu parles de cette petite propriétaire de boutique en ligne ? demanda Leo.

Logan acquiesça. Danni Eldridge commençait à susciter l'intérêt du monde des affaires, et l'un des membres du conseil d'administration de Bisset Industries avait suggéré à Logan qu'ils investissent dans son entreprise. Il avait rejeté sa proposition. Ils n'allaient pas acheter une société qui les mettrait en concurrence directe avec Leo. Ce dernier, après avoir débuté à petite échelle, avait développé grâce à sa présence sur Internet une affaire valant désormais plusieurs millions de dollars.

— L'engouement pour Danni Eldridge ne durera pas, asséna Leo. Il faut beaucoup de perspicacité et de détermination pour faire prospérer une telle affaire. Je ne crois pas qu'elle tiendra longtemps.

— Si tu le dis, répondit Logan.

— Je croyais que tu étais allé chercher des boissons pour nous deux ? lança Quinn en les rejoignant.

— Je t'ai volé ton verre, dit Leo. Je vais t'en chercher un autre.

Au moment où Leo tourna les talons, Quinn saisit la main de Logan pour l'attirer vers le feu.

— Veux-tu bien danser avec moi ?

— Oui, bien sûr.

Quinn avait vu Logan parler à son frère. Mais étant donné son humeur en cette soirée et le fait que Mari ait mentionné qu'ils s'étaient presque battus plus tôt dans la journée, elle avait jugé raisonnable d'interrompre leur échange. Et elle se réjouissait de l'avoir fait. Danser avec Logan était presque aussi bon que de faire l'amour avec lui. Et près de mille fois moins dangereux pour son cœur et son âme.

Ou du moins était-ce ce qu'elle croyait avant que Toby et son groupe n'entament un morceau plus lent, une ballade écrite après le décès de la mère d'Adler.

Quinn attira Logan plus près et ferma les yeux.

Il posa naturellement ses mains sur ses hanches et elle sentit son torse effleurer sa poitrine au moment où elle noua ses bras autour de son cou. Cela faisait plus de trois ans qu'elle n'avait pas dansé avec quelqu'un, s'estimant désormais trop âgée pour fréquenter les boîtes de nuit. Ce devait être la raison pour laquelle le moindre contact de la main de Logan propulsait de petits frissons à travers tout son corps.

Il se balançait contre elle au rythme de la musique, leurs deux corps retrouvant une harmonie toute naturelle. Ils avaient eu beau ne pas être en phase sur le plan émotionnel d'un point de vue physique, ils avaient toujours eu cette connexion particulière. Ce lien qui avait été si difficile à rompre.

Quinn le savait : En pareil instant, toute femme sensée tournerait les talons et s'en irait. Mais sous la pleine lune de cette nuit d'été, elle n'avait pas envie de faire ce qui était sensé. Elle voulait oublier tout pragmatisme, suivre les élans de son corps et profiter de tout ce que Logan pouvait lui offrir. Faire comme si elle pouvait simplement passer la nuit avec lui et le quitter ensuite sans en souffrir, même si tout au fond d'elle… *Tais-toi, veux-tu.* Elle repoussa toute pensée raisonnable dans un coin de son esprit.

Quinn voulait garder un souvenir plaisant de cette nuit, une nuit durant laquelle des personnes qu'elle aimait souffraient et luttaient pour trouver du sens à une vérité difficile à admettre. C'était un fait, August Bisset avait toujours cru qu'il était au-dessus des règles et ne s'était jamais inquiété de ceux que ses actions blessaient.

Ses yeux croisèrent ceux de Logan, et elle lut dans son regard sa douleur tout autant que le feu indéniable de son désir. Il avait besoin d'oublier et elle voulait une nuit de passion, une nuit qui ne se concentrerait pas sur les peines du passé mais uniquement sur cette harmonie physique qu'ils avaient toujours connue.

Et elle allait se saisir de ce moment.

Peu importe qu'il y ait des conséquences fâcheuses, elle les affronterait plus tard. Quant aux regrets, ils semblaient inévitables d'une façon ou d'une autre.

Quinn attira le visage de Logan vers le sien et l'embrassa sans l'hésitation dont elle avait fait preuve plus tôt, mais d'une façon qui disait *Prends-moi. Prends-moi maintenant.* Elle se mit à onduler plus franchement contre lui au rythme de la musique, et bientôt son cavalier l'imita.

La langue de Logan se mêla à la sienne et ses mains épousèrent la courbe charnue au bas de son dos pour l'attirer fermement contre lui. Ils dansèrent jusqu'à ce que la musique prenne fin, puis Logan baissa les yeux vers elle.

Une question brillait au fond de son regard. Il avait besoin d'entendre certains mots, besoin qu'elle lui dise clairement ce qu'elle désirait.

— Que dirais-tu de marcher sur la plage ? demanda alors Quinn. Allons quelque part où nous pourrons être seuls.

— Seulement si tu es certaine que c'est ce que tu veux. Je ne veux pas avoir à regretter demain matin.

— Je ne veux pas être une chose que tu regretteras.

J'ai envie de toi, Logan. Je veux un moment sans engagement. Seulement ce moment et cette nuit d'été.

— Moi aussi.

Il glissa sa main dans la sienne et la guida à l'écart du feu, s'arrêtant un instant pour attraper une couverture sur une pile préparée par le personnel de l'hôtel à l'intention des invités. Ils s'éloignèrent de la foule et de la musique. La nuit devenait plus sombre et la brise un peu plus vive à mesure qu'ils avançaient, mais Quinn sentait la confiance se renforcer en elle.

Durant trop longtemps elle avait ignoré le fait de ne pas avoir pu terminer les choses avec Logan ainsi qu'elle l'avait désiré. Elle lui avait posé un ultimatum – *arrête de transformer tout en compétition ou je partirai* – lors de leur dernière année d'université et s'était attendue à ce qu'il se conforme à sa demande. Mais il n'en avait rien fait.

Elle voulait se trouver une dernière fois entre ses bras pour enfin clore ce chapitre de son existence et laisser derrière elle sa relation avec Logan Bisset une fois pour toutes. Il était grand temps de le faire, et cette soirée semblait le moment idéal.

Un moment où ils pourraient simplement être Logan et Quinn et oublier le monde autour d'eux.

- 3 -

Plus ils s'éloignaient du feu, plus Logan paraissait détendu. C'était comme si, dans l'obscurité, avec seulement l'éclat de la lune pour éclairer leur chemin, il pouvait enfin baisser la garde. Une partie de Quinn, la partie qui, si elle devait être franche envers elle-même, l'aimait probablement encore un peu, se radoucit. Elle avait toujours pensé que le plus grand problème de Logan était qu'il croyait devoir être invincible. Elle savait qu'il ne changerait jamais. La part de sa personnalité héritée d'August Bisset prenait trop de place en lui pour que cela se produise.

La marche lui offrait en outre une occasion de réfléchir. Elle savait qu'il lui faudrait reprendre le cours de sa vie après ce moment. Car, pour son équilibre mental, elle ne devrait pas commencer à s'inquiéter du bonheur de Logan ou vouloir panser ses blessures.

Il s'arrêta et laissa la couverture tomber sur le sable à leurs pieds, puis il se plaça derrière elle, son torse contre son dos, et l'enserra de ses bras.

— Je nierai avoir prononcé ces mots s'il te prend l'envie de les répéter un jour, mais il m'arrive parfois d'être d'accord avec Zac. Je comprends parfaitement son amour de la mer. Il y a quelque chose d'apaisant à propos de l'océan qui pourrait me faire oublier tous mes problèmes.

La douceur de sa voix surprit Quinn.

Ce n'était pas le Logan avec lequel elle était sortie à l'université. Ce qui était à la fois une bonne et une mauvaise nouvelle.

— Pourquoi devrais-tu le cacher ? demanda-t-elle en posant ses mains sur ses poignets.

— Parce que je taquine toujours Zac à propos de sa vie de marin. Je sais qu'il est plus que cela puisqu'il dirige une équipe pour la Coupe de l'America. Mais c'est mon petit frère…

Elle secoua la tête. En tant que fille unique, elle n'avait jamais vraiment compris les relations qui unissaient frères et sœurs – en particulier au sein de la famille Bisset.

— Eh bien, je doute qu'il me sera donné l'occasion de lui parler, donc ton secret est en sécurité avec moi.

Il soupira à ces mots.

— Qu'y a-t-il ? questionna Quinn.

— Comment se fait-il que tu sois la seule femme à qui je parvienne à accorder ma confiance ?

— Je l'ignore. Mais je pense que nous ferions mieux d'aller retrouver les autres autour du feu plutôt que de nous attarder sur cette question.

Il vint se placer à côté d'elle. Tous deux se tenaient face aux eaux d'un noir d'encre mais le doux son des vagues nc paraissait plus aussi apaisant qu'il l'avait été un instant plus tôt. C'était ce que Quinn avait espéré éviter. Parler avec Logan ne l'aiderait en rien à tourner la page. Il ne changerait jamais. Ne deviendrait jamais l'homme qu'elle voulait qu'il soit.

— Ce serait plus sûr, en effet, dit-il. Mais je n'ai jamais été du genre à éviter un risque. Et si tu es toujours celle que j'ai connue, je sais que tu es comme moi.

Quinn poussa un petit grognement.

— Je ne suis plus cette femme, Logan, dit-elle dans un haussement d'épaules.

— Bien sûr que si, Championne. C'est pour cette raison que tu es avec moi sur cette plage et non au milieu de la foule près du feu. Et si tu es comme moi, tu te souviens combien nous étions bien ensemble.

C'était vrai, ils avaient été bien ensemble. Sur le plan physique, il y avait toujours eu cette étincelle entre eux. Il y avait quelque chose en lui qui l'attirait, tel un papillon de nuit volant vers une flamme, ignorant le danger pour avoir la chance de profiter du moment, ne serait-ce qu'un instant. Elle voulait tourner les talons et s'en aller. Elle avait trente ans. Elle était plus maline désormais ou, du moins, plus sage.

Plus sage.

Quelle pensée stupide. Elle avait envie de Logan et essayait de trouver une façon de le justifier.

Il se pencha, étala la couverture sur le sable, puis s'assit et leva les yeux vers elle tout en sortant une bouteille de bourbon de sa poche.

— Veux-tu boire ?

Elle fit non de la tête et songea à partir.

Mais au lieu de cela, elle prit place près de lui. Elle refusait de le laisser, au risque qu'il se soûle seul sur cette plage. En outre, son désir pour lui était indéniable. Elle avait oublié la puissance de l'attraction qu'il exerçait sur elle.

Et à si faible distance de lui, elle était incapable de lui résister. Mais elle se fit la promesse de faire les choses à sa propre manière. Et non selon les règles de Logan.

C'était pour elle-même qu'elle agissait de la sorte.

Quinn lui prit alors la bouteille des mains, puis la lui rendit après avoir bu une petite gorgée.

— La nuit, le ciel me paraît tellement plus grand et étincelant à Nantucket. Je me souviens de la première fois où je suis venue…

— Moi aussi. Tu étais si nerveuse à l'idée de faire la connaissance de Gran et elle t'a adorée dès que tu t'es rangée de son côté, dit Logan.

Elle sourit à ces mots, la relation complice qu'elle avait établie avec la grand-mère de Logan – toutes deux voyaient clair dans son jeu et n'hésitaient pas à le lui dire – lui avait manqué après leur rupture.

— Gran t'estime toujours énormément, dit Logan, comme s'il avait lu dans ses pensées. Elle adorerait te revoir.

— Nous ne sommes pas un couple.

— Je sais. J'imagine que c'est la raison pour laquelle nous parlons et buvons plutôt que de nous jeter l'un sur l'autre.

— Tout à fait.

Parler et boire.

Ce n'était pas ce qu'il avait envie de faire. Il voulait un moment de sexe qui lui permettrait de s'étourdir. Mais il était hors de question qu'il regagne la fête pour tenter de trouver une autre femme. C'était avec Quinn qu'il voulait vivre cela. Seulement Quinn.

Et cette dernière avait envie de parler.

— À quoi ressemble de travailler pour la télévision ? demanda-t-il, afin de respecter son souhait. Je croyais que tu voulais devenir réalisatrice de film.

Mais pour toute réponse, Quinn avala une autre gorgée de bourbon.

— Je pensais que tu avais envie de discuter, dit Logan à voix basse.

Il avait soudain l'impression qu'elle voulait que ce soit lui qui parle. Mais il n'évoquerait pas la question de son demi-frère. Ni maintenant, ni peut-être jamais.

— C'est vrai. Eh bien… j'apprécie de travailler pour la télévision. C'est plutôt exaltant de couvrir ces mariages de destination, lorsque les mariés organisent leurs noces dans de superbes endroits loin de chez eux. Et en parallèle, histoire de travailler durant les périodes creuses, je réalise une série sur les voyages diffusée sur YouTube.

Il se tourna vers elle.

— Tu sais que beaucoup me reprochent d'être drogué au travail. Eh bien, tu viens d'admettre que tu es comme moi.

— C'est une façon de voir les choses, sans doute. Mais le travail à la télévision sert à payer mes factures, et mes mini-documentaires me permettent de faire preuve d'une plus grande liberté créative. Cela paraît-il sensé ?

Ça l'était, en quelque sorte. Il ressemblait tant à l'esprit pragmatique de Quinn de réussir à exploiter son diplôme tout en trouvant une façon valorisante de réaliser ses rêves. Logan l'enviait. Elle travaillait en permanence, mais avait réussi à trouver une manière équilibrée et gratifiante de le faire. Contrairement à lui.

Il enfouit ses mains dans ses cheveux et leva les yeux vers la nuit étoilée. Son esprit ne trouvait pas la paix et la solution dont il avait espéré qu'elle le calme ne fonctionnait pas. L'air marin transportait jusqu'à lui le doux parfum de Quinn et ils se tenaient si près l'un de l'autre sur cette couverture… Mais elle voulait parler.

Et cela ne faisait que rendre les choses plus difficiles, en lui rappelant tout ce dont il s'était privé en la laissant partir. Serait-il un autre homme s'ils n'avaient pas rompu ?

— À quoi penses-tu ? interrogea-t-elle.

— Je me demande simplement si tu aurais rendu ma vie meilleure ou si j'aurais gâché la tienne si nous étions restés ensemble.

— Logan, cesse de te poser ces questions. Notre couple n'a été capable que de rivaliser encore et encore… Tu le sais et moi aussi.

— C'est vrai. Mais quand je t'entends parler, je suis tenté de croire que je pourrais être un homme meilleur.

— Tu es un homme bon. Pourquoi vouloir être meilleur ?

— Je ne sais pas. C'est juste que cette histoire avec Nick et Papa me déstabilise.

Oui, bien sûr, le railla sa conscience. Comme s'il n'avait pas passé les derniers mois à manigancer pour détruire tout ce que Nick Williams avait bâti au cours des dernières années. Comme s'il n'était pas un homme rancunier qui avait perdu une fois de trop, de sorte qu'il avait voulu frapper fort et, à présent… à présent il savait que lorsque ce qu'il avait fait pour mettre Nick en difficulté serait révélé, l'aventure extraconjugale de son père ferait pâle figure en comparaison.

— Tu es sûr que tout va bien ? demanda Quinn. Quand j'ai dit que nous pourrions parler et boire, j'imaginais quelque chose d'amusant.

— Comme quoi ? demanda-t-il. Discuter de nos vies comme dans un brunch entre filles ?

— Non, imbécile, dit-elle en lui frappant amicalement l'épaule. Comme deux amis qui se retrouvent.

Il pressa sa main.

— Cela me plairait. Parle-moi des vidéos que tu as réalisées. Comment ça a commencé ?

— Après t'avoir quitté j'ai accepté un travail sur un catamaran effectuant des croisières dans les Caraïbes et c'est là que m'est venue l'idée de faire des vidéos sur les voyages.

— Je suis content que quelque chose de bon ait résulté de notre rupture.

— Moi aussi. C'est en grande partie pour cette raison que je crains de faire l'amour maintenant, dit Quinn. Il ne m'a pas été facile de me remettre de notre séparation, Logan.

— C'est toi qui as rompu, lui rappela-t-il.

— Uniquement parce que je savais que tu n'arrêterais jamais de vouloir rivaliser avec moi. Je sais que cela paraît absurde mais le jour où tu as voulu savoir qui de nous deux serait servi le premier dans ce café avant d'essayer de me convaincre que, malgré nos résultats équivalents à un examen, tu l'emportais sur moi parce que tu avais rédigé plus de pages, eh bien… j'ai réalisé qu'il ne te suffirait jamais d'être ex aequo avec moi. Il faut toujours que tu sois numéro 1.

— Et qu'y a-t-il de mal à cela ? demanda-t-il.

— Rien, mais j'avais envie de quelque chose de différent.

Quelque chose qu'il ne pouvait lui donner. Au lieu de partager un moment passionné et sensuel avec lui, elle était en train de parler. Il était clair qu'aucun d'eux n'obtiendrait ce qu'il voulait.

Il ferait mieux de s'en aller. Juste se lever et partir.

Mais au moment où Logan amorça son mouvement, Quinn l'interrompit. Elle l'amena à s'allonger près d'elle sur la couverture et roula sur le flanc pour pouvoir lui faire face.

— Arrête, s'il te plaît, dit-il. Je ne peux pas faire ça. Je voulais me montrer détendu mais ce n'est pas moi. J'ai envie de toi. Je ne veux pas parler ou ressasser le passé. Je veux juste faire l'amour et peut-être te garder entre mes bras pour le reste de la nuit pour pouvoir faire comme si tout allait bien pendant quelques heures. Je sais que ce n'est pas ce que tu veux et je comprends ce que tu ressens. Mais je ne peux pas éteindre ce feu qui brûle en moi. Je n'en ai jamais été capable chaque fois que je me suis trouvé près de toi.

Mon Dieu.

C'était le seul point qu'elle n'avait jamais réussi à comprendre à propos de Logan. Il jouait pour gagner mais il se montrait toujours totalement honnête. Peut-être était-ce la raison pour laquelle il était si difficile de se détourner de lui. Elle savait que si elle restait, elle pourrait en souffrir, mais sa franchise lui donnait envie d'essayer. D'essayer de trouver une façon d'obtenir ce que chacun d'eux voulait.

— Je n'essaye pas de te rendre les choses plus difficiles, dit-elle.

— Je le sais. Laisse-moi partir. Tu pourras rejoindre la fête et je pourrai faire ce que je fais le mieux.

Quinn se demanda à quoi il faisait allusion, mais ne lui posa pas de question. Ils avaient déjà trop parlé et cela ne les avait pas fait avancer le moins du monde.

Subitement, elle s'assit à cheval sur lui et plaqua ses paumes sur ses épaules.

Elle lut la surprise sur son visage mais échoua à déchiffrer les émotions traversant son regard.

— Je veux faire l'amour, moi aussi. Je crois que j'essayais de le justifier à mes yeux mais la vérité est que beaucoup de temps a passé et que tu m'as manqué, Logan.

Il enserra sa taille de ses mains.

— Si ce n'est pas ce que tu veux vraiment… pars maintenant ou laisse-moi m'en aller.

Quinn lui donna alors un long baiser plein de fièvre, tandis que ses mains s'enfouissaient dans ses cheveux et le maintenaient sous elle. C'était comme si, pour un temps, elle avait tout contrôle sur lui.

La langue de Logan se mêla à la sienne, et leur baiser se fit bientôt plus profond. Elle s'était leurrée en imaginant qu'elle ne ferait pas l'amour avec lui sur cette plage.

Il s'agissait de Logan. L'unique homme qui la hantait toujours. Et elle avait besoin de faire l'amour avec lui comme une adulte pour cesser enfin d'idéaliser cette relation remontant à l'époque de l'université.

Quinn était certaine que le sexe avec lui serait aussi médiocre qu'il l'avait été avec tous les autres hommes rencontrés au cours des dernières années. Que quelque chose avait changé en elle et qu'il serait impossible de retrouver la fougue du passé. Mais elle comprit combien elle s'était trompée quand Logan glissa ses mains sous ses cuisses et se rassit, l'entraînant dans son mouvement. Elle sentit alors son ventre musclé se plaquer contre elle et elle noua ses jambes autour de sa taille. Il détacha ses lèvres des siennes et, l'espace d'un instant, posa son front contre le sien.

Quinn croisa son regard avant de refermer subitement les paupières. Les sensations étaient trop intenses. Elle sentait le corps de Logan l'envelopper tout entière, son souffle parcourir sa peau, et son torse collé à sa poitrine.

— Je sais ce que tu as dit, mais es-tu absolument certaine ?

Les blessures anciennes qui avaient si longtemps hanté son âme commençaient à s'apaiser. Il lui avait offert plus d'occasions de partir que ne l'aurait fait aucun autre homme.

— Je suis à l'endroit où je veux être ce soir, confirma-t-elle.

— J'en suis heureux, dit-il tout en faisant remonter le T-shirt de Quinn dans son dos.

Elle sentit la brise fraîche de la nuit balayer sa peau puis la paume chaude de Logan se poser au creux de ses reins.

— Prends-tu la pilule ?

— Oui. Et je suis en parfaite santé, j'ai fait un test dernièrement. Il n'y a donc aucune raison de s'inquiéter de ce côté-là.

— Moi aussi. Je viens d'effectuer la visite médicale nécessaire pour pouvoir conserver mon poste de directeur général, dit-il.

— Heureuse de l'entendre, ajouta-t-elle en posant une main sur son épaule.

Logan plongea son regard dans le sien et, à cet instant, quelque chose changea à l'intérieur d'elle. Elle s'était répété qu'elle agissait ainsi pour tourner la page et enfin pouvoir l'oublier et aller de l'avant, mais il y avait quelque chose à propos de cet instant qui semblait nouveau, différent.

Quinn repoussa cette pensée quand les doigts de Logan plongèrent dans ses cheveux, épousèrent le creux de sa nuque et l'attirèrent vers sa bouche. Son baiser était lent, plein de sensualité et de langueur. Il n'y avait pas de précipitation dans cet élan, et Quinn ne put s'empêcher de noter leur prudence mutuelle.

- 4 -

Si le bourbon n'avait pas vraiment calmé sa colère ni aidé à lui faire oublier quoi que ce soit, le contact des lèvres de Quinn sur les siennes y réussissait à merveille. Logan mit tous ses tracas de côté et concentra son attention sur la splendide et ardente jeune femme à la chevelure de feu qu'il tenait entre ses bras.

Ses lèvres étaient fermement plaquées aux siennes et il se dégageait de ses cheveux, doux comme la soie, un exquis parfum de fleur d'oranger. Il la tenait délicatement mais n'avait envie que de la faire rouler sous lui et se laisser aller à son instinct. Mais il savait que ce serait trop.

Quinn aspira délicatement sa lèvre inférieure puis la mordilla légèrement tandis que Logan faisait courir une main le long de son dos tout en poussant ses hanches contre elle.

Il voulait que cette nuit dure pour toujours et, pour cela, il lui fallait garder le contrôle aussi longtemps que possible sur ses sens. Car il ne se faisait aucune illusion, il n'aurait jamais plus que cette unique nuit avec elle.

Étant donné le désastre actuel de son existence, ce serait tout ce qu'ils pourraient jamais partager. Et ce moment était si exquis qu'il voulait s'enivrer de Quinn. S'abandonner au feu qui brûlait entre eux. Mais il voulait que le brasier flambe longtemps.

— Que fais-tu ? demanda-t-elle en caressant ses lèvres de son doigt et augmentant ainsi la fièvre de son désir.

— J'essaye de faire durer ce moment. Mais bon sang, ma belle, j'avais oublié quel effet tu me fais.

Ses mots avaient eu pour intention d'être apaisants – pour lui. Mais il entendit dans sa voix gutturale le désir percer avec force et décida alors d'arrêter de freiner son élan. De cesser de faire comme s'il pouvait être quelqu'un d'autre que lui-même.

— Pas moi, répondit-elle tout en glissant ses mains sur son torse pour défaire les boutons de sa chemise, puis d'en écarter les pans afin de pouvoir déposer un baiser sur sa poitrine. Tu me rends plus brûlante de désir qu'aucun autre. D'une certaine façon j'espérais que le temps aurait atténué tout cela, mais…

Pas de chance, songea-t-il.

Il saisit le bas du T-shirt de Quinn et le fit passer par-dessus sa tête. Elle frémit quand l'air de la nuit parcourut sa peau, et il l'entoura de ses bras, l'attirant contre son torse pour la réchauffer. Ses pointes de seins dressées sous la dentelle de son soutien-gorge vinrent se plaquer contre la poitrine musclée de Logan. Elle noua ses bras autour de son cou, leurs yeux se croisèrent et, l'espace d'un instant, l'univers de Logan se résuma à Quinn. Elle ondula doucement contre lui et il sentit son érection se renforcer. Le contact lui arracha un grognement de satisfaction et il pressa sa main au creux des reins de Quinn, la guidant plus près encore, prononçant alors son nom d'un ton lancinant, répondant au rythme du mouvement envoûtant de ses hanches.

Quinn rit doucement. Elle vint déposer ses lèvres sur le cou de Logan, puis traça un chemin de baisers vers le bas de son corps tandis qu'il dégrafait son soutien-gorge et le faisait glisser le long de ses bras. Quand elle voulut ouvrir le bouton de son short, il arrêta son geste, plaça fermement ses mains autour de sa taille et l'écarta légèrement pour pouvoir l'observer. Sous la seule lueur de la lune et des étoiles, il pouvait à peine distinguer les détails de sa peau, mais il savait que son corps était couvert de taches de rousseur. Il taquina de son doigt la pointe de ses seins et les sentit s'affermir sous ses caresses. Puis il traça un chemin plus bas sur son corps, ainsi qu'elle l'avait fait avec lui, et vint jouer avec le piercing qui ornait son nombril, ce qui ne manquait jamais, ainsi qu'il s'en souvenait, d'attiser le désir de Quinn. Elle plaqua ses hanches contre ses cuisses et écarta légèrement les jambes. Il était prêt et voulait qu'elle le soit tout autant que lui.

Chaque caresse de Quinn l'amenait plus près des limites de sa résistance, et tous deux n'étaient même pas encore nus.

Il se demanda s'il rêvait et réalisa à cet instant que son désir pour Quinn l'avait hanté depuis leur rupture.

Logan n'était pas seulement entreprenant et déterminé dans sa vie professionnelle ; son caractère passionné s'exprimait dans chaque aspect de son existence. Et cet amant fougueux semblait avoir gardé en tête tout ce qui faisait bouillir le sang de Quinn, malgré les années écoulées.

Elle fit glisser sa chemise de ses épaules. Même s'il voulait aller lentement, elle était prête à le sentir en elle. Elle voulait ne plus penser à rien à part à cet homme et faire de cette nuit un moment qu'elle n'oublierait jamais.

Quinn abaissa sa main vers le bouton du short de

Logan mais quand il voulut la stopper de nouveau elle le repoussa. Elle le voulait *maintenant* et bientôt elle put commencer à caresser son sexe. Il poussa un grognement de plaisir.

— Oh ! bon sang, je ne vais pas pouvoir résister encore longtemps, Championne. Et je sais de source sûre que les femmes aiment que cela dure plus de trente secondes, n'est-ce pas ?

Elle ne put s'empêcher de rire à ces mots.

— C'est vrai, mais j'ai envie de te toucher. Et de te voir nu sur cette couverture.

— Alors, il faut que tu sois nue toi aussi. Question d'égalité, si tu vois ce que je veux dire.

— Voilà qui me convient très bien, répondit-elle tout en se levant et en se dévêtant tout entière.

Les mains de Logan glissèrent vers le haut de ses jambes tandis qu'il se redressait à son tour pour la rejoindre. Une fois debout il agrippa les courbes charnues au bas de son dos, l'attira vers lui et frotta son érection contre le centre de son être.

Il enfouit avec autorité sa langue dans sa bouche. Elle s'agrippa à ses épaules et réalisa qu'il ne plaisantait pas quand il disait risquer de ne pouvoir se maîtriser très longtemps.

L'amant doux et raffiné s'était transformé en un homme aux prises d'un désir fiévreux et elle adorait ça. C'est ce qu'elle attendait de lui. Qu'il cesse de jouer au gentleman quand elle savait que sous ses dehors civilisés battait le cœur d'un véritable guerrier. D'un homme qui se battait pour prendre tout ce que le monde – et pour ce soir, tout ce qu'elle-même – avait à lui offrir.

Le même élan passionné les animait. Elle referma sa

main sur son sexe et lui prodigua d'enivrantes caresses. Puis elle détacha sa bouche de la sienne et sema des baisers sur sa peau jusqu'à son torse. Elle mordilla le renflement de ses muscles et lui arracha un grognement de plaisir. Tandis qu'elle descendait plus bas sur son corps, les mains de Logan se glissèrent dans ses cheveux. Elle continua à le caresser de sa main, puis sa bouche se rapprocha de son sexe avant de l'y accueillir. Les mains de Logan descendirent alors vers ses seins et ses doigts se mirent à jouer sur sa peau tandis qu'elle intensifiait sa caresse.

Quinn se sentait prise par l'ivresse du désir, elle avait envie de lui dans l'instant, mais elle ne voulait cesser de lui faire subir les délicieux tourments auxquels elle se livrait. Il se recula cependant et s'agenouilla face à elle. Alors qu'ils se trouvaient ainsi face à face, il encadra le visage de Quinn de ses mains. Sous la faible lueur de la lune, elle peinait à déchiffrer son regard mais n'avait aucun doute toutefois quant à ce qu'il désirait. Il l'amena à s'étendre près de lui sur la couverture.

Elle voulut poursuivre ses caresses mais il saisit une de ses mains, puis l'autre, et les releva au-dessus de sa tête et tint délicatement ses deux poignets réunis. Elle se délecta alors de la vision de son corps viril, massif et conquérant. Le souffle court, il effleura son front, puis sa bouche et sa poitrine.

Puis son doigt vagabonda autour de ses seins avant de descendre plus bas. Il joua un moment avec son piercing avant d'appliquer sa paume plus bas, juste entre ses jambes. Il exerça une exquise pression, frottant sa main sur le point si délicieusement sensible, puis elle sentit ses doigts se faire plus aventureux et dispenser de nouvelles caresses plus intenses, plus précises. Les hanches de Quinn se soulevèrent vers lui : elle en voulait davantage. Mais il ne précipiterait rien. Il voulait l'amener lentement jusqu'à la limite au-delà de laquelle elle perdrait tout contrôle. Sentant l'orgasme approcher, Quinn tenta de libérer ses poignets ; elle brûlait du désir de faire courir ses mains sur le corps enfiévré de Logan. Mais au lieu de la relâcher, ce dernier posa ses lèvres sur les siennes et quand il glissa deux doigts à l'intérieur d'elle les vagues puissantes du plaisir suprême déferlèrent violemment au travers de son corps.

Logan craignit de ne pas pouvoir se maîtriser s'il ne la faisait pas sienne dans l'immédiat. Le spectacle de son orgasme, de sa perte totale de contrôle, était la vision la plus excitante dont il ait pu rêver. Elle avait toujours fait preuve de retenue. Jusqu'à maintenant. Il avait obtenu cette victoire, et, après une longue journée durant laquelle il avait eu le sentiment de n'avoir de pouvoir sur rien, c'était exactement ce dont il avait besoin.

Il se pencha sur elle et l'embrassa, poursuivant doucement ses caresses tandis que les vagues du plaisir refluaient lentement dans le corps de Quinn. Il la laissa libérer ses mains ainsi qu'elle le désirait, vint couvrir son corps du sien et sentit qu'elle était absolument prête à l'accueillir en elle.

Il hésita presque mais elle referma ses mains au bas de son dos, plaqua ses pieds contre la couverture et se souleva contre lui. D'une poussée franche, il s'enfouit tout au fond d'elle, tout en espérant ne pas lui avoir fait mal. Il lui laissa le temps afin que son corps s'adapte au sien puis se retira un peu avant d'entrer de nouveau en elle.

Tandis que les mains de Quinn caressaient son dos et que sa bouche était unie à la sienne, il se mit à balancer ses hanches de plus en plus fermement. Il sentait la vague du plaisir monter en lui irrémédiablement et brûlait d'envie de faire durer ce moment encore et encore, de lui faire connaître l'extase une nouvelle fois avec lui, mais il n'était pas sûr de pouvoir ralentir. Il glissa alors une main entre leurs deux corps fiévreux pour caresser la partie la plus secrète de son être. Les hanches de Quinn ondulaient avec fièvre au rythme de ses propres va-et-vient et bientôt le plaisir le foudroya. Elle détacha soudain ses lèvres des siennes et cria son nom au moment d'atteindre l'extase à son tour. Logan enfouit son visage dans le cou de Quinn tandis que le feu de son orgasme s'apaisait peu à peu. Puis il reprit lentement contact avec la réalité : Il se laissa rouler sur le côté, l'entraînant avec lui, blottie contre son épaule. Leurs souffles se calmèrent progressivement. Il savait qu'il devait dire quelque chose, qu'il lui fallait parler, mais il ne trouvait pas les mots.

Il n'avait aucune envie de gâcher ce moment en essayant d'expliquer ou de justifier quoi que ce soit. Tout ce qu'il voulait était la tenir contre lui sous ce ciel d'été constellé d'étoiles et ne penser à rien durant quelques minutes. Il sentit qu'elle déposait un baiser sur son torse puis qu'un frisson la traversait au moment où le vent se fit plus vif. Il saisit sa chemise de sa main libre, en entoura les épaules de Quinn, et elle leva la tête vers lui en souriant.

Au moment où leurs regards se croisèrent, il sut que les mots qu'il ne voulait prononcer étaient tout proches, prêts à franchir ses lèvres. Mais il n'était pas homme à formuler de fausses promesses et il savait que, tant que la vérité n'avait pas éclaté à propos de ce qu'il avait fait contre Williams, Inc., il ne pouvait lui demander de le laisser revenir dans sa vie. Il ne pouvait l'emmener avec lui parce qu'il se trouvait dans une voiture qui allait trop vite et n'avait pas de frein. Et cette nuit lui avait prouvé que Quinn comptait à ses yeux.

Elle avait calmé l'agitation de son esprit et lui avait offert la possibilité de reprendre son souffle au milieu de cette folle agitation. Elle avait rendu acceptable le fait d'oublier la réalité pour un court instant et il voulait… eh bien, quelque chose qu'il n'osait pas prendre, parce qu'elle méritait mieux.

Bon sang, cela avait toujours été le cas.

— Ne fais pas cela, dit Quinn.

— De quoi parles-tu ? demanda-t-il.

Mais il savait ce qu'elle voulait dire. Ce moment qui avait existé entre eux juste après l'orgasme s'était brusquement évanoui. Le monde réel avait réapparu autour d'eux et ils ne pouvaient plus l'ignorer.

— Ne réfléchis pas, Logan. Reste étendu avec moi juste un peu plus longtemps, dit-elle doucement.

Mais il perçut à sa voix qu'elle savait qu'il était trop tard.

Il détestait cette part de lui. Celle qui réussissait toujours à briser les choses même quand il essayait de faire attention. Il pouvait réaliser les plus grandes prouesses dans le monde des affaires, mais quand elles concernaient sa vie personnelle, il ne savait pas faire preuve de la moindre délicatesse. Cela lui apparut de manière on ne peut plus flagrante quand il entendit

Quinn soupirer avant de se redresser et de rassembler ses vêtements.

— J'ai besoin d'une douche. Veux-tu venir dans la maison que j'ai louée pour la semaine et te laver toi aussi ? demanda-t-elle. Ou préfères-tu retourner près du feu ?

— Je reste avec toi, Championne, si cela ne te dérange pas. Je sais que je…

Elle le fit taire en posant un doigt sur ses lèvres.

— Rentrons chez moi et nous pourrons parler, décortiquer la situation ou faire n'importe quoi d'autre qui te semble nécessaire.

Ils se rhabillèrent, et alors qu'elle allait se diriger vers le sentier courant vers l'hôtel, il l'arrêta.

— J'avais envie de te tenir contre moi et de tout oublier pendant un peu plus longtemps. Mais je ne sais pas faire cela, Quinn. Je t'en prie, ne crois surtout pas que je voulais que cela se termine ainsi. C'est juste que je ne sais pas comment faire…

— Arrête d'essayer de t'assurer que tu vas gagner, et tu y arriveras.

— Il n'était pas question de gagner quoi que ce soit, dit-il.

— En es-tu vraiment sûr ? demanda Quinn.

Il ne l'était pas, à vrai dire. À présent qu'elle soulevait la question, Logan réalisait qu'il n'avait pas voulu donner l'impression qu'il avait besoin d'elle plus qu'elle n'avait besoin de lui. Et Quinn Murray n'avait jamais eu besoin d'un homme – et en particulier de Logan Bisset.

- 5 -

Adler regardait son fiancé se soûler et se comporter... eh bien, comme l'homme dont elle était tombée amoureuse. Il ne le reconnaîtrait jamais mais il semblait se rapprocher de ses demi-frères et sœur. Les Bisset et les membres de la fratrie Williams prenaient exemple sur lui. La situation était peut-être plus simple pour les membres de la famille Williams qui avaient toujours su que Tad Williams n'était pas le père de Nick mais, bien sûr, apprendre que l'homme en question était August les avait tous déstabilisés.

— Il aura une gueule de bois terrible demain, dit Olivia, l'unique sœur de Nick, en rejoignant Adler après qu'Iris eut quitté le feu.

Quinn avait disparu, elle aussi, et Adler avait essayé de se comporter avec ses invités comme si elle n'était pas assaillie par une foule de questions. Elle sourit en voyant approcher la jeune femme qui s'apprêtait à devenir sa belle-sœur si ce mariage avait bien lieu.

— Sans aucun doute. Et j'ai le sentiment qu'il ne le regrettera pas, dit Adler.

— Je sais que moi, je ne le regretterai pas, en tout cas, répondit Olivia. Je l'ai enregistré alors qu'il chantait avec Zac tout à l'heure. Je vais avoir de quoi lui faire subir un terrible chantage pendant des années.

Adler se mit à rire. Olivia, la plus jeune enfant de la

famille Williams, avait des cheveux noirs raides qui encadraient son visage en forme de cœur, des yeux bruns, presque noirs et un regard franc. Si elle savait prendre du bon temps, elle était également réputée pour son sérieux. Elle était jeune – vingt-huit ans à peine – mais tout le monde savait qu'elle marchait sur les traces de Nick et serait une sérieuse concurrente pour le poste de directeur général s'il le quittait un jour.

— Tout va bien ? demanda-t-elle tout en prenant deux verres de vin blanc proposés par un serveur naviguant entre les invités et en tendit un à Adler.

— Bien sûr. Pourquoi n'en serait-il pas ainsi ?

Adler espérait de tout son cœur que le sentiment de panique qui l'envahissait ne sautait pas aux yeux de tous. Ce sentiment était né du fait d'avoir appris que Nick n'était pas celui qu'il pensait être. Et d'avoir réalisé que les médias s'en donneraient à cœur joie quand ils apprendraient que deux géants de l'industrie partageaient un lien de parenté avec lui. Il s'agissait du genre de scandale juteux que les tabloïds adoraient. Et elle avait toujours – *toujours* – détesté ce type d'attention médiatique.

— Nous appartiendrons bientôt à la même famille, dit Olivia. Après avoir passé ma vie entourée de frères, j'avais espéré que nous pourrions parler simplement, toi et moi, comme deux sœurs.

— C'est ce que je veux, moi aussi, dit Adler. Je n'ai simplement pas envie de gâcher ta soirée.

Olivia entoura ses épaules de son bras.

— Cela n'arrivera pas. Nous sommes presque sœurs et je suis là pour toi. Alors, n'hésite pas, parle-moi.

Adler la regarda un autre long moment avant de prendre une profonde inspiration.

— Je me sens au bord de la crise de nerfs. J'aimerais pouvoir me soûler, comme Nick, mais je sais que cela ne m'aidera pas, d'autant plus que nous devons filmer des scènes demain matin pour l'émission de téléréalité – projet que je ne suis plus sûre de vouloir poursuivre. Mais Quinn compte sur moi. Et peut-être vaut-il mieux prendre les devants et utiliser des médias qui donneront une vision positive des choses…

Elle s'interrompit, réalisant qu'elle était sur le point de faire la liste de toutes les peurs qui l'assaillaient.

Olivia secoua la tête.

— Je comprends. Nick boit parce qu'il ne sait pas comment gérer la situation. Mais adopter ce genre d'attitude ne te ressemble pas. Veux-tu que nous mettions un plan d'action au point ? Je suis douée pour cela et je veux t'aider autant que possible. Iris sera également prête à le faire. Tu n'as à te soucier que de ton mariage. Nous nous occuperons du reste.

Le mariage était l'une de ses principales inquiétudes. Pouvait-elle épouser un homme qui n'était pas celui qu'elle avait cru qu'il était ? Cette question la taraudait.

Adler savait que le mensonge n'était pas du fait de Nick, mais elle réalisait aussi que les événements allaient le changer d'une façon dont elle n'avait pas idée. Mais elle ne confierait rien de cela à Olivia.

— Tu as raison, reprit Adler. Je crois juste que tout cela est tellement inattendu que je me suis sentie submergée. Je ferai une liste et nous pourrons nous répartir les tâches.

— Parfait. Veux-tu l'établir dès ce soir ?

— Non, profitons de cette fête, dit la future mariée en riant. Je pense qu'une fois que la nouvelle sera connue, tout sera différent.

— Tu as raison. C'est le dernier moment où nous sommes seuls à savoir que Nick est à la fois un Williams et un Bisset. Toute ma vie, j'ai entendu Papa nous dire qu'August Bisset était le croque-mitaine et je crois que j'ai toujours cru ses paroles et pensé que ses enfants, en particulier Logan, étaient comme lui. Mais à présent que nous avons un lien…

Olivia laissa sa phrase en suspens à l'instant où Nick arriva en courant vers Adler, la souleva dans les airs et se mit à tournoyer sur lui-même.

— Je t'aime, Addie. Rien ne compte à part toi, dit-il avant de la laisser glisser le long de son corps et de lui prodiguer un ardent baiser.

Rien d'autre ne comptait. Adler voulait le croire. Mais peu importait ce qu'ils désiraient, quoi qu'il arrive le monde extérieur viendrait s'immiscer dans leur amour.

Quand Nick l'entraîna pour danser au moment où son père entonnait une nouvelle chanson, elle sentit qu'il réussissait à calmer ses craintes. Elle se remémora alors le conseil qu'elle avait adressé à Olivia et décida de savourer ce moment où tout semblait si parfait, parce qu'elle savait que cette perfection n'était, hélas, qu'une illusion.

Juliette Bisset était assise sur la terrasse, les yeux rivés sur la ligne d'horizon. Son époux se trouvait dans le bureau en compagnie de Carlton et tous deux étaient occupés à élaborer une sorte de plan. Tad et Cora Williams étaient partis une heure plus tôt et sa mère s'était retirée dans sa chambre. Elle était à présent seule, ses épaules entourées du châle dont elle avait enveloppé Logan en quittant la maternité après sa naissance. Elle inspira profondément.

Elle ne s'était jamais doutée que Logan, cet enfant que son cœur reconnaissait comme le sien, était en vérité le fils d'August. Voir Bonnie – Cora ! – en ce jour l'avait profondément déstabilisée.

Lors de cette nuit fatidique, quand elle avait fait la connaissance d'une jeune mère célibataire dans un petit hôpital rural, elle ignorait totalement l'identité du père du bébé – des bébés – de cette dernière. Mais aujourd'hui elle savait.

Il s'agissait d'August Bisset. Son propre époux.

Après toutes ces années, il lui avait semblé que cette histoire était définitivement enterrée. Elle avait gardé ce sombre secret enfoui en elle jusqu'à ce jour et, sans la moindre ironie, elle se demandait comment il avait pu lui échapper que Logan était le fils d'Auggie. Ils se ressemblaient comme deux gouttes d'eau.

Auggie, contrit, disait et faisait toutes les choses… qu'il avait toujours dites et faites au cours de leur mariage toutes les fois qu'elle avait découvert une autre de ses infidélités. Mais Juliette avait lu dans ses yeux une véritable tristesse cette fois-ci. Une émotion à laquelle elle ne s'était pas attendue. Leur mariage avait bien fonctionné depuis la naissance de Mari. Ils s'étaient lentement engagés sur la voie d'une relation dans laquelle ils se montraient francs l'un envers l'autre, et c'était ce qui la faisait le plus souffrir en ce jour. Auggie était enfin devenu l'homme qu'elle avait toujours voulu qu'il soit. La façon dont il s'était comporté envers elle depuis le moment où il avait été révélé que Nick était son fils en était la preuve.

Pourtant, elle savait que cela ne durerait pas.

Il était impossible, une fois qu'il aurait réalisé qu'elle lui avait menti à propos de Logan durant toutes ces années, qu'il puisse la pardonner. L'enfant qu'elle avait porté à l'époque était mort-né et elle avait passé un accord avec la mère seule qui s'était attendue à donner naissance à un seul enfant et non à des jumeaux. Un accord destiné à l'aider à sauver son mariage houleux. Mais ce retour dans le passé allait probablement non seulement ruiner son mariage mais aussi détruire sa famille. Comment avait-elle pu être aussi aveugle ?

La culpabilité la rongeait. Au sujet de ce secret qui lui avait semblé si innocent jusqu'à l'après-midi même, lorsque Cora Williams était apparue devant elle et qu'il s'était révélé qu'elle et Bonnie Smith n'étaient qu'une seule personne. La femme qui avait travaillé pour Bisset Industries tant d'années plus tôt, et qui avait eu une liaison avec August. Et avec laquelle Juliette partageait un secret qui pourrait signer sa perte.

Juliette n'avait en vérité jamais prêté grande attention aux affaires d'August, elle s'était concentrée sur ses propres responsabilités, celles qu'elle menait au sein d'œuvres de charité. Mais à présent elle le regrettait amèrement. Bon sang, elle avait même évité de rencontrer les futurs beaux-parents d'Adler parce que … eh bien, elle n'avait pas voulu que le comportement d'August vis-à-vis de son adversaire en affaires ne gâche les choses pour la jeune femme. Mais, à présent, elle s'en voulait terriblement… Bon sang, il y avait tant de choses qu'elle regrettait de ne pas avoir faites.

Et la liste ne débutait pas avec la question de cette rencontre avec la mère de Nick. Elle commençait dans cette chambre d'hôpital, en 1983. Dans cet endroit où elle avait rencontré Bonnie pour la première fois. Le travail avait commencé pour elles deux, et elles affrontaient un défi immense. Leur accord… la solution avait semblé si simple à l'époque. Juliette aiderait la femme démunie et sans compagnon qui venait tout juste de donner naissance à des jumeaux en finançant ses études et en lui accordant une somme d'argent pour qu'elle s'installe dans l'existence en échange de l'un de ses jumeaux. L'enfant devait remplacer le bébé mort-né qu'elle avait ensuite ramené à Nantucket et enterré dans une tombe anonyme dans le caveau familial.

Elle avait aimé Logan dès l'instant où elle l'avait tenu dans ses bras et l'avait toujours considéré comme son propre fils. Et l'arrivée de ce nouveau-né, de cet enfant dont tout le monde croyait qu'il était le sien et celui d'August, leur avait donné à tous deux un nouveau départ avant que l'attention de son époux ne se tourne de nouveau vers d'autres femmes.

Quelqu'un s'éclaircit la voix tout près et elle se tourna pour apercevoir August qui se tenait là, un plateau chargé de deux petits verres entre les mains. Il avait toujours une stature imposante malgré les années, une mâchoire puissante et un regard intense. Et les fils argentés qui parsemaient désormais ses cheveux autrefois noirs de jais ne faisaient que lui accorder un air encore plus distingué.

— Puis-je me joindre à toi ? demanda-t-il.

Sa voix chaude résonnait d'une sincérité touchante,

et elle ferma les yeux en sentant les larmes prêtes à jaillir de ses yeux.

— Chérie, je suis désolé, poursuivit-il. Je t'en prie, laisse-moi essayer d'arranger cette histoire.

Elle rouvrit les paupières et découvrit qu'il s'était approché et agenouillé devant son siège. Elle posa doucement sa main sur son épaule. Elle voulait le laisser arranger les choses mais elle était écartelée. Devait-elle tout avouer maintenant ? Les mots parviendraient-ils à franchir ses lèvres ? Elle était quasiment sûre que Bonnie, autrement dit Cora, ne dirait rien, mais s'il y avait une leçon à retenir de l'après-midi écoulé, c'était que les secrets avaient leur propre manière de sortir de l'ombre de façon fracassante.

— Tout va bien, dit-elle en posant sa main sur sa joue.

Il tourna la tête et l'embrassa avant de se relever et de prendre un siège près d'elle.

— Non, tout ne va pas bien. Je suis désolé. Je ne connaissais pas la vérité à propos de Nick et ne savais même pas que Bonnie avait été enceinte. Quel genre d'homme étais-je alors ?

Elle tendit la main vers l'un des verres.

— Un salaud d'égoïste.

— Entièrement d'accord. Je déteste l'idée de t'avoir blessée à deux reprises à cause de la même incartade. Tu sais que j'ai changé.

— Oui, je le sais, reconnut-elle. Ce n'est pas à moi de te pardonner. Comme tu l'as dit, cette incartade est une erreur sur laquelle nous avons jeté un voile il y a bien longtemps. Ce sont les enfants qui vont avoir du mal à l'accepter. En particulier Logan, qui déteste les Williams tout autant que toi.

Auggie but une gorgée de brandy tout en frottant l'arrière de sa nuque de sa main libre. Et en l'observant, Juliette vit ce qu'elle n'avait pas remarqué plus tôt : la tension dans son regard. Il vivait mal la situation. Jamais elle ne l'avait vu réagir ainsi.

— Tu te sens bien ?

Il secoua la tête.

— Non. J'ai un fils dont j'ignorais l'existence. J'ai passé des années en réunion avec lui et ne l'ai jamais reconnu… Comment est-ce possible ?

Juliette posa sa main sur la sienne et la pressa doucement.

— Tes yeux ne cherchaient pas un fils. Ils se posaient sur un rival et tu ne voyais donc que cela.

Il leva la main de Juliette jusqu'à ses lèvres et l'embrassa doucement.

— J'ai vraiment décroché le gros lot le jour où j'ai fait ta connaissance, Juliette. Je sais que je ne l'ai pas toujours montré mais tu es le plus grand trésor de mon existence.

Elle ne put retenir ses pleurs à ces mots. Il reposa son verre et l'amena gentiment à s'installer sur ses genoux. Il la serra contre lui et s'excusa. Mais elle savait que ses larmes n'étaient pas causées par ce qu'il avait fait, mais par les actions qu'*elle* avait accomplies et par l'impact qu'elles auraient sur sa famille et sur cet homme qu'elle aimait tant.

La maison louée par Quinn se trouvait à deux rues de celle de la grand-mère de Logan. Tous deux marchaient, main dans la main, tout en buvant de temps à autre une gorgée de bourbon. La plupart des habitations étaient plongées dans l'obscurité à cette heure tardive mais des airs de musique et des rires s'élevaient des jardins situés à l'arrière des demeures.

Quinn, sa chemise toujours posée sur ses épaules, avançait presque en silence. Quant à Logan, il voulait trouver les mots qui feraient paraître ce moment plus merveilleux qu'une simple aventure d'un soir. Il songea à sa mère, qui disait toujours qu'il fallait se montrer franc et direct.

— À quoi penses-tu ? demanda Quinn. Tu n'arrêtes pas de me regarder comme si tu voulais me dire quelque chose.

— C'est vrai. Mais je n'ai pas vraiment trouvé comment l'exprimer, reconnut-il.

— Dis simplement ce que tu as à dire.

Il sourit à ces mots.

— Ma mère dirait pareil.

— Ta mère t'a donné des conseils en matière de femmes ?

— Sans le vouloir. Ce n'est pas la première fois que nous sommes confrontés aux infidélités de mon père, tu sais. Quand j'avais dix ans, j'ai cru qu'ils allaient rompre pour de bon. Je me souviens d'un jour où elle travaillait dans le jardin et où Dare, Leo et moi sommes venus l'aider. Elle s'est tournée vers nous, une poignée de fleurs flétries dans la main gantée et les yeux débordant de larmes, et nous a dit : « Ne mentez pas. Ne mentez jamais à une femme que vous aimez parce que cela ne fait que rendre la vérité plus douloureuse. » Je n'avais pas la moindre idée de ce dont elle parlait.

— Alors, à propos de quel sujet essayes-tu de ne pas me mentir, lui demanda Quinn sans détour.

La magie de la soirée s'était-elle évanouie pour elle ? Logan sentait que son esprit était embrumé par le bourbon et il regrettait d'avoir gâché le moment tendre ayant fait suite à leur étreinte sur la plage.

— Je ne veux pas mentir à propos de quoi que ce soit. Je pense que nous savons tous les deux que ce moment de sexe ne ressemblait pas à ce que nous avions chacun prévu de vivre, mais j'ai l'impression qu'il s'agissait plus que d'une aventure d'un soir.

Bon sang, pourquoi parlait-il ainsi ? Il ferait mieux d'arrêter de boire, songea-t-il avant de jeter la bouteille dans la première poubelle qu'ils croisèrent en chemin.

— Ce n'était pas ce que j'avais prévu, reconnut Quinn. Mais je ne le regrette pas, sinon je ne t'aurais pas demandé de rentrer avec moi. Je sais que ta situation est difficile, Logan. Il faudrait que je sois vraiment stupide pour ne pas interpréter les faits tels qu'ils sont en réalité : nous avions envie l'un de l'autre et tu avais besoin d'une distraction.

Une distraction.

— Non. Enfin, oui, mais tu n'es pas qu'une simple distraction, dit-il tout en se frottant la nuque d'un air embarrassé.

Elle ouvrit la porte de sa maison de location et ils entrèrent.

Logan s'appuya contre le battant de la porte après l'avoir refermée derrière lui.

— Je regrette que nous ne l'ayons pas fait… avant…

Il s'interrompit. Avant quoi ? Avant qu'il ait entrepris de jouer un sale tour à son rival qui se trouvait également être le futur époux de sa propre cousine ? Non. Ce qu'il avait voulu dire, c'était avant qu'il soit devenu cet homme. Celui qu'il était à présent, qui ne laissait jamais personne prendre le dessus sur lui. Il regrettait... que certaines choses se soient produites. Que d'une manière ou d'une autre il ait été différent à l'université afin qu'eux deux aient... Non, il ne s'agissait pas de cela non plus. Il ne changerait l'homme qu'il était pour rien au monde. Il le savait.

— Hey, l'interpella Quinn. Ne nous mentons pas. Je veux finir de passer la nuit avec toi parce que je sais que toi et moi ne le ferons plus jamais de notre vie. Je veux donc profiter de chaque seconde jusqu'au lever du soleil. Et toi, que veux-tu ?

Ses yeux fixèrent Quinn. Il se demanda comment il avait pu avoir la chance qu'elle soit sienne. Elle était comme une oasis dans ce chaos furieux.

— Je veux la même chose que toi. Et peut-être également prendre une douche. Des grains de sable se sont glissés dans des endroits incongrus.

Sa remarque la fit éclater de rire.

— Moi aussi. Cet endroit dispose d'une grande salle de bains très bien équipée. Que dirais-tu de m'accompagner ?

Il la suivit dans la pièce et savoura la vision qu'elle lui offrit en se déshabillant tout en chantonnant. Sa tête bourdonnait, mais il était certain que c'était la présence de Quinn plutôt que l'alcool qui en était la cause.

Logan retira ses vêtements à son tour et la rejoignit dans la douche. Il prit tout son temps pour savonner son corps, faisant courir ses mains sur la peau constellée de taches de rousseur de Quinn. Au matin, quand il lui faudrait repartir, il voulait que cette nuit lui ait laissé des souvenirs pour une vie entière. Parce que, comme

Quinn l'avait dit, c'était ainsi qu'étaient leurs relations. Ils n'allaient pas retomber dans les bras l'un de l'autre.

Elle n'était qu'une simple distraction, et il savait qu'elle désapprouverait ce qu'il avait fait pour saper l'affaire qu'avait conclue Nick avant de savoir qu'ils étaient demi-frères. Elle n'approuverait pas son choix, songea-t-il. Un tel comportement était si typique de ce qui expliquait qu'ils ne soient plus désormais un couple.

Mais pour cette seule et unique nuit, rien de tout cela n'avait la moindre importance.

- 6 -

Logan n'était pas débarrassé de la gueule de bois héritée de la nuit précédente. Il balaya du regard le salon de Gran, scrutant les visages des différents membres de sa famille, et réalisa que les autres personnes présentes semblaient souffrir elles aussi. Sa mère ne semblait pas… elle-même. Son père, l'air sombre, se tenait assis dans un coin, avec à la main un cocktail que le majordome de Gran, Michael, avait préparé pour eux. Zac, quant à lui, avait une expression torturée. Il venait de se disputer avec Iris, la jeune femme qui l'accompagnait pour le mariage et qui était devenue sa petite amie, et il se trouvait dans une situation délicate.

Il s'avérait qu'une conversation privée qu'il avait eue dans le hall de l'hôtel, dans laquelle il reconnaissait qu'Iris l'avait initialement payé pour être son cavalier pour l'occasion, avait été filmée et que la vidéo était devenue virale. La jeune femme était furieuse contre lui, et Logan ne pouvait le lui reprocher. Cette histoire constituait également une autre bûche jetée dans le feu consumant lentement la réputation des Bisset.

Le seul côté positif était que ce problème offrirait à Logan une distraction bienvenue pour l'empêcher de penser à la situation concernant Nick Williams – et à Quinn. Mais son frère était dévasté. Ses sentiments pour Iris s'étaient révélés avec force au cours des derniers jours, et à présent ses chances de préserver leur relation étaient pratiquement nulles.

— Tout le monde est présent ? Pouvons-nous commencer ? demanda Carlton, l'air tendu.

Mari se glissa dans la pièce en remontant ses lunettes de soleil sur le crâne et en les scrutant

— Que se passe-t-il ? Quelqu'un est mort ?

Bon sang, Logan adorait réellement sa petite sœur.

— Hum, non…, répondit Logan. Zac a été filmé au moment où il disait qu'Iris l'a payé pour qu'ils apparaissent ensemble lors du mariage. Il y a eu certaines séquences et nos visages reflètent le choc.

— Bon sang, Zac, c'est une blague ? questionna Mari en prenant un des verres préparés par Michael.

Cela faisait bien longtemps que la famille ne s'était pas retrouvée réunie dans la même pièce. La famille au sein de laquelle Logan avait grandi et qu'il pensait si bien connaître jusqu'aux révélations de la veille.

— Qu'allons-nous faire ?

— Zac, tu dois t'excuser auprès d'Iris, dit sa mère. En toute franchise, cet événement va probablement permettre d'éloigner l'attention des paparazzis de Nick. Bien qu'Iris ne soit peut-être pas d'accord. Ensuite nous devrons être prêts à présenter un front uni en ce qui concerne l'histoire de … Nick.

— J'ai un communiqué prêt à être publié, intervint Carlton, et je pense qu'il aidera à calmer la plupart des spéculations. Je tiens à souligner que Cora Williams avait gardé secret le nom du père de Nick. Et que ce n'est qu'au moment où les protagonistes ont été contraints de se retrouver dans la même pièce qu'elle a reconnu la vérité. Nous devons continuer à insister sur le fait qu'il n'y avait pas de raison inavouée pour laquelle ce secret a été gardé. Dans cette histoire, il est seulement question de deux vies ayant pris des directions différentes.

Logan avait envie de croire que ce serait aussi simple, qu'une seule déclaration suffirait à décourager les paparazzis. Mais il savait qu'il n'en serait rien. Dès que l'affaire qu'il avait conclue au nez et à la barbe de Nick serait révélée dans la presse – et cela aurait lieu le lundi suivant – l'intérêt serait subitement ravivé.

— Parfait. Et qu'en est-il de nos affaires ? Allons-nous mentionner que Nick est le directeur général de notre plus grand rival ? demanda Logan.

— Et que Logan et lui se détestent mutuellement ? ajouta Leo. Je pense que la plupart des gens le savent déjà.

— Ta remarque ne nous est pas d'une grande aide, Leo, intervint Dare.

En tant que politicien, il était habituellement celui qui trouvait la façon la plus diplomatique de communiquer. Logan réalisa alors qu'il avait besoin des conseils de son grand frère avant que l'information ne soit publiée.

— Je ne fais que formuler le genre de commentaires qui apparaîtront sur les réseaux sociaux et auxquels nous devrons faire face, expliqua Leo. Carlton, tu sais t'y prendre à merveille avec la presse traditionnelle mais les influenceurs vont s'intéresser à Iris et Logan quand l'information tombera. Je pense que mon équipe de relations publiques, qui connaît bien ces interlocuteurs, pourrait aider Iris sur ce point.

— J'aime bien cette idée, dit Zac. L'échange est difficile entre nous mais je lui en parlerai.

— Parfait, répondit Leo. Papa,dois-je faire venir mon équipe de relations publiques ?

Son père jeta un regard à Carlton, qui hocha la tête en signe d'acquiescement.

August posa son verre et se leva, et Logan réalisa que le vieil homme prenait le contrôle de la situation.

— Tous ceux présents dans cette pièce ont un intérêt tout particulier à ce que cette histoire aille dans notre sens. Zac, ton commentaire et ta décision étaient regrettables. Mais nous allons t'aider à régler cette situation parce que c'est ainsi que notre famille fonctionne. Leo et Carlton travailleront sur le message à diffuser. Tout le monde doit sourire et s'y en tenir. Adler est l'unique nièce de votre mère – le dernier lien avec sa sœur – nous n'allons pas laisser quoi que ce soit gâcher son mariage.

Juliette se leva pour se placer auprès d'August. Elle semblait désormais pleine d'entrain, même si son sourire était moins éclatant qu'à l'habitude.

— Je m'assurerai qu'Adler est aussi bien protégée que possible. Son mariage doit être son seul objectif.

— Excellent, dit August. Logan, contacte Nick et essaye de voir si vous pouvez former une paire pour le tournoi de golf. Carlton fera en sorte que des photos de vous deux soient prises pour que nous puissions dissiper les craintes de nos conseils d'administration mutuels au fait que cette nouvelle va bouleverser.

— En quoi cela sera-t-il utile ? demanda Logan. La société Williams, Inc. ne cessera pas d'être notre rivale.

— Nous voulons paraître amicaux, répondit August.

— Je ne pense pas que ce soit le bon message à envoyer, dit Logan.

— Je viens de te dire que c'est le cas, répliqua son père.

— Tu n'es plus directeur général, Papa, lança Logan, mâchoire serrée. Nous devons en parler.

— Excellente idée, intervint sa mère. Vous deux pourrez en discuter lundi. Mais pour l'instant, concentrons-nous sur ce que nous pouvons faire pour réparer les dégâts liés à l'indiscrétion de Zac.

Iris semblait dévastée et Adler était à peine plus vaillante. Toutes deux avaient visiblement du mal à gérer les conséquences de leur proximité avec la famille Bisset.

Quinn préféra garder le silence au sujet de sa nuit passée avec Logan. En outre, constater l'impact que pouvait avoir tout lien avec les Bisset ne faisait que renforcer son envie de s'assurer que les événements de la nuit resteraient sans suite.

Toutes trois se trouvaient dans une suite privée de l'hôtel. L'équipe de tournage de Quinn s'était installée pour filmer les manucures et pédicures de la future mariée et de ses demoiselles d'honneur.

— Participeras-tu au tournoi de golf ce matin ? demanda Quinn.

— Oui, répondit Adler. Nick et moi ne voulons rien changer au programme. Enfin, je crois que c'est ce que nous voulons. Il dormait encore quand je suis partie, mais j'ai demandé à Olivia de s'assurer qu'il serait au golf club à l'heure prévue. J'ai vraiment peur que tout s'écroule.

— Moi aussi, dit Iris. Je suis sincèrement désolée, Adler, que toute cette histoire avec Zac ait fuité.

La future mariée serra Iris dans ses bras et Quinn les regarda toutes deux. Un jour plus tôt à peine elle aurait estimé que ses amies avaient tout. Un homme dans leur vie et une relation paraissant placée sous les meilleurs auspices. En réalité, cela ne faisait que démontrer qu'aucune relation n'était parfaite. Elle l'avait toujours su. Ses parents en avaient constitué le parfait exemple : deux personnes qui s'étaient mariées au comble de la passion avant de s'apercevoir qu'elles s'entendaient comme chien et chat. Mais elle s'était dit que si elle se comportait de manière plus intelligente – comme Iris et Adler – elle serait capable de trouver un homme qui pourrait être un véritable partenaire.

Bien que, bien sûr, tomber dans les bras de Logan n'ait pas fait partie de ce plan.

— Je suis désolée pour toi, dit Adler. Mais, en toute honnêteté, je pense que cela aidera à détourner l'attention du scandale que Nick soit un Bisset. Tout est tellement fou en ce moment. Nick fait comme si ce n'était rien mais il a grandi en détestant August. Quand il a découvert qu'il était mon oncle, j'ai cru que ce serait une cause de rupture. Et à présent il s'avère que cet homme est son propre père.

— Moi aussi, je suis désolée pour toi, reconnut Iris. Mais à vrai dire, même si je connais la famille Williams bien mieux que la famille Bisset, d'après ce que j'ai pu observer, elles ne sont pas si différentes dans le fond.

Iris était devenue amie avec Nick à l'université. C'était elle qui lui avait présenté Adler, sa camarade de chambre.

— Néanmoins, il est connu que Tad a toujours détesté August. Personne ne sait pourquoi… As-tu une idée à ce sujet, Adler ?

— Non. Enfin, Nick pense que son père et August

ont eu un différend avant sa naissance. Il est intéressant de noter que Tad ignorait que Cora avait eu une liaison avec August ou même qu'elle avait travaillé pour Bisset Industries, répondit Adler.

— C'est vrai. Je détesterais être à sa place en cet instant, ajouta Iris. Comment imaginait-elle ce qui se passerait quand Nick reverrait August ?

Adler secoua la tête et eut un léger haussement d'épaules.

— Je pense qu'elle croyait qu'August ne viendrait pas au mariage parce que lui et moi ne sommes pas proches et qu'il déteste la famille Williams autant qu'eux le détestent. Dans le cas contraire elle aurait tout fait pour l'éviter.

— Je la comprends, dit Quinn.

Des signaux sonores s'élevèrent alors de son téléphone. Des messages lui arrivaient, la plupart d'entre eux provenant du réseau de télévision qui l'employait et concernant les rumeurs scandaleuses liées à la situation à Nantucket.

— Adler, qui va publier une déclaration à propos de Nick ?

— Je crois qu'il y aura une communication, mais je n'ai pas les détails. Pourquoi ? demanda Adler.

— On me demande des infos. J'essaye de gagner du temps mais je vais devoir leur donner quelque chose.

— Laisse-moi envoyer un texto à Nick et voir ce qu'il sait, dit Adler en saisissant son téléphone.

Quinn jeta un regard vers Iris, qui se tenait raide et silencieuse.

— Iris, tout va bien ?

— Oui, bien sûr, dit-elle. Je surmonterai cette

épreuve même si les sites spécialisés dans les ragots s'en donnent à cœur joie. Zac ne cesse de s'excuser. Je crois qu'il serait prêt à dire n'importe quoi pour réparer sa faute, mais il est trop tard. Mari m'a assuré de son soutien mais certains des autres influenceurs avec lesquels je travaille m'ont tourné le dos.

Iris était une célèbre influenceuse. Elle avait initialement payé Zac pour qu'il se présente comme son petit ami parce que son fiancé avait rompu juste avant le mariage et qu'elle devait honorer des collaborations avec quelques marques durant le week-end.

Quinn se leva pour serrer son amie dans ses bras. Ainsi était la réalité du mode de vie qui était le leur. Quinn savait qu'elle ne serait pas une cible de choix pour les paparazzis mais qu'elle pourrait toutefois susciter leur intérêt en tant qu'amie d'Iris et d'Adler. Ce week-end cependant braquerait les projecteurs sur tous les invités et la seule façon pour elle d'y survivre serait de se montrer forte pour ses amies et de rester loin de Logan.

Il était au cœur de l'attention mais elle savait qu'il parviendrait à surmonter cette épreuve. Et même s'il détestait que la lumière soit ainsi dirigée sur lui, elle se répétait qu'elle ne devait pas s'en inquiéter, car il n'était pas son homme. C'était juste un garçon avec qui elle avait passé une nuit en souvenir du bon vieux temps. C'était tout.

Vraiment.

Et elle ne me permettrait pas qu'il en soit autrement.

Parce qu'alors elle pourrait se retrouver dans la situation de ses meilleures amies. Et qui pouvait avoir envie d'une chose pareille ?

Logan attendit que Nick soit en équipe avec l'un de ses garçons d'honneur avant de faire son entrée dans le club-house. Sa mère, très élégante, se tenait sur un côté de la salle et souriait comme si son univers ne s'effondrait pas.

— Maman, as-tu déjà un partenaire pour le tournoi ?

— Non, mon chéri. Et toi ?

Il avait prévu de trouver Quinn pour faire équipe avec elle, mais elle était déjà occupée. Il éprouvait un respect tout neuf pour elle et pour son travail. Elle s'était levée aux aurores et ne cessait de s'activer. Quand il repensait à l'état dans lequel il s'était trouvé à son réveil, avant de se glisser hors de la maison louée par Quinn, il ressentait une admiration réelle pour elle.

— Non. Veux-tu faire équipe avec moi et écraser quelques concurrents ? lui demanda-t-il.

— Qui comptez-vous écraser ? questionna Leo en s'approchant d'eux. Je dois encore trouver un partenaire mais je me demande si nous ne devrions pas intéresser la partie.

— Quand tu auras trouvé un équipier, nous verrons bien si nous prenons des paris. Tu sais que Maman et moi avons gagné le tournoi de Bridgehampton ces trois dernières années, n'est-ce pas ?

— Oui, répondit Leo. Et je pense que cela est dû au fait que je n'y ai pas participé. Quant à vos victoires, je suis certain que tout le mérite revient à Maman.

— Les garçons, intervint leur mère en les entourant de ses bras. C'est parce que nous sommes des Bisset que nous gagnons.

— Bien entendu, acquiesça Leo. Laissez-moi trouver un partenaire et nous pourrons parier.

Son frère s'éloigna et Logan se tourna vers sa mère, qui regardait son cadet, un sourire sur les lèvres.

— Leo est un tel lèche-bottes, lâcha-t-il.

— Parce qu'il m'a attribué nos réussites ? demanda-t-elle. Il sait que ce n'est pas vrai. Il pense simplement que c'est amusant. Ton père aime te taquiner de la même façon.

— C'est vrai. As-tu déjà pensé que Dare et moi sommes ceux de tes enfants qui te ressemblent le plus ? demanda Logan.

— Oui, mais vous ressemblez beaucoup à votre père également, fit-elle en affichant un large sourire.

— C'est vrai, mais tu possèdes une subtilité qui lui fait défaut et dont je pense avoir hérité.

— Leo et toi voulez décidément me faire rougir aujourd'hui, dit-elle.

— Nous voulons juste que tu saches combien nous t'aimons, dit Logan.

— Oh ! Boyo ! dit Juliette, utilisant le surnom qu'elle employait lorsqu'il était enfant et en l'étreignant. Je t'aime tant moi aussi.

Logan la serra contre lui longuement. Il sentait que cette dernière péripétie causée par son père la blessait plus qu'elle ne le laissait voir. Il savait comment il se sentirait s'il était en couple avec Quinn et qu'un homme apparaissait en affirmant qu'elle était sa fille. Et cela ne représenterait même pas la moitié du problème que sa mère avait à affronter.

Et, par ailleurs, il n'était pas en couple avec Quinn, se rappela-t-il fermement.

Il entendit Leo pousser un juron.

— Je crois bien qu'il fait une scène, dit Juliette en

secouant la tête et en se dirigeant, suivie de Logan, vers la table où avait lieu l'inscription des équipes.

— Quel est le problème, mon petit Leo ? demanda Logan.

— Il n'y en a pas. Je viens juste de découvrir que je vais jouer avec Danni Eldridge.

— Pourquoi ce nom m'est-il familier ? s'étonna Juliette.

— C'est la dirigeante d'une petite entreprise que l'on compare à celle de Leo, dit Logan en souriant. Oh ! je crois que nous devrions vraiment parier une belle somme.

— Elle n'est pas ma concurrente, s'insurgea Leo. Elle est à la tête d'une petite start-up installée dans un garage. Alors que je possède de vastes infrastructures.

— Dans ce cas, il n'y a pas de problème, n'est-ce pas ? conclut Logan.

Le ton défensif de son frère démentait l'idée selon laquelle sa petite start-up ne le préoccupait pas. Leo avait débuté de la même façon, en réalisant ses produits à son domicile.

— Où est-elle ?

— Je l'ignore, dit Leo. Je ne l'ai jamais rencontrée et je ne sais pas à quoi elle ressemble.

— Tu as bien dû chercher sa photo en ligne, non ? demanda Logan.

— Oui, mais sa photo de profil était celle d'une machine à coudre.

— Je vais aller la chercher, dit leur mère en fendant la foule des invités du mariage rassemblés près des voiturettes de golf.

— Nous devrions parier des actions dans l'entreprise, dit Logan.

— Oublie ça, veux-tu ? Je ne la connais pas. Je pensais faire équipe avec Dare, mais il joue avec une fille que je n'ai jamais rencontrée non plus.

— Ce n'est pas ton jour, Leo, voilà tout, dit Logan.

Avant que son frère ne puisse lui répondre, leur mère s'approcha de nouveau, le bras passé autour des épaules d'une jeune femme. L'inconnue avait des cheveux bouclés brun foncé, des traits délicats et des yeux bruns. Elle s'approcha d'eux en les regardant d'un air franc.

Logan remarqua que Leo la fixait ainsi qu'il avait dû fixer Quinn le soir précédent.

— Peut-être que cette compétition ne va pas être un moment aussi désagréable que tu l'imaginais, murmura Logan.

— Peut-être, répondit pensivement Leo en se dirigeant vers la jeune femme et en tendant la main vers elle. Tu es Danni, n'est-ce pas ? Je suis Leo. Leo Bisset. Cela faisait longtemps que je voulais faire ta connaissance.

— Je n'en doute pas, répliqua Danni. C'est pour cela sans doute que tu as raconté à la presse que j'essaye juste de me glisser dans ton sillage avec ma start-up.

— Fichtre, lança Logan d'un air goguenard.

Sa mère lui donna un coup de coude dans les côtes.

— Laissons les parler tous les deux. Leo, nous vous retrouverons près des voiturettes.

Logan la suivit, en tentant de ne pas trop sourire. Il était fréquent que Leo lui fasse songer à lui. Tous deux avaient le don de ne pas pouvoir tenir leur langue et de rendre les choses un million de fois plus compliquées. Il songea alors que s'il voulait tenter de créer quelque chose de sérieux avec Quinn il aurait probablement à se jeter à l'eau, lui aussi.

- 7 -

L'agitation régnait au Golf Club de Nantucket où la plus grande part des invités du mariage s'apprêtait à se lancer sur le parcours de dix-huit trous. Nick et Adler avaient prévu la présence de serveurs munis de boissons et de gourmandises diverses, et il y avait des kiosques photo répartis sur tout le parcours. La météo était parfaite et Quinn avait mis en place son équipe de tournage près du trou le plus bucolique pour capter des images de tous ceux qui y jouaient. Elle avait également filmé avec sa propre caméra quelques témoignages qu'elle comptait monter pour les offrir au couple.

Cela accompagnerait à merveille la couverture en direct du mariage.

Adler apparut tout sourire avec son coéquipier, son père, ainsi qu'avec Nick qui formait une équipe avec sa sœur, Olivia. Toby Osborn fut le premier à jouer et Nick adressa des conseils à son futur beau-père tandis qu'Olivia s'écartait pour faire quelques photos.

— Comment tout se passe-t-il ? demanda Quinn à Adler.

— Les choses ne vont pas si mal. Je crois que la situation se calme. Carlton va transmettre un communiqué à la presse cet après-midi. Veux-tu que je demande qu'il te l'envoie pour que tu l'intègres dans l'émission ?

Quinn réalisa que, malgré son sourire, Adler semblait

fragile, comme si elle avait du mal à tenir le coup. Elle ne put résister à l'envie de la serrer dans ses bras, mais la jeune femme l'arrêta dans son élan.

— Ne fais rien, je t'en prie. Tu vas me faire pleurer, et Nick et Papa voudront savoir ce qui m'arrive… Et si je devais le leur dire, seraient-ils même capables de me comprendre ?

— Désolée. Oui, dis à Carlton de me l'envoyer. Que dirais-tu que Nick et toi enregistriez un petit entretien qui aborde la question ? Juste quelques mots pour montrer que vous gérez bien cette situation ?

La position de Quinn était délicate. Adler était l'une de ses meilleures amies mais, en tant que productrice, il serait insensé qu'elle n'essaye pas de les amener à aborder la question devant la caméra. C'était le genre d'émissionqui inciterait les téléspectateurs friands de ragots à regarder le programme, augmentant ainsi sa popularité.

— Bien sûr. Pouvons-nous le faire juste avant le dîner de répétition de mariage ? Nous serons tous les deux sur notre trente et un. Laisse-moi vérifier avec Nick si l'horaire lui convient, dit Adler en s'éloignant pour rejoindre son fiancé.

Voyant qu'il avait fini de jouer, Quinn fit signe à Toby de venir la retrouver.

— Je prépare une petite vidéo que je compte offrir à Adler et à Nick. Pourrais-tu enregistrer un message dans la cabine vidéo ? Quelques mots que tu aimerais leur dire.

— J'adorerais, Quinn. Mais ma fille a l'air d'être sur le point de se briser en mille morceaux. Va-t-elle bien ? demanda Toby.

— Autant que possible, vu les circonstances. Je ne sais pas quoi faire pour l'aider, confessa Quinn.

— Moi non plus. Mon instinct me dit de faire quelque chose de scandaleux pour que les projecteurs ne soient plus braqués sur Nick mais… j'ai enfin rencontré une femme qui, je crois, est la bonne et je ne veux pas tout gâcher. Est-ce égoïste de ma part ?

Quinn fit non de la tête. Toby avait eu une vie amoureuse tumultueuse et jalonnée de scandales et Quinn était certaine que son amie voulait voir son père savourer le bonheur qu'il avait trouvé avec Sonia, sa dernière petite amie en date.

— Elle t'en voudra si tu fais cela. Elle aime beaucoup Sonia.

— Très bien. Dans ce cas je ne changerai rien à mon attitude. Où dois-je aller ?

— Mon assistante personnelle, Tillie, va t'accompagner.

Tandis que Toby suivait la jeune femme, Adler revint vers Quinn.

— Nick m'a dit que nous pouvions filmer la séquence vers 16 heures, car il est occupé avec sa famille un peu plus tôt. Nous n'aurons pas beaucoup de temps.

— Cela ira très bien, dit Quinn. Tiens, je crois que c'est à ton tour.

Adler s'absenta pour jouer, et Quinn parvint à amener Olivia à rejoindre la cabine vidéo après que Toby y eut enregistré son message. Nick se tenait sur le côté, en train d'observer Adler, et celle-ci vit qu'il allait mal, lui aussi.

— Salut Nick, comment vas-tu aujourd'hui ? demanda-t-elle.

— Bien, dit-il.

Il lui rappelait tant Logan en cet instant. Cette façon qu'il avait d'utiliser son assurance naturelle pour masquer le fait qu'il n'avait pas le contrôle sur maints sujets.

— J'imagine que tu ne peux pas mieux dire, ajouta Quinn.

Elle fut tentée d'ajouter quelque chose à propos de Logan mais se ravisa. Elle avait passé une nuit avec son ex, sans aller plus loin. Elle n'avait pas besoin d'essayer d'aider les deux hommes à sympathiser.

— Adler m'a dit que tu voulais que nous révélions le nom de mon véritable père. Qu'as-tu en tête ? demanda Nick.

— Je vous laisse carte blanche. Je me disais qu'il semblerait ridicule de ne pas en parler. Cela vous donnera à tous deux une possibilité d'exposer la vérité à votre manière. Et si jamais le résultat vous déplaît, nous ne le diffuserons pas.

— Vraiment ? Cela ne semble pas dans ton intérêt.

— Ça ne l'est pas, en effet, mais Adler est l'une de mes amies les plus proches et je veux exercer mon métier en m'abstenant de toute malveillance. Je ne veux pas obtenir le succès en blessant l'un de vous et en vous compliquant la vie.

— Tu es unique, Quinn. Je sais qu'Adler accorde une grande valeur à votre amitié et je comprends. J'espère que nous pourrons apprendre à mieux nous connaître et devenir amis.

Spontanément, Quinn serra Nick dans ses bras. Et quand les équipes quittèrent le trou, elle se demanda pourquoi Logan le détestait tant. D'après ce qu'elle avait vu de lui, il était un homme respectable et il pourrait tout à fait susciter son respect.

Logan ne pouvait s'empêcher de rire sous cape en voyant Leo essayer de se montrer détendu et échouer lamentablement. Il était évident qu'il appréciait Danni. Leur mère entretenait la conversation avec tout son charme habituel, mais son frère, lui, tentait de flirter avec la jeune femme sans aboutir à rien. Au moment où leur mère et Danni s'éloignèrent pour aller chercher des boissons pour leur petit groupe, Logan ne put résister à l'envie de taquiner Leo.

— Alors, comment ça se passe avec Danni ? demanda-t-il alors qu'ils approchaient du tee pour préparer leur coup.

— Je crois que tu connais la réponse, dit Leo. Et je suis sûr que cela t'amuse.

— C'est vrai, reconnut Logan. Après la journée d'hier, il est rassurant de constater que certaines choses, elles, ne changeront jamais.

— Que veux-tu dire ?

— Je parle de toi et des femmes qui te plaisent. Tu es tout simplement incapable de baisser la garde et de te montrer tel que tu es réellement.

— Comme si tu étais un expert dans cet art, rétorqua Leo.

— Je ne le suis pas. Je suis nul moi aussi dans ce domaine. Même si nous détestons l'admettre, nous sommes similaires de bien des façons, toi et moi.

— Je ne déteste pas l'admettre. J'ai toujours essayé d'être comme toi… mais en mieux.

Logan secoua la tête. Le plus jeune de ses frères ne cédait jamais d'un pouce. En fait, à présent qu'il y songeait, Danni Eldridge n'aurait probablement pas la moindre chance de résister à Leo une fois qu'il aurait vraiment décidé de la poursuivre de ses assiduités.

— Tu essayes. Tu ne peux pas faire plus, répliqua Logan. Dommage que Papa ne soit pas venu aujourd'hui. Il juge préférable de rester à l'écart, mais il aurait été bénéfique que Maman et lui fassent équipe.

— Tu le penses vraiment ? Elle a toujours l'air de lui en vouloir, dit Leo en jetant un regard en direction de leur mère. Je la comprends sans peine. Moi-même je suis furieux contre lui alors que je suis loin d'être dans sa situation.

Logan acquiesça d'un hochement de tête.

— Papa a foiré. Je me demande s'il croyait agir au mieux quand cela s'est produit.

— Il ignorait que la mère de Nick était enceinte, dit Leo. Il a probablement simplement cru que cette liaison était terminée, et comme Maman attendait ta naissance, il s'est peut-être réjoui que ce soit fini.

Logan hocha la tête. Était-ce ce que son père avait ressenti ? Voilà qui était difficile à dire. Ses frères et sa sœur pensaient que tous deux étaient très proches. Mais si cela était vrai pour ce qui était de diriger Bisset Industries, sur le plan personnel il n'était pas certain de connaître son père mieux que le reste de sa fratrie.

August avait un certain charme, mais manquait le plus souvent de délicatesse. Comment une femme pouvait-elle aimer une telle personne ? Il réalisa alors qu'il ne songeait pas uniquement à son père. En réalité il se demandait si Quinn pourrait trouver quelque chose à aimer au fond de lui… Non, il n'allait pas s'égarer sur ce chemin. Mais c'était simplement que, depuis qu'il avait quitté son lit, elle lui manquait.

Il pouvait prétendre n'avoir voulu vivre qu'une unique nuit avec elle, être entouré par tous ces couples avait un effet sur lui. Il brûlait d'envie de vivre davantage avec Quinn.

Logan s'était toujours enorgueilli de n'avoir besoin de rien, à part de remporter sa prochaine victoire. Mais pour la première fois il voyait le coût que ces succès faisaient peser sur les relations personnelles. Il n'en dit rien à Leo, mais il était quasiment sûr que son père avait pensé avoir gagné en ayant une liaison sans se faire prendre et en poursuivant sa vie ensuite. Logan ne voulait pas s'attarder sur le fait qu'il avait été ce genre d'homme, lui aussi, à une certaine époque.

Il n'avait jamais trompé Quinn lorsqu'ils étaient en couple à l'université, mais il y avait songé en certaines occasions. Elle était si futée et intelligente. Une part de lui avait été tentée de savoir s'il pourrait la leurrer. Par chance, il avait été suffisamment intelligent pour comprendre que ce serait une terrible erreur.

Comment son père avait-il pu ne pas le voir ?

Leo s'éloigna pour aller flirter une nouvelle fois avec Danni, et sa mère se rapprocha pour jouer à son tour.

— Tu sembles bien sérieux, Boyo.

— Je pense simplement à Papa. Je me demande pourquoi il agit ainsi.

— Ne te tracasse pas à ce sujet. Je crois que, parfois, il cherche simplement à voir s'il peut s'en tirer impunément. D'autres fois, il regrette certaines actions, mais il n'est jamais capable d'admettre qu'il a commis une erreur.

— Quel bénéfice y aurait-il à l'admettre ? demanda Logan.

Il avait le sentiment que d'ici quelques jours, quand la

nouvelle serait connue, tout le monde le détesterait. Et il ne savait pas comment gérer cette situation. Il devrait probablement simplement dire toute la vérité, mais il était gêné. Comme toujours dans ce genre de cas. Il détestait d'avoir besoin de gagner à tout prix. Ce n'était qu'une fois la victoire acquise qu'il jetait un regard en arrière pour constater l'impact sur son entourage.

— Cela permet aux gens autour de toi de savoir que tu reconnais avoir mal agi, que tu n'avais nullement l'intention de faire souffrir. Après cette liaison et avant la naissance de Mari, les choses ont changé entre ton père et moi. Pour la première fois, il réalisait qu'en faisant usage de son arrogance il me faisait du mal, ainsi qu'à toi et à tes frères. Il a donc décidé à ce moment-là que nous comptions plus à ses yeux que son orgueil.

— Vraiment ?

— C'est ce que je croyais en tout cas, répondit-elle.

Logan comprit à son ton qu'elle n'en était plus aussi sûre.

Il voulait trouver les mots pour lui exprimer que tout irait bien, mais il n'était pas certain lui-même.

Le bourdonnement des conversations résonnait à travers le club-house, les invités partageant leurs anecdotes au sujet de leurs exploits sur le parcours de golf. Quinn s'installait au fond de la pièce pour filmer la scène et, quand la foule se dispersa, elle proposa à son équipe de partir déjeuner avant de la rejoindre dans sa maison de location un peu plus tard. Même si elle travaillait elle faisait également partie des invités et voulait disposer de quelques minutes pour profiter du mariage de son amie. De plus, elle avait remarqué que Logan se dirigeait vers elle et elle ne voulait pas que les membres de son équipe les voient ensemble.

Elle avait espéré pouvoir tourner la page de leur relation, mais les quelques moments passés avec lui dans la journée lui avaient prouvé la difficulté de la tâche. La nuit précédente n'avait rien clos pour elle. Au contraire, elle avait ressuscité des émotions qu'elle croyait disparues depuis longtemps.

Elle aurait dû s'en douter.

Il lui avait fallu trop longtemps pour se remettre de leur rupture.

— Ton travail est fini pour aujourd'hui ? demanda Logan en s'arrêtant près d'elle.

— Pour l'instant seulement. L'équipe est partie déjeuner, répondit-elle. Comment vas-tu ?

— Bien. J'ai battu Leo, ce qui était tout ce qui comptait à mes yeux.

Cela lui semblait incompréhensible. Il y avait tant de gens ici que Logan considérait comme des rivaux.

— Vraiment ?

— Non, pas tout à fait, mais j'essaye d'être aimable. J'ai battu tout le monde à part Nick… Nous avons fini à égalité.

— Vous vous ressemblez beaucoup tous les deux. Cela est probablement dû à toutes ces années durant lesquelles vous vous êtes affrontés et avez vu vos pères faire de même…

— Oui, à ce propos, tu n'as pas tort, dit Logan d'un ton sardonique. Mais peu importe l'ADN, Nick est toujours un Williams jusqu'au bout des ongles, et il va me falloir un certain temps avant que je puisse le considérer autrement.

Quinn s'était doutée qu'il en serait ainsi.

— Le nom Williams est-il donc toujours synonyme d'ennemi dans ton esprit ?

— Oui, sans aucun doute, dit-il tout en ébouriffant ses cheveux blonds, ce qui eut pour effet de lui donner presque des airs de petit garçon. Je sais qu'il ne faudrait pas. Car même avant que nous apprenions qu'il était notre demi-frère, il épouse notre cousine. Mais comme nous nous battons contre eux depuis aussi longtemps que je peux m'en souvenir, il est difficile de changer du jour au lendemain.

— Personne ne te le demande, dit-elle.

— Si, moi. Je demande à moi-même de changer, mais c'est difficile, Quinn. Et puis…

Il s'interrompit quand ses yeux se posèrent sur Adler et Nick. Ils se tenaient côte à côte et le futur marié avait un bras passé autour des épaules de sa fiancée.

— Je suis un idiot, dit-il. Comment n'ai-je pas pu voir combien Adler l'aime ? Je… il faut que je quitte cet endroit. Peux-tu t'absenter ?

Elle le pouvait, certes. Mais en avait-elle envie ? Et que se passerait-il si elle le suivait ? Elle ne pouvait plus faire semblant de ne pas tenir à l'homme que Logan était devenu, un homme bien plus complexe que celui qu'elle avait connu au temps de l'université.

— Quinn ?

— Oui, je viendrai avec toi, dit-elle.

Ils sortirent et, une fois à l'air libre, il prit une profonde respiration.

— Désolé. J'ai fait quelque chose que je regrette, dit-il tandis qu'ils s'éloignaient du club-house.

— De quoi s'agit-il ?

— De quelque chose en affaires. C'est un peu compliqué, mais Nick va être très mécontent, tout comme la plupart des membres de ma famille, à présent qu'il est l'un des nôtres.

— Qu'as-tu donc fait ?

— Rien, à part pulvériser un accord qu'il a passé les derniers mois à mettre au point.

— Mais pour quelle raison ? Je te rappelle qu'il s'apprête à épouser ta cousine.

Logan secoua la tête.

— Je l'ignore.

Mais elle savait qu'il connaissait fort bien la réponse.

— Tu détestes perdre, n'est-ce pas ? Peu importe si tu laisses des cadavres sur le bord de ta route dans ta course folle ? Tu sais qu'Adler va être anéantie. Et cela ne va qu'augmenter la pression alors que Nick et elle vont…

— Crois-tu que je ne le regrette pas ? Tu as raison. Je n'ai pas réfléchi à toutes les conséquences. J'ai considéré qu'il s'agissait d'une sorte de victoire morale parce qu'il épouse Adler et donc qu'il marquait un point contre nous.

— Franchement, tu me rends folle. Tout n'est pas une compétition.

Comment avait-elle pu croire qu'il avait changé ?

— Oui, je le sais. J'en ai pris conscience quand je suis entré chez Gran et que j'ai vu la désolation que mon père a provoquée par son égoïsme. Je croyais qu'il ne s'agissait que d'une simple rivalité avec Nick, mais ce n'était pas le cas. J'essayais simplement de m'assurer que je sortirai vainqueur, comme tu l'as dit, sans égard pour ceux que je blesserais.

Il se détourna, mains sur les hanches et tête baissée.

— Ce que j'ai initié ne peut être interrompu. Mais je le regrette. Ce n'est qu'en voyant la souffrance que Papa nous infligeait que j'ai compris l'effet que mes actions pourraient avoir sur ma famille.

Elle l'observa un instant, consciente qu'il lui avait montré sa vulnérabilité parce qu'il avait confiance en elle. Et… cela l'attirait. Elle savait qu'il n'était pas parfait mais c'était justement son imperfection qui la touchait. Ses défauts le rendaient humain et réel à ses yeux, et elle ne pouvait y résister.

Quinn s'approcha de lui, le serra dans ses bras, et Logan entoura à son tour son corps. Ils restèrent ainsi enlacés et gardèrent le silence. Car, à vrai dire, qu'y avait-il à rajouter ?

- 8 -

Le moment de quiétude que Logan partagea avec Quinn fut de courte durée. Un texto de son père lui apprit que ce dernier voulait discuter de questions liées au scandale entourant l'annonce prochaine de la filiation de Nick. Logan laissa donc Quinn pour rejoindre la maison de sa grand-mère où il trouva August assis dans un rocking-chair sur la vaste terrasse offrant une vue splendide sur l'océan.

— Comment s'est passée la partie de golf ? questionna son père dès son arrivée.

— J'ai battu Leo et fait ex aequo avec Nick. Maman a joué avec moi mais elle n'était pas à son meilleur niveau. Elle parvient très bien à jouer l'hôtesse parfaite, mais toi et moi savons qu'elle n'est pas au mieux de sa forme.

— Oui, je sais. Et j'ignore comment arranger la situation.

— Pareil pour moi, concéda Logan. Mais enfin, Papa, qu'avais-tu donc en tête ?

L'homme se frotta la nuque, se leva et s'approcha de la balustrade.

— Je ne sais pas. Quand j'étais jeune, j'avais toujours soif de nouveaux défis.

La réponse n'était pas des plus satisfaisantes. Logan savait que son père appréciait toujours les défis. Serait-il donc de nouveau prêt à tromper son épouse ?

— Tu voulais parler affaires ? demanda Logan.

— Oui. Carlton travaille sur le message à présenter pour calmer la situation, mais j'ai vu… un article dans un petit journal à propos d'une personne ayant acheté le brevet pour une nouvelle turbine économe en énergie et produisant de faibles émissions de carbone.

— Et qu'y a-t-il à dire à ce sujet ? demanda Logan.

Il était impossible que son père sache que c'était lui qui en avait fait l'acquisition. Il avait procédé en utilisant une petite structure créée quand il était encore à l'université et qui n'avait aucun lien avec Bisset Industries.

— Je me suis juste étonné de voir qu'il s'agit d'un brevet que Williams, Inc. essaye d'acheter depuis longtemps. C'est très étrange qu'il leur passe sous le nez juste comme ça.

— C'est étrange, en effet, mais tu sais que les affaires sont les affaires.

— Jusqu'à ce que cela concerne la famille, répliqua August.

Son père savait.

— Eh bien, tu vois, les choses ne se passent pas toujours comme prévu. Nick ne doit pas avoir hérité de tant de gènes de ta part s'il a laissé filer cette affaire entre ses doigts.

— Le penses-tu vraiment ?

August se tourna et lui fit face. Il était toujours aussi intimidant, même si ses cheveux étaient devenus poivre et sel et que de petites rides traçaient à présent des sillons au coin de ses yeux.

— Papa, si tu as quelque chose à dire, dis-le.

— Se confesser est très bon pour l'âme.

— Vraiment ? Dans ce cas pourquoi avoir attendu si

longtemps pour nous avouer que tu avais eu une liaison à l'époque où Maman attendait ma naissance ?

Logan sentait la colère enfler en lui. Il se détourna de son père pour s'empêcher de hurler tout ce qu'il avait sur le cœur Il était furieux. Toute sa famille l'était. Leur père avait toujours incarné une force dominante chez les Bisset mais à présent… Logan réalisait que l'homme face à lui était bien différent de celui qu'il avait cru connaître.

— Cela ne te regarde pas. C'était entre ta mère et moi. Je te parle d'une transaction commerciale. As-tu acheté le brevet avant qu'il ne soit cédé à Nick ?

— Oui.

— Bon sang, Logan. Il fait partie de la famille à présent.

— Ce n'était pas le cas quand je l'ai fait. Et c'est un crétin. Le simple fait qu'il se révèle soudain être mon demi-frère ne change rien à toutes les fois où il nous a joué de sales tours dans les affaires. Je ne vais pas lui sourire et sympathiser comme si rien ne s'était jamais passé. Désolé si le moment de mon achat n'est pas idéal par rapport aux plans que tu as pu élaborer avec Carlton.

— Mon fils, ce n'est pas idéal pour la simple raison que ta cousine l'épouse samedi. Elle fait partie de ta famille et elle va souffrir.

Il le savait et cette pensée l'avait torturée plus que personne ne pouvait l'imaginer. Mais le besoin qu'il avait de battre Nick avait été plus fort et le risque de heurter les sentiments d'Adler n'avait pas pesé dans la balance.

— Je ne crois pas que les transactions commerciales intéressent Adler.

— Moi non plus, mais je sais que notre rivalité avec la famille de Nick, à l'inverse, lui importe vraiment.

Logan secoua la tête, tout en se demandant s'il n'allait pas repartir sur-le-champ.

— Aurais-tu agi autrement si cette opportunité s'était offerte à toi plutôt qu'à moi ?

— Si, bien sûr, répondit August. Quoi qu'il en soit, nous devons informer Nick avant que la nouvelle ne soit révélée lundi.

— Il sera en lune de miel, dit Logan. Cela peut attendre son retour. Il a suffisamment de choses à gérer pour le moment.

Le regard de Logan brillait de détermination. Peu lui importait ce que voulait son père, il ne pouvait oublier du jour au lendemain l'animosité qui l'avait habité sa vie entière. Il avait pensé essayer pour le bien d'Adler – mais en toute franchise il détestait le lien de parenté avec Nick, son rival en affaires depuis plus de dix ans.

— Cette décision t'appartient, dit August. Mais en tant qu'homme dont l'un des secrets vient d'être brusquement révélé au moment où il n'était absolument pas prêt, je peux te dire qu'il vaut mieux affronter les situations à ses propres conditions plutôt que d'essayer d'en gérer les répercussions après coup.

Son père se tourna pour regagner l'intérieur de la maison. Logan posa sa main sur son épaule au moment où il passait à son niveau.

— Je suis désolé, Papa. J'ignore pourquoi je suis ainsi, mais je ne peux pas supporter de perdre. Quand je vois une chance de gagner, je ne peux que la saisir.

Son père acquiesça.

— C'est la part de Bisset en toi. Tu tiens ça de moi.

— Le tournoi de golf a été un franc succès, lança Quinn quand elle retrouva Adler et Iris dans l'après-midi.

Elle constata qu'Adler paraissait moins tendue, ce qui d'après son expérience arrivait parfois à certaines futures mariées à mesure que l'échéance du mariage approchait. Elle espérait que ce soit bon signe.

— S'est-il passé autre chose lors de la réunion de la famille ?

— Non, répondit Adler tandis qu'une assistante beauté d'Iris s'affairait à la réalisation de sa coiffure en vue du dîner de répétition de mariage. Ils n'ont fait que finaliser le communiqué de presse. La mère de Nick était absente, il dit qu'elle est à bout de nerfs. Je ne la connais pas très bien, je ne sais donc pas si je devrais aller la voir ou ignorer la situation. Olivia était très calme, comme toujours. Carlton voulait que tout le monde pose pour une photo mais Tad Williams a refusé. J'ai cru que la situation allait mal tourner mais finalement tout le monde est reparti de son côté.

— Je suis désolée, dit Iris.

— Cela n'est pas de ta faute. Papa a dit qu'il était presque ironique que j'épouse une personne si solide et stable et qu'une chose si folle se produise, dit Adler.

— Il m'a dit qu'il pourrait, si je pensais que cela pourrait t'aider, déclencher un scandale pour détourner l'attention, ajouta Quinn.

— Oh ! mon Dieu, non ! Je ne suis pas certaine de pouvoir le supporter, s'exclama Adler.

— Je sais. J'ai expliqué à ton père que tu gérais très bien la situation et que tu aimais qu'il soit heureux et… se comporte en père, dit Quinn.

— C'est vrai. J'ai besoin d'un soutien cohérent et

robuste dans cette tempête, ajouta Adler. Je sais que je ne devrais pas tout ramener à moi…

— Tu es la future mariée, c'est ton droit le plus absolu, dit Iris.

— Entièrement d'accord, renchérit Quinn. C'est toi qui comptes avant tout.

— Nick perd les pédales. Il essaye de faire comme s'il était détendu mais il déteste vraiment Oncle Auggie. Il était décidé à se montrer cordial ce week-end mais apprendre qu'il est son véritable père l'a complètement désarçonné.

Le téléphone de Quinn se mit à vibrer sur la table.

— Tu peux regarder de quoi il s'agit, dit Adler. J'espère que ce n'est rien d'urgent.

Quinn sourit à son amie.

— Je suis sûre qu'il n'en est rien. Je veux être là pour toi.

— En toute franchise, Quinn, le fait que tu sois la productrice de l'émission est déjà fabuleux pour moi. Je crois que je me serais enfuie hier soir si j'avais eu affaire à quelqu'un d'autre. Fais donc ce que tu as à faire. Je vais envoyer un texto à Papa et lui faire savoir que je vais bien.

Quinn prit l'appareil et tourna le dos à Adler tandis qu'Iris entamait une discussion avec l'une de ses assistantes beauté.

Elle lut le premier message. Il s'agissait d'une alerte d'un fil d'informations auquel elle était inscrite. En cliquant sur le lien elle vit qu'il s'agissait de l'annonce concernant le fait que Nick était le fils biologique d'August Bisset.

— Ce n'est que le communiqué de presse envoyé par Carlton, dit-elle à Adler.

— Très bien, répondit la jeune femme. Y a-t-il des réactions ?

— Non, mais l'information vient juste de sortir. J'attendais pour avertir ma patronne. Cela te dérangerait-il que j'aille lui téléphoner ? Je veux qu'ils sachent que nous avons la situation en main.

— La « situation », dit Adler. C'est ce que mon mariage est devenu.

Quinn rejoignit son amie tout en glissant son téléphone dans sa poche.

— Non, ce n'est pas vrai. Il n'en est rien pour toi ni pour Nick. Aux yeux du monde extérieur, il en est peut-être ainsi, mais qui s'en soucie ? Tous ceux qui comptent à vos yeux sauront…

— Je le sais, l'interrompit Adler. Mais je déteste tout cela. Je ne veux pas que les gens parlent de moi. Mais depuis ma naissance, c'est ce que tout le monde fait.

Quinn serra Adler dans ses bras. Elle ne savait que dire pour l'aider. Les mots ne réussiraient pas à réparer cette blessure. Mais elle espérait que son amitié la réconforterait.

— Je sais que j'ai beaucoup de chance et que j'ai Nick dans ma vie. Il est mon pilier, mais… je voulais juste un mariage simple et calme. Enfin, je sais que j'ai donné mon accord pour qu'il soit retransmis à la télévision, mais c'était parce que je croyais que je pourrais contrôler la manière dont l'événement serait raconté. Pardon, je ne veux pas pleurnicher. Je crois que je m'apitoie un peu sur moi-même.

— Et tu en as parfaitement le droit. Tu sais, tu t'en

sors bien mieux que beaucoup des futures mariées que nous filmons alors que tu as rencontré bien plus d'embûches qu'elles.

— Merci pour ta sympathie. Je suis désolée d'avoir craqué. Va téléphoner à ta patronne. Je ne veux pas que tu t'attires des ennuis à cause de toute cette histoire.

— Ne t'inquiète pas, tu peux craquer autant de fois que tu veux. C'est toi qui comptes, Adler, je le pense sincèrement. Je n'aurai pas d'ennui. Je veux juste tenir ma patronne au courant pour qu'elle pense que je suis efficace.

— Alors, file. Tout ira bien pour moi. Iris se charge de me faire belle, je vais donc simplement en profiter.

Quinn prit son amie au mot et se leva. Iris, qui avait observé la scène, rejoignit la future mariée tandis que Quinn quittait la pièce. Elle était avant tout une amie, mais elle était également venue à Nantucket pour faire son travail.

Qu'elle ne cessait d'oublier… tant son esprit était accaparé par Adler… et par Logan.

Cora Williams n'avait pas assisté à la réunion qui venait d'avoir lieu dans la maison de la mère de Juliette et cette dernière ne parvenait pas à déterminer si c'était bien ou pas. Toutes deux n'étaient pas amies et n'avaient rien en commun. À part ce fameux secret. Celui qui était de plus en plus près d'être révélé à mesure qu'elles passaient du temps ensemble. Il lui semblait à présent insensé de n'avoir jamais fait le moindre effort pour faire la connaissance de celle qui serait bientôt la belle-mère d'Adler.

Que se serait-il passé si tel avait été le cas ? Aurait-elle essayé de convaincre sa nièce de rompre ses fiançailles ? Dieu savait qu'elle n'avait jamais été une sœur fantastique, et Mari soutiendrait qu'elle n'avait pas toujours été une bonne mère non plus, mais Juliette avait essayé. Elle avait fait de son mieux.

Mais elle avait l'impression que ce n'était pas assez.

Elle but une gorgée de gin tonic et poussa un lourd soupir. Le communiqué de presse était rédigé, il n'y avait donc aucune raison supplémentaire de s'inquiéter, n'est-ce pas ? Elle savait qu'il n'en était rien toutefois. Mais pour le moment elle afficherait son sourire d'hôtesse idéale et agirait comme si tout allait bien.

La révélation de l'infidélité d'August n'était qu'une petite tache supplémentaire sur l'image de perfection de leur mariage qu'elle avait tant lutté à construire depuis la naissance de Mari. Elle pouvait s'en accommoder tant qu'elle restait privée mais détestait le moment où l'une des liaisons d'August se voyait publiquement révélée. Elle affichait un faux sourire tant qu'elle en avait la force avant de finir par s'écrouler.

Mais cette fois… eh bien, cette fois, l'histoire était pire encore. Tout le monde – en particulier Auggie – se montrait si gentil envers elle. Ils la traitaient comme la partie lésée presque comme ils le faisaient avec Nick. Mais elle savait que si la vérité éclatait, plus personne ne la regarderait avec la moindre compassion.

— Que fais-tu ici toute seule ?

Elle se tourna et aperçut Vivian qui l'observait. Sa mère, la femme la plus forte qu'elle connaisse.

— Je réfléchis.

— Et tu bois ?

— Oui, Maman.

— Puis-je me joindre à toi ? demanda-t-elle en s'approchant.

Sa mère la rejoignit et la note habituelle de son parfum, Chanel N° 5, lui parvint alors. Ses cheveux étaient désormais plus gris que blonds, mais ses yeux avaient gardé leur franchise et elle affichait la force d'une femme capable de tout affronter.

— Si tu en as envie, bien sûr.

Juliette fit tinter une petite clochette et, un instant plus tard Michael fit son apparition avec en main un verre de martini pour Vivian. Il remplit de nouveau le verre de gin tonic de Juliette et quitta la pièce.

— Te souviens-tu du jour où tu es rentrée à la maison et où tu m'as dit que tu étais fiancée à Auggie ?

Juliette ne put réprimer un soupir. Elle avait été si amoureuse de cet homme grand, ténébreux et séduisant. Un homme vigoureux, d'un naturel rieur que tout le monde appréciait. Ils s'étaient rencontrés à l'université. Il était l'un des meilleurs élèves de leur promotion et ils avaient été amis avant de tomber amoureux.

— Oui. Tu avais des doutes à son sujet.

— C'est vrai, dit Vivian. Il me semblait afficher une apparence un peu trop lisse. Mais tu savais que c'était le bon. J'ai essayé de te mettre en garde, mais tu as tenu bon et je t'ai laissée faire. Je n'ai rien dit quand il a eu des liaisons et même lorsqu'elles ont été rendues publiques.

— Je sais, Maman, dit-elle. Et cela va-t-il changer ?

— Je ne sais pas. Que pourrais-je énoncer que tu ne saches déjà ? Auggie a toujours eu un goût prononcé pour les femmes et tu peux sans doute t'estimer heureuse qu'un enfant né de ses œuvres ne soit pas apparu plus tôt dans ton existence…

— Maman !

Oh ! Mon Dieu, n'en avait-elle pas fini ? Elle aurait certes dû mettre fin à ses infidélités depuis bien longtemps ou, à tout le moins, le quitter. Sauf qu'elle l'aimait. Peu importait qu'elle ait souffert ou qu'il l'ait mise dans l'embarras. Ce qui comptait, c'était qu'il s'était excusé. Ils avaient passé leur vie ensemble et elle n'était pas prête à sonner la fin de leur couple. Mais ressentirait-il la même émotion ?

— Eh bien, c'est vrai, non ? poursuivit Vivian. Mais j'allais dire que je pense qu'il y a dans le cas présent plus qu'une histoire de liaison. Tu as toujours surmonté ce genre d'affaires. Et étant donné qu'Auggie a été surpris par l'annonce de l'existence de cet enfant, tu aurais normalement dû être… plus clémente envers lui… Y a-t-il autre chose que tu voudrais me dire ?

Non. Mon Dieu, non.

Juliette s'était promis d'emporter le secret dans sa tombe et, en outre, elle savait qu'une fois qu'il aurait franchi ses lèvres, rien ne pourrait empêcher qu'il se diffuse. Elle but une longue gorgée et fit non de la tête. Mais une part d'elle voulait tout avouer. Se libérer de ce secret si pesant.

— Soit, je n'insisterai pas, dit Vivian. Te souviens-tu de la première fois où Musette est sortie de cure de désintoxication ?

Elle secoua la tête. Où diable sa mère voulait-elle en venir ?

— Je savais qu'elle avait repris ses mauvaises habitudes, dit sa mère. Je savais que ce serait à elle de décider d'arrêter, donc je n'ai rien dit. Mais la regarder se battre et échouer a été pour moi difficile à endurer en tant que mère. Te voir te débattre est très similaire. Tu as l'air d'être sur le point d'imploser et je ne sais pas comment l'en empêcher.

— Je…

— Non, ne dis rien. Garde tes histoires pour les autres. Mais sache que je serai là quand tout s'écroulera.

Juliette regarda sa mère s'éloigner, emplie par le regret de ne pas pouvoir partager plus facilement ses confidences avec elle.

- 9 -

La journée paraissait interminable. Logan n'était que depuis trois jours à Nantucket et il avait déjà l'impression d'y avoir passé une éternité. La remarque de son père à propos d'Adler ne l'avait pas laissé insensible et il se sentait le pire des salauds d'avoir agi comme il l'avait fait. Désireux d'éviter sa famille après la transmission de l'annonce à la presse, il était parti marcher sur la plage pour s'éclaircir les idées. Il avait songé à envoyer un texto à Quinn, mais il savait que, bien qu'il ait très envie de la voir, ce ne serait pas une bonne idée.

Pour elle.

Ce serait agir en égoïste, et il essayait désormais d'être un homme meilleur. Mais en était-il capable ? Il avait toujours cru qu'il était une nouvelle version de son père. La quête effrénée qu'ils menaient pour faire prospérer leur entreprise conduisait à engloutir des sociétés et il s'était imaginé moins dur et indifférent qu'August vis-à-vis de ceux qui souffraient de leurs décisions. Il voulait croire qu'il était meilleur que lui. Mais il ne l'était pas. Il s'était leurré lui-même.

Il pouvait prétendre avoir hérité de l'élégance et du charme de sa mère, la vérité était qu'il n'avait jamais fait le choix d'utiliser ces qualités. Il était toujours prêt à donner le coup de grâce dans le plus pur style Bisset.

Logan plongea nerveusement ses mains dans ses

cheveux. Il n'aurait jamais dû venir. Il serait plus heureux dans son bureau, occupé à travailler sur de prochains contrats.

— Logan, attends !

Il se retourna et vit son frère aîné qui l'appelait. Dare avait presque quarante ans mais semblait bien plus jeune. Il avait les cheveux sombres, les yeux gris de leur père et il était le plus réfléchi de ses frères et sœur. Et leur relation n'avait rien de la rudesse de celle qu'il avait nouée avec Leo et Zac.

— Hey, désolé d'être parti ainsi. J'ai juste… enfin, j'en avais assez, reconnut Logan.

— Moi aussi. Je suis heureux pour Adler, mais ce mariage est devenu une situation que nous aurions tous préféré éviter.

— C'est certain. Et puis, il y a autre chose… J'ai fait un truc moche, lâcha Logan.

— Comment ? De quoi parles-tu ?

— J'ai brisé un accord qu'avait conclu Nick… une grosse affaire. Avant que tu poses la question, j'ai agi après avoir appris qu'Adler et lui allaient se marier. Mais l'information à ce sujet sera rendue publique la semaine prochaine.

Dare pressa l'épaule de Logan. Contrairement à son père, il semblait le comprendre.

— Ce ne devrait pas constituer un gros problème. Maintenant que Nick est notre frère, je suis certain que nos relations d'affaires vont changer.

Logan secoua la tête.

— Cela comptera à ses yeux. Et je doute grandement qu'un homme ayant été élevé par Tad Williams comme son propre fils aura soudainement envie de fusionner avec Bisset Industries, si c'est à cela que tu penses.

— C'est le cas, en effet. En fait, j'ai contacté Nick et sa famille… J'ai siégé dans des comités au Sénat où les relations étaient très tendues, j'ai donc jugé être le seul capable de négocier entre nous.

— Je crains que rien de ce à quoi tu as pu être confronté à Washington soit aussi explosif que la situation actuelle. Papa et Tad se détestent. Il a essayé de le ruiner depuis qu'il a débuté dans les affaires.

— Je me demande bien pourquoi. T'en a-t-il déjà parlé ?

— Non. J'ai abordé la question une fois et il m'a dit que cela ne me regardait pas, alors je n'ai pas insisté.

Logan n'avait toutefois jamais vu son père réagir comme il l'avait fait en voyant Cora Williams entrer dans la pièce où il se trouvait deux jours plus tôt.

— J'imagine que nous allons devoir nous contenter d'attendre, dans ce cas. Et même si la soirée d'hier a été folle, je me réjouis du retour de Zac. Je sais qu'il a créé une situation difficile avec Iris, mais en toute franchise je ne crois pas un seul instant que l'unique raison pour laquelle il est avec elle tient au fait qu'elle lui ait proposé une somme d'argent à investir dans son équipe de voile.

— Moi non plus. Ce garçon est amoureux. Je ne l'ai jamais vu se comporter ainsi avec une femme, dit Logan. Crois-tu que cela est dû à l'ambiance qui entoure généralement les mariages ?

— Que veux-tu dire ?

— Le fait qu'il se sente amoureux.

— Je ne sais pas, répondit Dare. Avant que Mari

ne tombe amoureuse d'Inigo, j'aurais dit que nous, les Bisset, n'étions pas doués pour les relations romantiques. Mais pour ce qui est de Zac… il m'a l'air d'avoir des sentiments sincères.

— À moi aussi, reconnut Logan.

Quinn avait eu raison de dire qu'il aimait entrer en compétition à tout propos. Et il savait, après avoir observé Zac le matin même, que l'on ne pouvait être assuré de gagner à coup sûr quand il était question d'amour. Et c'était un point qui le mettait mal à l'aise.

Son téléphone vibra dans sa poche au moment où celui de Dare émettait un petit signal.

— Un texto de la famille, annonça Dare.

— Encore une autre réunion, soupira Logan. Cela commence à me lasser, en toute honnêteté.

— Oui, il nous faut régler le problème causé par Papa. Mais après tout ce que nous avons dû endurer depuis notre enfance à cause de lui, je dois dire qu'une part de moi ne peut s'empêcher de se délecter de la situation.

— Oui, d'une certaine façon je me réjouis de constater qu'il est humain et capable de rater aussi bien que nous tous. Mais j'ai toujours été celui qui lui ressemble le plus, Dare. Et si ce qui lui arrive était ce qui m'attend dans l'avenir ?

Dare l'interrompit :

— Le fait que tu t'en inquiètes me dit qu'il n'en sera rien.

— J'espère sincèrement que tu as raison.

Iris et Adler étant parties, Quinn disposait de quelques minutes pour elle. Elle songea un instant à envoyer un texto à Logan puis se ravisa. Plus tôt, au golf club, elle avait presque baissé la garde. L'avait presque laissé revenir dans sa vie. Quand il était parti, elle s'était souvenue qu'elle ne pouvait, pour sa sécurité, se permettre davantage.

Elle préféra donc regagner la maison qu'elle louait et télécharger les images qu'elle avait prises pour la vidéo personnelle destinée à Adler et à Nick. Elle se servit un verre d'eau et fixa l'écran. Elle filmait des mariages depuis quatre ans et, à mesure qu'elle avait approché de la trentaine, elle avait commencé à se demander si le temps n'était pas aussi venu pour elle de trouver quelqu'un et de franchir le pas. Son esprit vagabonda un instant. Elle imagina comme il serait agréable d'avoir un homme contre qui se blottir durant les froides nuits d'hiver. Mais elle chassa bien vite cette idée.

Les mariages avaient le don de faire surgir ce genre d'envies. Elle le savait. Elle avait vu tant de couples tomber dans les bras l'un de l'autre lors de mariages qu'elle avait filmés dans des lieux idylliques. Des couples – tels que Logan et elle – qui n'avaient plus rien à se dire une fois retournés à la maison, dans la vraie vie.

Elle savait qu'il lui fallait se reprendre. Mais la raison de ses divagations tenait clairement, elle n'en était pas dupe, à la silhouette sculptée et aux larges épaules de Logan. S'il avait perdu un peu du charme et de l'allure qu'il avait au temps de leurs études, elle aurait pu lui résister.

Il était toujours… trop sexy. Trop attirant, et pas uniquement sur le plan physique.

Son téléphone vibra et elle consulta la nouvelle alerte. Elle parcourut l'écran et faillit lâcher l'appareil.

L'histoire n'était pas terminée…

Une infirmière d'un hôpital rural venait de déclarer que Nick n'était pas le seul enfant auquel Cora Williams, alias Bonnie Smith, avait donné naissance ce jour-là. Nick avait un jumeau et ce dernier avait été échangé juste après la naissance avec un autre garçon, le bébé mort-né de Juliette Bisset.

Bonté divine.

L'enfant dont parlait l'infirmière était-il Logan ? Ce devait l'être, en effet. Lui et Nick avaient le même âge. Ils ne se ressemblaient pas mais tous les jumeaux n'étaient pas identiques. Mais tout de même… Si tel était le cas, pourquoi aurait-elle attendu si longtemps pour témoigner ?

Quoi qu'il en soit, la nouvelle allait faire voler en éclats l'univers de Logan. Il s'était toujours enorgueilli d'être le parfait mélange entre son père et sa mère. Si Juliette n'était pas sa mère biologique… Quinn se demanda si elle avait appris la nouvelle avant la famille. Elle commença à rédiger un texto à l'attention de Logan mais, jugeant préférable de lui en parler de vive voix, elle partit en courant vers la maison de sa grand-mère. Une fois dans l'allée, Quinn réalisa qu'elle n'avait nullement envie d'y entrer pour lui livrer brusquement la nouvelle. Elle rédigea donc un message à son attention, lui demandant de la retrouver à l'extérieur.

Sa réponse ne se fit pas attendre.

Impossible. Réunion de famille. On se parlera plus tard.

C'est important.

Je ne peux pas m'absenter pour l'instant. Nous pourrons reparler de notre nuit plus tard.

OK. C'est à propos d'une info à ton sujet, pas de notre nuit ensemble.

Flûte. Mais je ne peux pas parler maintenant. Merci d'avoir essayé de m'avertir.

Quinn réalisa alors que l'information devait avoir été communiquée à la famille. Elle ne savait que faire. En tant que productrice du film du mariage, cette nouvelle n'affectait pas son travail. Bien sûr, Nick et Adler seraient bouleversés, mais quoi qu'il en soit, les éléments nécessaires à l'émission devaient être filmés et tout devait se poursuivre comme prévu.

Elle se concentrerait donc sur son travail.

Elle n'était pas la petite amie de Logan, se dit-elle tout en regagnant la maison à pied. Mais elle était son amie, cela n'avait pas changé au fil des ans. Et alors que le chaos frappait sa famille, peu importait que cette histoire soit vraie ou qu'elle soit le fait d'un chantage au détriment des Bisset et des Williams. L'image qu'il avait de lui-même était centrale pour Logan. Et en raison de son tempérament de compétiteur, une telle révélation affecterait profondément le regard qu'il portait sur lui-même.

Quinn réunit son équipe et s'assura que tout était prêt pour la répétition du mariage et le dîner qui s'ensuivrait. Dans l'agitation ambiante, elle voulait s'assurer que tout se passe au mieux. Qu'au moins une petite partie du week-end se déroule comme prévu.

Elle envoya un texto à Iris pour savoir si elle avait parlé à Adler, et la jeune femme la rappela dans l'instant.

— Salut, tout va bien ? répondit Iris. Je suis avec elle, elle parle avec son père. Elle veut être certaine qu'il joue la bonne chanson quand elle avancera vers l'autel. Qu'y a-t-il ?

Quinn fut saisie par l'hésitation. Devait-elle parler à Iris de la nouvelle révélation ? Mais à vrai dire, l'information n'était toujours pas confirmée et, pour la première fois depuis son arrivée à Nantucket, Adler se consacrait à ce qu'une mariée était censée faire en pareille occasion.

— Non, rien. Je voulais juste prendre de vos nouvelles. Puis-je venir avec un cameraman ?

Iris consulta Adler et lui transmit son accord.

Quinn ferait son travail. Si la bombe devait exploser, elle serait auprès d'Adler, son amie.

La famille entière, y compris la grand-mère de Logan, se trouvait dans le bureau où Carlton leur lisait la dépêche. Logan ne pouvait croire ce qu'il entendait. Comme tous, il se tourna vers sa mère et vit que son visage avait blêmi. Comme si ses paroles étaient prononcées depuis une lointaine distance, il entendit Carlton dire qu'il contesterait les propos de l'infirmière. Mais Logan savait que ce ne serait pas nécessaire.

Il n'y avait qu'à regarder l'expression peinte sur le visage de sa mère pour savoir que l'histoire était vraie.

— Juliette ? interrogea son père. Est-ce la vérité ?

Juliette prit une profonde inspiration et serra ses bras autour d'elle. Elle se tenait dans un coin de la pièce, près de l'immense bibliothèque trônant dans la famille depuis des générations. Bien qu'à présent Logan réalise qu'il ne s'agissait pas de sa famille. Aucun lien de sang ne le reliait à la famille de sa mère, les Wallis.

Il détestait chaque seconde de ce moment, et même

s'il sentait la rage bouillir en lui en raison de ce secret, il avait aussi besoin d'en connaître tous les détails.

— Vous savez que j'étais seule quand le travail a commencé. Dare, tu étais ici avec Gran, et Auggie, tu étais en voyage d'affaires. J'ai fait la connaissance de Bonnie – enfin, de Cora – quand nous nous sommes retrouvées dans la même salle d'accouchement. C'était un petit hôpital et nous avons discuté. J'essayais…

— Passe au moment où tu m'échanges avec ton bébé mort, cingla Logan.

Tout le monde se tourna vers lui. Il s'était montré méchant, certes, mais il n'était pas intéressé par l'histoire détaillée et chargée d'émotion. Il attendait des faits. C'était tout ce qu'il pouvait supporter pour l'instant.

— Ne joue pas les sombres crétins, cingla Leo.

— Je ferai ce que je veux, elle n'est pas ma mère, riposta Logan. N'est-ce pas ? Cette histoire est bien vraie, non ?

August lâcha un juron et se tourna vivement vers lui, mais lorsque leurs regards se croisèrent, Logan sut que son père comprenait sa détresse. Le vieil homme n'ajouta rien.

— Termine l'histoire, insista Logan en s'adressant à sa mère – à Juliette.

— Mon accouchement a été plus rapide et, alors que je me trouvais dans la salle de repos, en larmes, Bonnie – enfin, Cora – est revenue. Elle aussi pleurait. Elle s'était attendue à avoir un seul enfant. Mais deux bébés, cela représentait plus qu'elle ne pouvait gérer. Elle avait obtenu une bourse pour reprendre ses études et pensait qu'elle pourrait réussir à s'occuper d'un enfant mais que si elle en avait deux elle aurait à renoncer à l'université. Je lui ai dit que c'en serait probablement fini de mon mariage quand mon mari saurait que le bébé était mort-né. La grossesse nous avait permis de nous retrouver. Mais je savais que, sans ce bébé, votre père et moi aurions du mal à sauver notre couple.

— Ce n'est pas…

— Ne dis pas que c'est faux, Auggie. Nous savons tous les deux ce qu'il en était à l'époque. Bonnie a alors dit qu'elle allait devoir abandonner l'un des enfants ou peut-être même les deux.

— Tu as donc proposé d'élever l'un des deux comme ton propre enfant, intervint August.

— Oui. Et je lui ai aussi donné de l'argent pour l'aider ainsi que celui de ses fils qu'elle gardait, dit Juliette. Nous avons échangé les bracelets et Logan est devenu mon fils. Je t'ai allaité et tu es devenu mon bébé à cet instant. Je ne t'ai jamais considéré autrement que mon propre fils.

— Et comment l'infirmière a-t-elle appris votre accord ? demanda Logan.

— Elle savait que mon fils était mort-né et elle avait quitté la chambre pour se charger d'établir les papiers. Même si Bonnie et moi lui avons dit qu'elle s'était trompée, elle connaissait la vérité. J'ai proposé de la soudoyer, elle a hésité mais Cora a affirmé que personne à part nous trois ne le saurait jamais. De cette façon les garçons seraient élevés par des mères qui pourraient subvenir à leurs besoins et qui les désiraient. Le docteur avait déjà signé tous les papiers et il ne nous restait plus qu'à les compléter. Bonnie a pris le formulaire des mains de l'infirmière et l'a signé. Je croyais que l'histoire s'arrêterait là.

— Tu aurais dû me le dire, intervint August. J'aurais pu…

— Qu'aurais-tu fait ? s'emporta Juliette.

Logan voyait qu'elle était à la fois triste et furieuse. Il le comprenait. Il ressentait la même chose. Mais ce mensonge les dépassait tous. Ce mensonge qui lui avait, en un instant, tout volé. Ses frères et sa sœur, répartis dans la pièce, le fixaient du regard et il eut l'impression qu'il allait exploser.

Logan sortit en trombe de la pièce. Il entendit ses frères lui crier de revenir, mais il resta sourd à leurs appels. Il quitta la maison, s'engouffra dans sa voiture et, quelques instants plus tard, se retrouva sur le parking jouxtant le quai du ferry.

De rage, il frappa en criant le volant de ses poings. Mais cela ne le calma en rien. Même s'il avait envie de se battre, il avait aussi besoin de réfléchir à qui il était. Il avait vécu un mensonge pendant trente-cinq ans et, à présent, il savait qu'il ne serait plus jamais le même.

- 10 -

Quinn suivit une intuition. Quand elle eut fini de filmer Adler, elle se hâta de rejoindre le quai du ferry et patienta pour voir si Logan ferait son apparition. Au bout d'une quinzaine de minutes environ, elle aperçut sa voiture de sport noire entrer dans le parking et s'arrêter dans un coin. Puis elle le vit frapper son volant de ses poings.

Elle eut alors l'impression que son cœur se brisait.

Le voir dans un tel état lui était insupportable.

Elle ne savait comment l'aider, ni même si elle en était capable, mais elle ne pouvait tourner les talons et le laisser s'en aller ainsi. L'homme qu'elle avait commencé à découvrir au cours des dernières heures était différent du garçon qu'elle avait connu à l'université. Logan avait changé, il avait mûri et était devenu une personne qu'elle appréciait sincèrement.

Elle n'avait pas envie de le voir agir de manière inconsidérée. Prendre sous le coup de la colère une décision qu'il regretterait amèrement.

En quoi cela lui importait-il ? se demanda-t-elle. Mais la vérité était simple. Cela comptait à ses yeux parce qu'il s'agissait de Logan et qu'une part d'elle avait toujours été sensible à son bonheur. Elle savait qu'elle-même ne pouvait pas le rendre heureux. Et qu'il ne pouvait pas non plus la rendre heureuse. Mais cela ne l'avait jamais empêchée d'essayer d'atteindre ce résultat.

Quinn décida donc de s'avancer vers la voiture. S'il la repoussait, lui disait de partir, elle le ferait. Mais il lui fallait essayer.

Il leva les yeux vers elle au moment où elle approchait de la fenêtre, côté conducteur. Elle vit les larmes qui brillaient dans ses yeux et il ne fit rien pour les lui cacher. Il ouvrit la fenêtre.

— Tu es au courant ? demanda-t-il simplement.

— Oui, j'ai appris la nouvelle. Je suis désolée.

— Eh bien, c'est comme cela, on n'y peut rien, non ?

Son ton était étrangement calme.

— Je venais d'avoir l'information lorsque je t'ai envoyé le texto. Mais je ne voulais pas te l'écrire, il me semblait qu'il valait mieux te le dire de vive voix.

— Oui, je te remercie pour cela.

— Alors, comme ça, tu t'en vas ?

— Je ne sais pas. Je veux simplement me tenir loin de ma famille et je ne peux pas faire un pas sur l'île sans tomber sur l'un d'eux.

— Je peux monter ? demanda Quinn.

— Pourquoi ? Je sais que tu ne peux pas quitter cet endroit de toute façon.

— Je ne crois pas que tu le devrais, toi non plus. Et tu peux me dire que cela ne me regarde pas, mais je pense que tu as besoin d'une amie, de quelqu'un avec qui tu peux être toi-même et qui ne te jugera pas. Pourquoi ne restes-tu pas avec moi ? N'assiste pas au mariage, ne vois pas ta famille, si c'est ce que tu veux. Reste avec moi et prends quelques journées pour faire la paix avec cette révélation.

Il ricana en secouant la tête.

— Il me faudra bien plus que quelques journées. Mais je crois que j'aimerais rester avec toi. Es-tu certaine que cela te convient ? Je n'oublie pas que tu as dit que tu voulais une nuit et rien de plus.

— Je sais. Et j'ignore ce qui se passera entre nous. Mais viens avec moi, comme un ami, dit-elle.

Il acquiesça d'un hochement de tête.

— Allez, monte.

Quinn contourna la voiture pour venir prendre place sur le siège passager. Mais une fois qu'elle fut installée, Logan ne démarra pas, se contentant de rester les bras posés sur le volant et les yeux rivés sur le port.

— Que faire à présent ? Ce n'est pas comme si je devais gérer une affaire professionnelle. C'est à ma mère que j'en veux… oh, mon Dieu, Quinn, ma mère n'est pas ma mère, s'exclama-t-il en faisant retomber sa tête sur le volant.

Quinn pressa doucement son épaule.

— Juliette t'a élevé et elle t'aime. Elle sera toujours ta mère.

— Je comprends ce que tu veux dire mais comment puis-je poser le même regard sur elle désormais ? Tout a changé.

— C'est vrai. Et aucun retour en arrière n'est possible à présent. J'ignore comment tu iras de l'avant mais je suis sûre que tu le feras parce que tu n'es pas homme à fuir les problèmes.

Logan serra les mâchoires avant de hocher la tête.

— Tu as raison. Mais aucune solution ne me vient à l'esprit.

— Accorde-toi une journée. Ou peut-être un peu

plus. Mais je te connais, Logan Bisset. Tu n'es pas de ceux qui s'apitoient longuement sur leur sort.

Elle disait vrai. Et il était amusant de constater que cette femme dont il était séparé depuis plus de dix ans le connaissait encore si bien. Logan réalisa alors qu'il avait été plus sincère dans sa relation avec Quinn à l'époque de l'université qu'avec aucune des femmes qu'il avait fréquentées depuis.

Il savait que c'était en partie parce qu'après avoir souffert de leur rupture il avait décidé de ne jamais permettre à quiconque de devenir assez proche. Il voulait éviter tout risque de ressentir de nouveau la même douleur. Et jusqu'à ce jour, ce jour où il avait appris le mensonge de sa mère, il s'était protégé de la sorte.

Peut-être Quinn était-elle la seule capable de l'aider à donner du sens à cette situation. Mais aussi à trouver un moyen de vivre avec le fait d'avoir pour jumeau un homme qu'il détestait. Il ne l'avait pas oublié.

— Ne pense à rien d'autre, dit Quinn. Je vois presque tourner les rouages de ton esprit.

— Je crois que je ne peux pas m'en empêcher, dit-il. Outre le problème avec ma mère, je n'ai aucune envie d'apprécier Nick.

— Mais tu n'as pas à le faire, répondit simplement Quinn.

Et ces mots suffirent à l'apaiser. Pour l'instant, cette solution lui convenait.

Une fois qu'ils eurent regagné la maison louée par Quinn, Logan prit une douche et revêtit un short, une paire de baskets et un T-shirt trouvés dans le sac de sport rangé dans le coffre de sa voiture. Quinn étant en conférence téléphonique au moment où il sortit de la salle de bains, il se contenta de se munir de ses écouteurs et d'aller s'asseoir dans l'un des transats à l'arrière de la maison. Il enfila ses lunettes de soleil et essaya de se laisser distraire par la musique, mais échoua toutefois à contrôler le flux de ses pensées.

Ces dernières ne cessaient de le ramener à l'instant où il avait appris que sa mère n'était pas sa mère. Qu'il était un jumeau abandonné par sa mère biologique après sa naissance. Celui des deux enfants qu'elle n'avait pas voulu garder. Mais Juliette, elle, avait voulu de lui. Elle l'avait aimé et l'avait élevé avec tant d'amour qu'il se savait capable de lui pardonner d'avoir caché ce secret. Mais il lui faudrait du temps pour cela.

Depuis aussi loin qu'il pouvait s'en souvenir, tout le monde l'avait aimé. Ses parents, sa sœur et ses frères, ses amis. Sa vie avait été peuplée de personnes qui tenaient à lui, et il ne pouvait s'empêcher de s'interroger au sujet de Cora Williams, qui avait eu sous les yeux deux bébés et qui avait fait le choix justement de se débarrasser de lui.

Il ne lui poserait jamais cette question. Bon sang, si cela ne tenait qu'à lui, il ne lui adresserait plus jamais la parole.

Il n'avait pas réalisé que ses poings étaient fermement serrés jusqu'à ce que Quinn s'assoie près de lui et soulève l'un d'eux pour déplier lentement ses doigts. Puis elle retira ses écouteurs de son autre main.

— À quoi penses-tu, Logan ?

— J'essaye de ne penser à rien mais c'est difficile. Pourquoi est-ce moi que Cora a choisi d'abandonner ? N'est-ce pas une question stupide de ma part ? Et dire qu'il y a quelques heures je ne savais même pas qu'elle était ma mère.

— Cela n'a rien de stupide. Il est naturel de se poser la question. Veux-tu aller la voir et lui parler ?

— Non. Elle n'est rien pour moi. Si elle ne m'avait pas donné à ma – à Juliette – elle m'aurait confié à l'adoption. Qui sait qui je serais…

— Moi, je le sais, dit Quinn.

— Vraiment ?

— Oui. Tu n'es pas devenu un homme ultra-déterminé et compétiteur par erreur. Tu es né ainsi, Logan. Même Dare a dit que, très jeune, tu voulais être le successeur de ton père.

— C'est vrai. Je crois qu'on ne peut nier que je suis un Bisset jusqu'au bout des ongles.

— En effet. Songe combien cette nouvelle aurait été plus difficile à accepter si…

Il l'interrompit en posant un doigt sur ses lèvres.

— Non, ne dis rien. Je ne peux même pas supporter d'y penser. Je déteste d'avoir toutes ces idées qui tournent sans cesse dans mon esprit. Je ne sais plus qui je suis. Alors que c'est un point que je n'avais jamais mis en question.

— J'aimerais pouvoir te montrer que tu es toujours le même homme, dit Quinn.

— C'est impossible. Je saurai toujours qu'une part de moi est un mensonge. Et tu sais que je déteste que le monde entier le sache également.

— Oui, c'est vrai. Mais ne vois pas tout en noir.

— Comment pourrais-je faire autrement ? Le conseil d'administration aura des questions, c'est certain.

— C'est envisageable, en effet, mais ils savent que

tu ne vas pas brusquement être moins efficace… à moins que tu décides qu'il en soit ainsi, bien sûr. Tu n'as peut-être pas envie de l'entendre, mais tu pourrais considérer cet événement comme une occasion de prendre un nouveau départ. Une chance de changer ce que tu n'aimais pas te concernant.

— Qu'essayes-tu de me dire ? Qu'y a-t-il de déplaisant à mon propos ?

Il savait qu'il était trop déterminé à réussir et à se prouver sans cesse sa valeur, qu'il était trop compétiteur dans l'âme. Mais cette nouvelle n'allait pas soudainement le faire changer.

— Tu sais ce que je veux dire, affirma Quinn. Tu as mentionné le fait que tu venais d'empêcher Nick de conclure une affaire. Peut-être te comporteras-tu différemment à l'avenir.

Il doutait que Nick et lui puissent ne plus être des adversaires dans le futur.

— Tout est si compliqué, lâcha-t-il.

— C'est vrai, dit Quinn en venant prendre place sur ses genoux.

Il l'attira plus près et noua ses bras autour d'elle.

— Dois-tu partir bientôt ?

— Oui, nous allons filmer l'entretien avec Adler et Nick puis la répétition de mariage. Et le dîner qui suivra… Je crois que Zac prévoit un truc spécial pour arranger les choses avec Iris. Demain, je serai occupée toute la journée, mais à partir de dimanche, nous aurons tout notre temps.

Logan se demanda pourquoi il était resté sur l'île. Il aurait dû partir. Quinn avait un travail à accomplir et ne serait pas vraiment disponible.

— D'accord. Je t'accompagnerai à la répétition… J'ignore comment je vais pouvoir affronter tout le monde.

— Comme tu le fais toujours. Tu es Logan Bisset et chacun sait que tu es un conquérant. Personne ne va te plaindre ou avoir pitié de toi.

Mais c'était ce que lui ressentait envers lui-même. Parce que Juliette n'était pas sa mère biologique. Et qu'il n'était pas l'homme qu'il avait toujours cru être. Mais qu'il s'agisse de devenir l'objet de la compassion des autres ou de se cacher d'eux, aucune de ces positions ne lui convenait vraiment.

August était enfermé dans le bureau avec Carlton, et la mère de Juliette était restée à ses côtés depuis que Logan avait quitté la maison. À présent toutes deux se trouvaient dans la cuisine, occupées à boire une tasse de thé, et les enfants de Juliette étaient assis auprès d'elle autour de la table. Personne n'avait dit mot depuis que Michael les avait servis avant de quitter la pièce.

Juliette, tout en sachant qu'il lui fallait aider ses enfants à surmonter cette épreuve, ne pouvait trouver les mots justes. Elle avait toujours réussi à aplanir les difficultés causées par les erreurs d'Auggie. Mais face à la situation présente… elle se sentait totalement démunie.

— Quelqu'un a-t-il des nouvelles de Logan ? demanda-t-elle.

Elle détestait l'idée que Logan soit seul en cet instant. Depuis le moment où, à l'hôpital, elle l'avait tenu pour la première fois dans ses bras, il avait toujours été son fils. Peu importait qu'il soit à présent adulte, elle s'inquiétait pour lui. Elle savait en outre comment il pouvait ressentir les émotions, parfois. Il avait besoin de quelqu'un à qui parler, c'était certain, mais avec qui évoquerait-il le sujet ?

— Il m'a envoyé un texto. Il est avec Quinn, dit Dare.

— Voilà qui me réjouit. Sont-ils de nouveau ensemble ? demanda Juliette.

— Maman, ne te comporte pas comme si tout était normal, lança Mari. Nous devons causer … Je ne vais pas faire comme si tu ne nous avais rien caché.

— Je sais que la situation est insensée, Mari. Je tente juste de ne pas m'effondrer et de nous garder unis, répondit Juliette.

— Eh bien, pour ma part, je n'arrive pas à croire que tu aies agi de la sorte, intervint Leo. Enfin, je suis heureux que Logan ait grandi auprès de nous, mais tu aurais dû…

— Qu'aurait-elle dû faire ? protesta Mari. Le dire à Papa ? Nous le dire ?

— Je suis désolée, dit Juliette qui détestait voir ses enfants souffrir et s'affronter.

Dare se leva pour venir s'asseoir près d'elle, entourer ses épaules de son bras et la serrer contre lui. Elle l'étreignit à son tour et sentit alors les larmes lui brûler les yeux. Son aîné avait toujours été un pilier pour elle.

— Personne n'était supposé l'apprendre.

— Les secrets trouvent toujours le moyen d'éclater au grand jour, asséna Vivian.

— Merci, Maman. Tes paroles me sont d'un grand secours.

Vivian se contenta de hausser légèrement les épaules et de boire une petite gorgée de thé.

Juliette regrettait de n'avoir rien révélé plus tôt. Elle avait des raisons pour justifier ce silence : Elle était trop occupée, avec ses cinq enfants, ses œuvres de charité et les tentatives qu'elle menait pour éviter l'échec de son mariage. Elle avait parfois pensé à cette femme qui lui avait donné Logan mais avait toujours éprouvé une profonde gratitude à son égard. Son fils était merveilleux. Chacun de ses enfants était unique. Elle les aimait tous et ne voulait pas perdre Logan.

— J'ai toujours considéré Logan comme mon propre fils.

Ses autres enfants accueillirent ses mots d'un hochement de tête. Ils n'avaient pas besoin qu'elle le précise. Elle voulait le répéter à Logan mais il ne répondait ni à ses appels ni à ses textos. Il avait besoin de temps, mais elle voulait qu'il revienne et lui dise qu'il la pardonnait.

Mais si cela ne se produisait jamais ?

— Nick est-il au courant que Logan et lui sont jumeaux ? demanda Leo.

— J'ai parlé à Adler il y a quelques minutes, dit Vivian. Elle paraissait ébranlée. Je lui ai proposé de venir, mais elle a dit qu'elle avait besoin d'être seule.

— Je suis tellement désolée, intervint Juliette. J'ai l'impression d'avoir gâché son mariage.

— C'est bien le cas, répliqua Vivian. August et toi avez toujours joué à vos petits jeux de pouvoir sans réfléchir aux coûts infligés aux autres. Nous avons à peine eu le temps d'assimiler qu'August est le père de Nick que ta révélation à propos de Logan éclate. C'est comme si tu lui rendais la pareille.

— Maman, …, voulut intervenir Juliette.

— Ce que je dis est la vérité. Ce n'est que l'année dernière que tu as enfin commencé à avoir une relation correcte avec Mari parce que ta colère contre August se mettait jusque-là en travers de ton chemin.

— Je n'ai jamais voulu que les choses se terminent ainsi, dit Juliette. Mari, tu sais combien je t'aime.

— Oui, je le sais, répondit la jeune femme. Et je sais que Papa a parfois le pouvoir de nous rendre fous. J'ignore ce que tu as voulu dire, Gran, mais je suis certaine que Maman ignorait la vérité au sujet de Nick et qu'elle n'a pas manigancé pour marquer un point contre Papa avec cette révélation. Elle voulait juste un autre fils à aimer. Peut-être devrais-tu la ménager plutôt que de l'accabler.

Juliette était surprise de voir Mari prendre sa défense. Elle n'était pas sûre de le mériter mais une chose était certaine : sa fille la comprenait mieux que sa mère.

— Merci, Mari. J'ai beaucoup de chance de t'avoir pour fille.

— Je sais, lui dit Mari en lui décochant un clin d'œil complice. La situation est loin d'être idéale, mais à présent le mal est fait et je crois que nous devons juste nous rappeler que Maman nous a toujours aimés et élevés du mieux qu'elle le pouvait.

— Entièrement d'accord, ajouta Dare. Pour le reste, nous nous assurerons d'être présents pour Logan et je ne doute pas qu'il trouvera une manière de revenir vers nous.

Juliette espérait que ses enfants aient raison. Mais, assurée de leur présence à ses côtés, elle se sentait plus chanceuse qu'elle n'avait probablement le droit de l'être.

- 11 -

Logan pouvait sentir la morosité, la colère et la haine de soi grandir en lui à mesure que l'après-midi s'étirait. Quinn étant partie travailler, il se pressa de gagner l'épicerie et acheta deux bouteilles de bourbon tout en se frayant un passage entre des paparazzis que ses lunettes de soleil et sa casquette de base-ball siglée Bisset Industries n'avaient pas réussi à duper.

Il les gratifia d'un doigt d'honneur au moment de quitter la boutique puis réussit à leur fausser compagnie et rejoignit l'hôtel. Traverser le hall de l'établissement où résidaient nombre des membres de sa grande famille et l'ensemble des invités du mariage n'était pas des plus agréables, mais il avait d'autres soucis en tête.

Il envoya un texto à Quinn pour lui dire qu'il était rentré à l'hôtel au cas où elle regagnerait la maison et s'inquiéterait de son absence puis, une fois dans la suite qu'il avait réservée pour le week-end, il ouvrit une des bouteilles de bourbon, versa un peu d'alcool dans un verre et s'assit sur le canapé.

C'était impossible. Il ne pouvait se faire à l'idée que Juliette n'était pas sa mère. Elle avait beau l'avoir aimé et élevé, elle l'avait aussi trahi.

Un coup fut frappé à la porte et Logan décida de l'ignorer. Il n'était pas vraiment d'humeur à faire autre chose que boire jusqu'à perdre tout contact avec la réalité.

Un nouveau coup retentit.

— Je sais que tu es là. Ouvre, veux-tu ?

C'était Quinn.

Des images de leur soirée sur la plage se mirent à danser dans l'esprit de Logan. Elle avait toujours été trop… gentille avec lui. Elle se souciait des autres, une attitude qu'il avait toujours eu du mal à adopter. Bon sang, à présent qu'il savait que sa mère biologique l'avait abandonné quelques minutes à peine après sa naissance, peut-être tenait-il l'explication de ce comportement. Il n'avait pas hérité de la gentillesse de Juliette parce qu'il n'y avait aucun lien de sang entre eux.

— Logan.

— Va-t'en. Laisse-moi déprimer tout seul.

— Non, dit Quinn. Des gens vont sortir de l'ascenseur et je ne veux pas qu'ils me voient ici. Laisse-moi entrer.

Sa voix était tendue et il sentait que la colère la gagnait. Il se voyait prêt à faire face à une Quinn furieuse. Une querelle pourrait lui faire du bien. Il ne voulait pas avoir affaire à une Quinn compatissante. Une femme capable de voir derrière la confiance et l'arrogance affichées l'homme qu'il était réellement.

Il ouvrit la porte, jeta un regard dans le couloir et constata que la zone devant l'ascenseur était vide.

— Où sont-ils passés ?

— Ils ont dû décider de ne pas descendre à cet étage, dit Quinn en l'écartant doucement pour entrer dans sa suite.

Vêtue d'une veste de soie de style bomber, d'un débardeur et d'un jean noir moulant, Quinn avait un casque autour du cou et son smartphone dans la main.

— N'es-tu pas censée travailler ? demanda Logan.

— C'est le cas, en effet. Nous prenons une pause de dix minutes avant de filmer l'interview d'Adler et Nick. Je m'inquiétais pour toi. Que fais-tu ?

— Je bois.

— Eh bien, arrête tout de suite. Cela ne fera que te faire sentir plus mal.

Quinn se dirigea vivement vers le minibar, en sortit une bouteille de soda et la lui tendit. Logan se rassit sur le canapé et se versa un autre verre de bourbon.

— J'arrêterai demain.

— Non, dès ce soir, répliqua Quinn. Tu ne devrais pas rester seul à vider des verres. Zac a ses propres problèmes à régler, mais je suis certaine que tu pourrais appeler Dare et Leo.

— Non, je ne peux pas le faire, Championne. Je ne veux pas qu'ils sachent que je suis…

Il s'interrompit. Il ne voulait pas exprimer ce qu'il ressentait et encore moins que ses frères le voient dans un tel état.

— Logan.

— Quinn.

Il savait qu'elle essayait de l'aider, et d'une certaine façon elle y réussissait. Elle le distrayait de la spirale de pensées lugubres auxquelles son esprit était si tenté de céder. Il ne s'était jamais senti aussi peu sûr de lui. Jusqu'alors il avait avancé avec confiance dans l'existence, sûr de la place qu'il occupait dans le monde.

Et à présent, ce n'était plus le cas.

— Je t'en prie, reprends-toi. Je dois repartir pour finir de filmer et je ne veux pas te laisser ainsi.

— Tout ira bien pour moi, dit Logan. Je suis un adulte, tu ne l'as pas oublié, j'espère ?

Au moment où Quinn lui adressait un petit sourire complice en guise de réponse, son téléphone se mit à vibrer dans sa main et elle consulta l'écran. Son front se plissa et elle rédigea un message avant de lever de nouveau les yeux.

L'expression inquiète qu'il lut sur ses traits lui fit reposer son verre. Elle lui rappelait les visages inquiets des membres des conseils d'administration quand son entreprise prenait le contrôle d'une autre société.

Il se leva et simula un sourire ainsi que sa mère – enfin, Juliette – lui avait appris à le faire.

— Je vais bien. Va donc travailler.

Il raccompagna Quinn jusqu'à la porte de sa suite et l'embrassa avant de la regarder s'éloigner. Il devrait faire en sorte d'aller bien car plus jamais il ne voulait que quelqu'un pose un tel regard sur lui.

L'équipe de Quinn était de retour au grand complet quand cette dernière fit son entrée dans la petite pièce où serait filmée l'interview d'Adler et de Nick. Une fois que celle-ci serait terminée, son équipe et elle traiteraient les images dans une petite salle de montage installée dans une chambre au même étage. Étant donné que le mariage serait retransmis en direct, tout ce qu'ils avaient enregistré jusqu'alors serait utilisé pour une introduction et des extraits qui viendraient s'insérer dans le programme.

— J'aime les enregistrements que nous avons. Pour l'instant cela donne presque l'impression que le scandale ne pose pas de problème. J'imagine que tu veux que l'on garde cette tonalité ? demanda Joe, le monteur. La direction veut que nous conservions un ton raffiné. Je crois qu'ils s'inquiètent du fait que nous donnions une tonalité trop proche d'un esprit tabloïd au programme.

— Oui, j'ai été avertie moi aussi, répondit Quinn. Envoyons-leur l'interview une fois montée pour qu'ils constatent que tout est de bon goût. Nos téléspectateurs regardent pour la plupart ce programme pour avoir des idées en vue de leur propre mariage.

— Parfait. Je vais commencer à travailler sur la vidéo de la compétition de golf et du barbecue de la nuit dernière.

Joe quitta la pièce et, alors que Quinn travaillait au réglage de l'éclairage avec le cameraman, Nick fit son entrée. Ses cheveux étaient en bataille, détail qui ne lui ressemblait pas.

— Tout va bien, Nick ?

— Ouais. J'imagine que tu as entendu dire que Logan est mon jumeau, répondit-il de but en blanc. Je n'ai pas envie d'en parler pour l'instant. Je pense que nous pouvons simplement dire que j'ai découvert qui est mon père biologique et que cela ne change rien à ce que je ressens pour Adler. Cela te convient-il ?

— Oui, bien sûr. En toute franchise, toute réponse de votre part fera l'affaire. Et nous pourrons toujours couper au montage les parties que vous n'aimerez pas. Je me dis simplement qu'il serait agréable pour vous de pouvoir contrôler l'image qui est donnée de cette histoire.

— Moi aussi, dit-il. Ce serait si agréable de pouvoir contrôler ne serait-ce qu'une chose à ce stade. Si un autre secret à propos de ma naissance devait encore être révélé, je jure que je serais incapable de le supporter.

— Bien sûr que tu y arriverais, dit Adler en entrant dans la pièce.

Elle portait une combinaison ajustée au niveau du buste et large au niveau des jambes. Ses cheveux étaient ramenés sur sa nuque en un chignon bas et de petites mèches venaient encadrer son visage. Elle était magnifique et paraissait calme, mais son regard trahissait son agitation intérieure et ses lèvres tremblaient un peu quand elle essayait de sourire.

Nick l'attira entre ses bras. Quinn se tourna pour leur accorder un instant d'intimité tout en jetant un regard vers son cameraman pour s'assurer qu'il capturait bien ces images. C'était le genre de moment que leurs téléspectateurs adoraient.

Nick s'éclaircit la voix et Quinn se retourna vers eux en souriant.

— Je crois que nous sommes prêts.

Nick et Adler, équipés de leurs micros, prirent place sur leur siège. Quinn resterait hors champ pour poser les questions et guider l'entretien.

— Aucun mariage ne se passe jamais comme prévu et le vôtre a subi quelques secousses. Souhaitez-vous en parler ?

Adler affichait un large sourire et elle rayonnait à présent de confiance, sa main nouée à celle de Nick.

— Eh bien, Nick a toujours su que Tad Williams n'était pas son père biologique, mais nous venons tout juste de découvrir qu'il est le fils du magnat des affaires August Bisset. Ma tante étant son épouse, ce fut un choc, en effet.

— C'est une surprise, c'est vrai, mais cela ne change rien entre mes parents et moi. Je suis toujours le même homme et je pense que tu m'aimes toujours, pas vrai ? dit

Nick en baissant les yeux vers Adler et en lui adressant un sourire plein de tendresse.

— Oui, répondit-elle simplement.

— J'ai hâte d'être à demain pour t'entendre prononcer cette même réponse, répondit Nick.

— Moi aussi, dit Adler.

— Comment votre famille sera-t-elle impliquée dans la cérémonie ? questionna Quinn, heureuse d'avoir abordé la question du scandale pour pouvoir passer à autre chose.

— Le père d'Adler a écrit une chanson pour nous qu'il interprétera lors du dîner, dit Nick.

— Oui, et sa petite amie chantera pendant la cérémonie une chanson que ma défunte mère avait écrite à mon propos, ajouta Adler, qui était très touchée par cette façon d'associer sa maman à l'événement.

Quinn leur posa quelques questions supplémentaires tout en scrutant malgré elle Nick, dans le but de trouver des signes montrant qu'il était le jumeau de Logan. Mais cette réalité n'était pas flagrante. À vrai dire les deux hommes étaient très différents l'un de l'autre. Logan était blond et un peu plus petit que Nick. Mais tous deux avaient cette mâchoire carrée que l'on retrouvait aussi chez August, et ils étaient des hommes pleins de détermination.

Quinn pouvait déceler la force des sentiments que Nick avait pour Adler. Elle songea alors à Logan. Posait-il sur elle le même regard ?

Adler estimait que Nick s'était très bien comporté durant leur interview. Mais durant ce moment ils n'avaient été que tous les deux. À présent qu'elle se trouvait au cœur de la répétition du mariage avec toutes les personnes responsables des scandales qui ne cessaient de pleuvoir, elle hésitait entre déchaîner sa colère et aller s'asseoir dans un coin pour pleurer. Elle avait tellement hâte que ce week-end soit fini – une pensée qu'elle n'aurait jamais cru avoir un jour à propos de son propre mariage.

Sa tante Juliette avait essayé de lui téléphoner, mais elle avait ignoré son appel. Elle était incapable de parler à l'un des membres de la famille Bisset pour l'instant. Mari avait laissé un message vocal disant qu'elle était là si elle avait besoin de parler, mais Adler se disait que s'emporter vis-à-vis de sa cousine au sujet de ce qu'elle reprochait à ses parents ne l'aiderait pas vraiment.

Iris n'était pas réjouie de savoir que son acte d'avoir payé Zac pour qu'il soit son cavalier ait été révélé aux yeux du monde, mais son amie s'était accommodée de la situation. Adler souhaitait pouvoir atteindre la même sérénité à propos de sa relation avec Nick. Mais elle savait qu'une part d'elle posait sur lui un autre regard à présent.

Il était la pierre angulaire de son existence. L'amour de sa vie. Mais désormais il était différent. Il avait eu beau dire durant l'interview que rien n'avait changé, ce n'était pas le cas. Il ne parlait pas à sa mère, ce qui ne faisait qu'ajouter à la tension de ce moment de répétition. Et quant à elle, elle avait décidé d'ignorer Tante Juliette.

— Hey, lui lança Quinn en l'attirant un peu à l'écart. Je comprends que tu sois furieuse contre Juliette, mais j'ai besoin d'images sur lesquelles tu ne la fusilles pas du regard. Et je te demande la même chose vis-à-vis de la mère de Nick. Je sais combien tout cela est difficile pour toi…

— Vraiment ? cingla Adler. Mon mariage de rêve s'est transformé en une succession de scandales plus insensés les uns que les autres et je suis censée sourire et agir comme si rien ne s'était passé ?

— Je sais que c'est dur. J'en suis désolée. Mais je dois filmer l'événement. Et je veux le faire d'une manière qui te satisfera, dit Quinn. Accorde-toi quelques minutes pour souffler et nous pourrons essayer de reprendre.

Adler réalisa qu'elle perdait ses nerfs.

— Quinn ! appela-t-elle tout en se précipitant vers son amie qui s'était éloignée. Je suis désolée, je crois que je perds les pédales.

— Je sais que tu n'es pas en colère contre moi. Mais, tu sais, j'ai vraiment besoin d'autres images.

— Entendu. Donne-moi quelques minutes pour aller parler à Tante Juliette et à Cora, dit Adler.

— D'accord. Veux-tu que je demande à Iris de t'accompagner ?

— Non. J'ai besoin de le faire seule.

Nick se trouvait au milieu de ses garçons d'honneur, au nombre desquels figurait Zac, son cousin, qui avait remplacé un absent au pied levé. Les frères et le père de Nick étaient avec eux. August Bisset, quant à lui, n'assistait pas à la répétition, ce dont se réjouissait Adler. Cora parlait à Olivia, et Tante Juliette était un peu à l'écart, près de Mari et Iris.

Adler prit une profonde inspiration. Il était hors de question qu'elle laisse ce qu'avaient fait ces deux femmes plus de trente ans plus tôt gâcher son mariage.

— Tante Juliette ? Cora ? Pourrais-je vous parler ? demanda-t-elle.

Olivia et Mari la regardèrent d'un air surpris, mais

les deux femmes plus âgées se contentèrent d'acquiescer et de la suivre vers l'arrière de l'église, un endroit plus calme et propice à une discussion intime.

— Adler, laisse-moi…, dit Cora quand personne ne put plus les entendre.

— Je t'en prie, ne dis rien, Cora. Laisse-moi juste parler. Je suis en colère contre vous. Je sais que cela est injuste mais c'est ce que je ressens. Vous semblez mécontentes de vous-mêmes également, et étant donné que ce mariage sera télévisé, je pense qu'il nous faut mettre les choses au clair avant que d'autres images soient enregistrées.

— Je suis d'accord, répondit Tante Juliette.

— Bien sûr, Adler, il s'agit de votre grand jour à tous les deux. Je ne veux pas le gâcher, ajouta Cora qui affichait un air aussi contrit que celui de Juliette.

— Merci pour votre compréhension. J'ai du mal à vous pardonner toutefois, je déteste l'idée que vous ayez gardé cette information secrète jusqu'au moment de mon mariage. Nick n'est plus lui-même, les paparazzis ne lui laissent pas un instant de répit, et mon père, qui a enfin une vie et une relation amoureuse saines, est allé jusqu'à envisager de faire quelque chose de scandaleux pour détourner l'attention et épargner mon futur époux. Ce n'est pas juste.

—Tu as toutes les raisons du monde d'être bouleversée, répondit Cora. Nous le sommes aussi. Juliette et moi resterons en retrait et te donnerons tout l'espace nécessaire pour que tu sois le centre de l'attention.

— Oui, acquiesça Tante Juliette. Vous allez célébrer votre amour. Personne ne veut gâcher cela.

Adler acquiesça.

— Merci.

— Je t'en prie, dirent-elles toutes les deux d'une seule voix.

Tante Juliette la prit dans ses bras pour l'étreindre et Cora donna l'impression de vouloir faire de même. À cet instant, Adler réalisa que ce week-end n'avait définitivement plus la même saveur pour elle. Elle se trouvait prise entre deux familles en conflit et elle devait faire un choix entre œuvrer à la paix ou décider de tout quitter.

Elle les serra toutes deux contre elle avant de remarquer que Nick les observait. Il leva un sourcil interrogateur, comme pour s'assurer qu'elle allait bien. Elle tenta de lui sourire mais prit alors conscience qu'elle n'était pas uniquement en colère contre ces deux femmes. Elle était également furieuse contre lui.

- 12 -

Logan se tenait près de la fenêtre du couloir à l'extérieur de la salle de réception. C'est là que Quinn le trouva après avoir quitté le dîner de répétition du mariage. Elle avait décidé de porter pour l'occasion une adorable robe d'été aux larges bretelles et à la jupe évasée qui lui donnait l'air d'être terriblement féminine.

Elle s'était attendue à ce que Logan fasse son apparition lors du dîner, aussi avait-elle été fort déçue lorsqu'elle ne l'y avait pas aperçu. Elle s'était mise sur son trente et un pour elle et ses amies, et non pour lui ; du moins était-ce ce qu'elle s'était répété au moment de quitter la maison. Mais une part d'elle savait qu'elle voulait voir Logan. Elle avait envie de profiter un peu du vent de romance qui soufflait autour des événements prévus au Nantucket Hotel, bien que le passé y ait laissé apparaître son odieux visage.

Au moment où elle avait quitté la salle de réception, Zac venait de monter sur scène pour chanter pour Iris. Il était probablement en bonne voie pour la reconquérir. Les hommes de la famille Bisset savaient faire surgir leur facette romantique lorsque cela les arrangeait. Et après cette journée passée à parler avec Adler, Nick et Logan de toutes les émotions que la nouvelle de la liaison d'August et Cora et de ses conséquences avaient éveillé en eux, elle n'avait envie que d'une chose : être avec Logan.

Cet homme qui portait un costume de grand couturier et dont le regard s'égarait quelque part au-delà de la fenêtre donnait l'impression d'avoir perdu ses repères et de ne pas savoir comment retrouver son équilibre.

L'expression peinte sur ses traits réveilla en Quinn tous les sentiments qu'elle avait nié éprouver à son sujet. Tout cet amour, ce désir de l'envelopper de ses bras et de faire tout son possible pour apaiser la bête sauvage en lui. Sauf qu'elle savait qu'il ne voulait pas être apaisé.

Il se préparait probablement à faire quelque chose qu'il regretterait ensuite. Comme arracher à Nick le marché qu'il avait initialement conclu. Il ripostait toujours brutalement quand il était mécontent et s'offrait la vengeance qu'il pensait mériter. Mais une fois qu'un peu de temps s'était écoulé et qu'il retrouvait sa sérénité d'esprit et prenait un instant pour réfléchir, il le regrettait toujours.

Avait-il suffisamment changé pour qu'elle se sente en sécurité avec lui ?

— Quinn.

Alors qu'elle se demandait s'il valait mieux qu'elle parte, Logan s'était tourné vers elle. La détresse dans son regard autant que l'air terriblement séduisant que lui donnait son costume magnifiquement coupé réduisirent à néant toutes ses résistances. Il paraissait si fort, si sexy et si seul, qu'elle ne put s'empêcher d'avancer vers lui.

Quinn essayait de se convaincre qu'elle n'était pas en train de tomber amoureuse tout en sachant qu'il s'agissait d'un énorme mensonge. Il était impossible qu'elle puisse résister à Logan. Elle le savait, alors pourquoi n'avait-elle pas envie de se ruer vers le ferry et de retourner sur le continent pour partir aussi loin que possible de lui ?

Elle ne le voulait pas.

Elle aimait sa vie, c'était certain. Mais elle voulait Logan. Elle brûlait d'envie de se laisser aller aux sentiments que lui seul faisait naître en elle. Et il avait changé. Elle le sentait jusqu'au fond de son âme. Il était un homme meilleur à présent.

Et…

C'était la raison la plus importante de toutes…

Il avait besoin d'elle.

Elle le lut dans ses yeux et le sentit à son attitude quand il tendit une main vers elle. Il avait besoin qu'elle le rejoigne. Et c'est ce qu'elle fit.

Elle se blottit contre lui et leva les yeux vers son profil. Son regard suivit le sien, qui était de nouveau fixé vers la fenêtre, et son souffle se bloqua dans sa gorge.

August et Juliette étaient sur le parking de l'hôtel et, même à cette distance, il était évident qu'ils se disputaient.

— Ce doit être à propos de moi, dit Logan. Toute sa vie elle a donné la priorité à la famille, a affiché un sourire sur son visage et est restée aux côtés de son mari quoi qu'il ait fait et, à présent… il y a moi.

— Cela les regarde tous deux. Peu importe combien les choses sont douloureuses actuellement, elle placera toujours sa famille en premier, dit Quinn. Allons, viens avec moi pour danser et oublier tout cela.

— Je ne pourrai jamais l'oublier, Championne. Cette vérité, c'est ce que je suis. Je n'ai aucune envie de danser et de sourire. Je ne veux pas être ici, je ne veux pas lire sur tous les visages que chacun est au courant. Je veux que tout redevient tel qu'il était avant ce stupide mariage.

Quinn comprit que la blessure était profonde et qu'il faudrait du temps pour la guérir.

— Veux-tu regagner ta chambre ? demanda-t-elle.

— Peux-tu m'accompagner ? As-tu fini de travailler ?

Quinn acquiesça et il prit sa main pour la conduire jusqu'aux ascenseurs, dans le hall de l'hôtel. Mais au moment où ils s'en approchaient, les parents de Logan firent leur entrée par une porte latérale. Quinn glissa sa main sous son bras et le pressa.

— Logan, dit son père.

— Papa. Juliette, les salua-t-il avant d'appuyer sur le bouton d'appel de l'ascenseur avec plus de force que nécessaire.

— Ne t'adresse pas à ta mère en l'appelant par son prénom, répliqua August.

Quinn était frappée de voir que, malgré leur dispute récente, August soutenait Juliette face à Logan.

— Elle n'est pas ma mère, n'est-ce pas ? rétorqua Logan.

Des larmes se mirent alors à dévaler le long des joues de Juliette et August bondit vers son fils. Mais Juliette le retint tandis que Quinn saisissait le bras de Logan, le forçant à s'écarter de ses parents.

Juliette n'aurait jamais imaginé perdre Logan, mais en le voyant s'éloigner elle comprit que c'était ce qui venait de se produire. August se tourna vers elle et, pour la première fois depuis fort longtemps, il sembla se montrer entièrement sincère et spontané.

— Je lui ferai…

— Tu ne peux rien changer à la situation, l'interrompit-elle. Je n'avais jamais imaginé que la vérité éclaterait un jour.

— Tu m'as dit toi-même qu'il en était toujours ainsi, lui rappela-t-il.

Son ton était doux, différent de celui qu'il utilisait habituellement.

C'était l'homme duquel elle était tombée amoureuse. Pas celui capable d'envoûter tout un auditoire en quelques instants ou de négocier des contrats d'un milliard de dollars au saut du lit, mais un homme capable d'une empathie qu'il dispensait avec parcimonie.

— Je regrette de ne pas te l'avoir dit mais notre relation n'était pas au beau fixe alors, reconnut-elle.

— C'est à moi que revient toute la faute, dit August. Tes actions ont été motivées par la personne que j'étais à cette époque. Si je n'avais pas eu de liaison et que je ne t'avais pas laissée seule, peut-être notre fils n'aurait-il pas été mort-né. Il aurait pu se passer un million de choses différentes, mais c'est nous qui avons tracé le chemin sur lequel nous nous trouvons. Il nous faut avoir confiance dans le fait que nous avons suffisamment bien élevé Logan pour qu'au moment où il aura retrouvé son calme il revienne vers nous.

— Vers nous ? s'étonna-t-elle. Il n'est pas furieux contre toi, n'est-ce pas ?

— Tout le monde sait que je suis le seul à blâmer. Si je n'avais pas été aussi occupé à essayer de démontrer que j'étais le plus redoutable, le plus impitoyable des géants de l'industrie et que j'avais été plus présent auprès de notre famille… peut-être les choses auraient-elles été différentes. Je dois être franc, Juliette, je n'aurais jamais prévu qu'il se passe tout cela durant ce week-end.

Elle lui adressa un faible sourire.

— Moi non plus. N'est-il pas terriblement ironique que je me sois retrouvée dans la même salle d'accouchement que ta maîtresse ?

— Je crois que le destin nous joue des tours. Logan et moi avons rencontré à maintes reprises Nick et Tad, et je peux te dire que ces deux hommes n'ont rien de semblable. À l'inverse, je peux voir l'influence que tu as eue sur Logan. D'ailleurs, Leo est sa copie crachée.

Juliette accueillit ses paroles d'un hochement de tête. Elle savait que son époux essayait de la faire se sentir mieux. Et même si son cœur se tordait de douleur, elle ne pouvait que reconnaître qu'Auggie parvenait à l'apaiser légèrement.

Quelqu'un s'éclaircit la voix. Ils tournèrent leurs regards vers la salle de réception où se tenait le dîner de répétition de mariage et aperçurent Dare.

— Qu'y a-t-il ? demanda Auggie.

— Adler a besoin de toi, Maman. Elle ne sait pas si elle va pouvoir mener ce mariage à bien et vient de le dire à Nick devant tous les convives, dit Dare.

— Oh ! mon Dieu ! Les choses ne font qu'empirer, dit Juliette avant de s'élancer vers la pièce juste à temps pour voir Adler s'enfuir vers les cuisines.

Juliette se fraya un chemin à travers la foule des invités. Cora, Olivia et Mari la suivaient de près. Elles n'eurent pas à aller loin pour retrouver la future mariée qui se tenait dans un couloir tout proche, appuyée contre le mur et les joues baignées de larmes.

Juliette s'approcha et la prit entre ses bras. Adler résista un instant avant d'enfouir sa tête contre l'épaule de Juliette et d'éclater en sanglots.

— Tout va bien, murmura sa tante.

— Je pense que nous avons besoin de prendre une grande respiration avant de repartir, dit Cora.

— Je suis d'accord, acquiesça Juliette en regardant l'autre femme.

Elles partageaient tant alors qu'elles étaient pratiquement des étrangères l'une pour l'autre. Juliette fit un signe de tête à Mari pour lui indiquer de venir prendre soin d'Adler.

Puis elle attira Cora à part.

— Je crois que nous devons les amener à se retrouver tous les deux pour en discuter. Peux-tu essayer de parler à Nick ?

— Oui, bien sûr. Je sais qu'il accepte difficilement qu'August soit son père et je crains que son aversion pour Logan n'ait pas été d'une grande aide concernant l'autre nouvelle, ajouta Cora.

— Je sais. Logan ne m'adresse même plus la parole. Mais nous pouvons rappeler à Adler et à Nick qu'ils s'aiment, dit Juliette.

— Cela suffira-t-il ? demanda Cora.

— Je l'ignore et, en toute franchise, je suis à court d'idées. Aurais-tu d'autres suggestions ?

Cora secoua la tête, tout en se mordillant la lèvre.

— Nick adore Adler. Je pense que je vais essayer de lui rappeler ce qui est important. Peut-être peux-tu faire de même avec Adler ?

— Bien sûr. Nous ne pouvons les laisser aller se coucher sans s'être réconciliés, dit Juliette.

— Entendu. Olivia, viens avec moi, lança Cora à sa fille. J'enverrai un texto à Mari après avoir parlé à Nick.

— Cela me semble parfait, ajouta Juliette.

Cora et sa fille s'éloignèrent, et Juliette se tourna vers Adler et Mari. Le mascara d'Adler n'avait pas coulé mais son nez était rouge et ses yeux toujours brillants de larmes.

— Pourquoi ai-je cru vouloir l'épouser ?

— Parce que tu l'aimes, répondit Mari. Et qu'il t'aime. N'oublie pas que les hommes peuvent être idiots parfois… Je ne dis pas que cela n'arrive pas aux femmes, mais Inigo a fait des choses vraiment stupides. Et notre mariage me stresse terriblement alors que ce ne sera qu'une petite cérémonie au Texas dans la propriété de sa famille.

— C'est exact. La situation de Mari est un excellent exemple, intervint Juliette. Ce mariage est une fête pour célébrer avec tes amis le couple que vous êtes. Tous ces événements ne sont au fond que des détails. Des détails perturbants, certes, mais cela ne change rien à ce qu'est votre couple. Nick et toi allez bien. Il est toujours l'homme dont tu es tombée amoureuse.

— Vraiment ?

— Oui, bien sûr. Il a beaucoup de mal avec cette situation et tu es nerveuse parce que rien ne se passe comme tu l'avais prévu. Mais vous deux êtes faits l'un pour l'autre, Adler, lui rappela Juliette. Si tu as envie de renvoyer tout le monde chez lui et d'annuler le tournage de l'émission, nous nous plierons tous à ta volonté. Mais j'ai l'impression que tu regretteras de laisser Nick partir.

Adler appréciait que sa tante et sa cousine tentent de la rassurer, mais aucune d'elles ne pouvait comprendre ce qu'elle ressentait au fond d'elle. Elles ne savaient pas ce que c'était que de voir son fiancé, un homme doux et extraordinaire à l'origine, se transformer en une personne qu'elle ne reconnaissait plus. Nick était hors de contrôle. Il avait bu bien plus qu'à son habitude depuis qu'il avait appris qu'August était son père biologique.

Et cette histoire avec Logan l'avait entraîné dans une sorte de spirale infernale. Elle essayait d'être compréhensive, de lui accorder le bénéfice du doute et de lui laisser de l'espace pour accepter, mais le temps était compté, leur mariage était prévu pour le lendemain même.

Il n'avait pas le temps de s'effondrer et de se remettre sur pied ainsi qu'il avait besoin de le faire. Et il fallait qu'il soit là et bien présent auprès d'elle.

— Ma chérie, que puis-je faire ? demanda son père en surgissant dans le couloir en compagnie de Sonia. Veux-tu que je raisonne Nick ? Que je crée une diversion pour que vous ayez un moment de répit ?

— Non, ne fais rien de cela, Papa, répondit Adler.

— Cora est en train de parler à Nick, ajouta Tante Juliette. Je suis désolée d'être responsable de ce que tu subis…

Adler prit une profonde inspiration. Elle n'était plus furieuse contre sa tante. Elle était perturbée par la façon dont Nick se comportait et changeait. Juliette avait fait du mieux qu'elle avait pu avec les cartes qu'elle avait eues en main. Le moment de la révélation aurait pu être mieux choisi, mais Adler n'entendait pas se soucier de sa tante pour l'instant. Nick était sa seule préoccupation.

Elle avait voulu le forcer à exprimer ce qu'il ressentait, et n'avait pas prévu de le faire de manière si vive, mais une fois que les mots avaient franchi ses lèvres et qu'il l'avait laissée partir, elle s'était demandé si ce n'était pas ce qu'elle aurait dû faire la veille.

Le mariage était un pas important. Son père s'était

peut-être marié à huit reprises et avait vécu avec nombre de femmes depuis qu'elle était née, mais pour elle le mariage était un événement qui ne se produisait qu'une fois dans la vie.

Adler avait cru que Nick le comprenait. Qu'il était sur la même longueur d'onde qu'elle. Mais ce soir… alors qu'il l'avait laissée quitter la pièce sans tenter de la rattraper… eh bien, elle se demandait s'il était prêt à passer sa vie avec elle.

— Tout le monde se demande ce qui se passe, dit Sonia.

— Laissons les parler, dit Toby. Il n'y a qu'Adler qui compte.

— Je suis entièrement d'accord, mais si nous regagnions la salle et interprétions quelques morceaux, peut-être qu'ils oublieraient un instant Adler, ce qui lui donnerait le temps d'arranger les choses, fit Sonia.

Sonia avait des cheveux blonds tirant vers le roux, légèrement striés de gris et des yeux bruns d'une grande douceur. Depuis le début de sa relation avec Toby, elle s'était comportée de manière prévenante et maternelle avec Adler. C'était une idée que cette dernière avait réellement appréciée, et en cet instant sa suggestion lui paraissait idéale.

— Pourrais-tu faire cela, Papa ? Cela me fournirait un moment de répit pour réfléchir à la suite des événements.

— Bien sûr, ma chérie, répondit Toby.

— Merci Papa, dit-elle en le serrant tendrement contre elle. Va mettre le feu à la scène et, quant à moi… je crois qu'il me faut trouver Nick.

— Pas tout de suite, dit Mari. Cora m'enverra un texto une fois qu'elle lui aura parlé.

Adler prit une profonde inspiration tandis que son père et Sonia s'éloignaient. Elle se tourna alors vers sa cousine.

— Si sa mère ne parvient pas à établir le dialogue avec lui, alors personne ne le pourra.

— Je crois que ce que tout le monde souhaite est de simplement ramener l'attention uniquement sur le mariage, dit Tante Juliette.

— Adler, dit Mari,je serais heureuse de te donner des astuces pour t'aider à gérer ce coup de projecteur sur toi.

— À quoi penses-tu ? demanda-t-elle.

— Tu ne devrais pas l'écouter, intervint Juliette. Elle s'est montrée très hostile envers la presse.

Adler se souvint des photos montrant Mari adresser des doigts d'honneur en direction des objectifs et des quelques actions en justice qui avaientt résulté des assauts verbaux de sa cousine envers des paparazzis après la révélation de sa liaison avec un homme marié.

— Cela les a tenus à distance un certain temps, répliqua Mari. Il faudrait que quelqu'un capte leur attention, tu vois ?

Adler secoua la tête. Elle songea à son père qui avait eu l'idée de provoquer un esclandre mais elle ne souhaitait aucunement l'ajout d'un nouveau problème à ses difficultés actuelles. Et tandis que sa tante et sa cousine poursuivaient leur conversation, elle sentit son cœur se serrer douloureusement dans sa poitrine. Nick ne l'avait pas suivie et n'avait même pas essayé de la retrouver. Existait-il encore un espoir pour eux deux ?

- 13 -

Logan savait qu'il serait préférable qu'il soit seul, mais Quinn l'avait suivi jusqu'à sa chambre. Il était si proche de frapper un objet quelconque. Cogner le mur serait une bonne idée. Cela lui offrirait la satisfaction de se défouler de toutes ses forces et de se faire mal pour oublier un instant sa colère.

Il ne pouvait croire ce qu'il avait dit à sa mère. Il avait su combien ces mots la blesseraient et les avait choisis dans ce but, mais il ne s'était pas attendu à ressentir en retour ce choc où se mêlaient douleur, culpabilité et honte.

— Logan, est-ce que tout va bien ?

La voix de Quinn était plus douce qu'habituellement, comme si elle savait qu'il était pareil à un animal blessé et qu'elle essayait de l'apaiser. Cela ne faisait que renforcer sa colère. Il n'avait pas envie d'être apaisé ou qu'on le plaigne.

— Ouais…

— Menteur, dit-elle d'un ton taquin.

— Tu as raison, dit-il en pivotant vers elle. Je mens. Je ne vais pas bien. Je viens d'adresser les pires paroles possibles à ma mère, et veux-tu savoir ce que je pense ? Je pense que je les dirais de nouveau. Je regrette presque qu'elle n'ait pas laissé mon père me frapper parce que je suis furieux contre lui également. Et je sais que je regretterai tout cela plus tard, mais là je me sens juste… comme si j'allais exploser. Comme si déchaîner toute ma rage me permettrait de ne pas me sentir si fragile.

Quinn se délesta prestement de ses chaussures à talons tout en s'avançant vers lui. Le tissu de sa robe bruissait autour de ses jambes à chacun de ses pas. Ses cheveux roux, qui avaient été bouclés, rebondissaient avec souplesse autour de ses épaules. Elle inclina la tête, l'étudia avec attention, puis saisit sa cravate pour l'attirer vers elle.

Logan tenta de résister, puis céda et s'approcha.

— Se battre n'est jamais la bonne solution. Mais peut-être as-tu besoin d'une petite compétition pour te distraire ?

Excellente idée.

— Qu'as-tu à l'esprit ?

— Un petit jeu pour mettre à l'épreuve notre résistance. Le premier qui craque et laisse son désir prendre le dessus perd. Veux-tu jouer ?

— Es-tu sûre de vouloir cela, Championne ?

— As-tu peur de ne pas pouvoir garder ton sang-froid ? Enfin… tu sais bien ce qu'il y a sous ces vêtements et la tentation pourrait être trop grande pour toi…

C'était ce qu'il lui fallait. Il avait besoin d'elle plus qu'il ne l'avait réalisé.

— Oh ! je pense être de taille à affronter le défi. Quelles sont les règles ?

— Tout est permis, dit-elle. Et le premier qui demande quelque chose à l'autre perd.

— C'est d'accord, dit-il en enroulant son bras autour de sa taille et en la soulevant doucement vers lui.

Il abaissa ses lèvres sur les siennes et lui prodigua un long baiser, tout en repoussant ses sombres pensées.

Il n'y avait que lui, Quinn et ce lit king size derrière lui qui existaient désormais. Qu'il gagne ou non, il savait qu'il n'avait besoin de rien d'autre.

Le sexe n'était pas une solution – ou bien était-ce l'inverse qui était vrai ? Serait-ce à lui qu'il devrait son salut ? Mais rien de tout cela n'importait. Il sentit les doigts de Quinn dans sa nuque cheminer lentement jusqu'à son oreille. Elle traça son contour et, lorsqu'elle pinça fermement son lobe, un éclair puissant se propulsa à travers son corps. Logan se retint pour ne pas grogner de plaisir. Quinn connaissait fort bien tout ce qui allumait le désir en lui. Elle détacha ses lèvres des siennes pour venir mordiller son lobe avant de murmurer à son oreille.

Son souffle était brûlant et ses mots lui faisaient l'effet d'une chaude caresse.

— Te souviens-tu de cette fois où toi et moi nous sommes retrouvés dans ce bain bouillonnant durant les vacances d'hiver à Aspen ? Te rappelles-tu que tu avais décidé que nous ne le ferions pas avec les autres autour de nous ? Et que j'ai fini assise sur tes genoux, occupée à parler à nos amis tout en caressant ton sexe ?

Logan sentit son désir s'affermir un peu plus. Comme s'il eût été possible d'oublier un tel moment.

— Je me souviens que je jouais aussi de mes doigts à ce moment-là d'une façon très… intime, répondit Logan. Et que tu ondulais doucement contre moi comme si tu ne pouvais t'en lasser.

Elle mordit une nouvelle fois son lobe.

— Ce fut une belle nuit.

Une belle nuit, en effet.

Il s'écarta d'elle, retira sa veste de costume et traversa lentement la pièce pour aller la suspendre. Il sentit le regard brûlant de Quinn sur lui. Il savait qu'elle aimait le voir porter un costume et que celui-ci lui allait à merveille.

— J'aime les hommes élégants, dit-elle tandis qu'il revenait vers elle.

— Je le sais. Et j'aime ta robe. Tu n'en portes pas souvent mais tes jambes sont superbes.

— Je te remercie. J'adore les robes mais personne ne me prend au sérieux quand j'en porte une.

— Je comprends pourquoi, répondit-il. Je n'ai qu'une envie, te prendre, quand je te vois vêtue ainsi.

— C'est parce que tu penses toujours au sexe, dit-elle en glissant ses mains sous sa robe avant de, un instant plus tard, enjamber le sous-vêtement qu'elle venait de faire glisser au sol.

Le feu de l'excitation, qui se faisait toujours plus ardent, arracha un petit grognement de satisfaction à Logan. Elle avait l'air si sophistiquée et sérieuse et pourtant il savait désormais qu'elle ne portait plus rien sous ses vêtements. C'était presque trop et il dut se faire violence pour ne pas l'attraper et glisser ses mains sous sa robe.

— Envie de danser ? demanda-t-il.

Il n'allait rien précipiter. Il jouait à ce petit jeu pour gagner ; il jouait toujours pour gagner. Et en cette soirée, une nouvelle victoire lui ferait le plus grand bien.

— À quoi penses-tu ?

— Je ne sais pas encore. Laisse-moi vérifier ma playlist, dit-il.

Il essayait de gagner du temps pour tenter de reprendre le contrôle sur ses sens déjà chauffés à blanc.

Quinn pensait avoir gagné la partie en se délestant de son sous-vêtement. Elle savait que Logan ne faisait que reprendre un peu haleine et cela ne lui ferait pas de mal non plus. Elle ne s'était pas attendue à ce que le simple fait de le regarder traverser la pièce lui fasse autant d'effet. Et leur baiser avait commencé à entamer sa résistance. Elle se sentait brûlante, impatiente et prête. Mais Logan avait besoin d'un long combat et non d'une victoire facile.

Il avait besoin de remporter cet affrontement. C'était ce qu'elle voulait pour lui. Et pour eux. Mais une part d'elle avait aussi envie de gagner. Elle avait besoin de savoir qu'elle n'était pas la seule à éprouver ces émotions qui s'agitaient en elle depuis qu'ils avaient fait l'amour sur la plage. Savoir qu'il commençait à la considérer autrement que comme une simple partenaire sexuelle pour le temps d'un week-end.

Soudain des applaudissements et les premières notes d'une guitare électrique retentirent et Quinn secoua la tête d'un air de dépit. C'était un vrai coup bas de la part de Logan. Elle adorait ce morceau ; c'était sur cette chanson qu'elle avait dansé pour la première fois avec lui lors d'une fête donnée dans une fraternité étudiante.

Elle ne put toutefois retenir un rire. Elle se souvenait de l'odeur de bière et de fumée à laquelle s'était mêlée la senteur du parfum de prix de Logan quand il était venu vers elle pour l'inviter à danser.

Il lui adressa un clin d'œil complice.

— Cet air fera l'affaire ?

— Ce sera parfait, dit-elle en s'approchant lentement de lui d'un pas dansant.

Quinn plaqua ses mains tout au bas du dos de Logan

et se colla contre lui tandis qu'il venait entourer sa taille de ses mains. Il avait naturellement le sens du rythme et était toujours très à l'aise pour danser.

Quand le refrain de la chanson s'éleva, il commença à chanter d'une voix basse et rauque. Chaque frôlement du corps de Logan attisait le feu brûlant en elle et lui-même ne pouvait plus cacher désormais l'effet puissant qu'elle avait sur lui. La chanson suivante de la playlist était sa favorite. C'était sur cet air qu'ils avaient fait l'amour pour la première fois, trois semaines après leur première danse.

Il fit courir ses doigts le long de sa nuque et de son épaule et elle réalisa que les vêtements de Logan, plus couvrants, ne lui permettaient pas de dispenser autant de caresses sur sa peau.

— Alors suis-je ton bel amant ? demanda-t-il.

Quinn ne put réprimer un grondement de satisfaction.

— Tu sais bien que c'est le cas. J'imagine que cela fait de moi ta belle amante ?

— Bon sang, oui. Cela te fait mienne, Championne.

Sienne.

Elle voulait être sienne. Elle noua ses bras à son cou, attirant ses lèvres vers sa bouche, et se mit à danser contre lui tandis qu'ils s'embrassaient avec fougue. Sa peau lui semblait si sensible, elle se sentait tout à fait prête à présent à voir ce jeu prendre fin. Caresser le dos de Logan à travers sa chemise ne lui suffisait plus, elle voulait sentir la chaleur de sa peau nue sous ses doigts. Le voir plutôt que de seulement se remémorer combien son corps était ferme et musclé sous ses vêtements.

Logan s'écarta pour plonger son regard dans le sien. Ses mains étaient toujours plaquées au bas de son dos et il ondulait au son des notes blues et jazzy. Le fait que ce soit cette musique qui résonne, celle ayant constitué la bande-son des débuts de leur relation, rendait sa concentration difficile.

Soudain Quinn oublia tout. Tout, à part cet homme dont elle savait qu'il n'était pas aussi parfait qu'il lui semblait être en cet instant. Elle avait brusquement l'impression qu'ils pourraient faire fonctionner leur relation.

— Je pourrais rester ainsi toute la nuit, dit Logan. Juste te tenir dans mes bras et me souvenir du passé. De cette époque où nous étions jeunes et qu'il nous semblait que nous pourrions faire tout ce que nous désirions de nos vies.

— Moi aussi, dit-elle en caressant sa joue.

Elle sentit la barbe naissante sous la pulpe de ses doigts et se délecta du contact.

— Pourquoi cependant ai-je le sentiment qu'il y a un « mais » ? ajouta-t-elle.

— J'ai envie de toi, Championne. J'aime ce petit jeu, mais j'ai envie de te tenir nue entre mes bras, de sentir la pointe de tes seins durcir entre mes lèvres et tes jambes se nouer autour de moi. C'est ce que je désire plus que tout.

Ses mots n'étaient que le reflet de la vérité et il se savait à deux doigts de relever la jupe de Quinn pour saisir sa chair nue à pleines mains. Mais il n'avait pas non plus envie de perdre. Il avait besoin d'accomplir cet ultime effort pour l'amener à craquer la première.

— Je le veux aussi. J'adore sentir ton torse contre ma poitrine et tes jambes qui se lient aux miennes quand tu te glisses en moi, souffla-t-elle.

Logan grogna et secoua la tête. Voilà qu'elle retournait sa propre tactique contre lui.

— Tu ne comptes pas rendre les armes la première, pas vrai ?

— Effectivement, dit-elle en souriant.

Une onde violente, quelque chose qui ressemblait à l'amour, le traversa alors. Quinn le touchait droit au cœur, aucune autre femme n'avait jamais été capable de l'atteindre à ce point. Bon sang, il avait besoin d'elle. Voir ses yeux bruns pleins de joie et de désir lui en faisait prendre conscience comme jamais auparavant.

Quinn glissa une main entre eux et il la sentit se poser sur son érection. Il était à deux doigts de perdre tout contrôle. Elle fit courir sa main le long de son sexe et il dut faire appel à toute sa volonté pour rester parfaitement immobile.

Il tenta de se souvenir des règles qu'elle avait établies mais tout ce qui occupait son esprit était qu'elle était nue et qu'il avait envie que leurs deux corps ne fassent plus qu'un. Il la souleva du sol et la porta jusqu'au canapé où il s'assit tout en l'installant sur ses genoux.

Il se libéra des couches de tissu qui l'entravaient et aussitôt les doigts de Quinn se refermèrent sur son sexe nu pour poursuivre leurs caresses. Il glissa à son tour ses mains sous sa robe pour cheminer le long de ses cuisses, puis plus haut encore.

Quinn frémit puis se déplaça pour venir s'asseoir à cheval sur lui. Le contact entre leurs deux corps était brûlant et quand elle se frotta contre lui il sut qu'aucun d'eux n'avait perdu.

Elle le sentait si proche, si tendu de désir pour elle. Elle posa ses mains sur ses épaules tandis qu'il plaçait ses paumes tout au bas de son dos. Leurs regards se croisèrent et elle se pinça les lèvres.

— Match nul ? souffla-t-elle.

— Match nul, reconnut-il.

Il pouvait accepter ce résultat si on lui épargnait d'attendre une seconde de plus pour se trouver en elle.

Quinn se laissa alors lentement descendre sur lui. Elle se mordit les lèvres quand elle l'accueillit en elle et marqua une pause, le temps que leurs deux corps s'ajustent parfaitement l'un à l'autre. Il la sentit frémir entre ses bras et elle arqua le dos avant de pousser sa poitrine vers lui et de rejeter la tête en arrière sous l'effet de l'intense plaisir qu'elle ressentait déjà.

Logan sema des baisers dans son cou, s'attarda à l'endroit où son pouls battait si fort, puis l'encouragea à impulser plus d'élan à leur étreinte. Elle se mit alors à le chevaucher avec fougue, s'écartant un instant avant de revenir avec plus de force, savourant à chaque seconde tout ce qu'il avait à lui offrir. Il était si près de perdre tout contrôle qu'il se voyait incapable d'attendre une seconde de plus. Il glissa sa main entre les jambes de Quinn, y trouva le point tout au centre de son être et se mit à y imprimer de délicieuses caresses.

Elle l'attira plus près pour pouvoir s'emparer de sa bouche tout en le chevauchant avec toujours plus d'ardeur. Puis elle détacha ses lèvres des siennes et, alors que ses hanches se balançaient toujours frénétiquement, elle cria son nom au moment d'atteindre le paroxysme du plaisir. Se laissant emporter par la vague de l'orgasme de Quinn, Logan continua à se mouvoir en elle avec fièvre avant d'être terrassé à son tour par une longue et puissante extase. Quinn s'effondra contre lui et il noua fermement ses bras autour d'elle.

Elle resta un instant ainsi, sa tête contre son épaule et le souffle court tandis qu'il caressait doucement son dos, se contentant de savourer le simple fait de la tenir entre ses bras et espérant que ce moment ne prenne jamais fin.

Il savait qu'il s'agissait d'un moment volé et qu'elle aurait bientôt à repartir pour se consacrer à son travail. Que le retour au monde réel les attendait tous deux. Il réalisa que la musique jouait encore. Une musique si profondément enracinée dans l'âme même de leur relation qu'il se demanda s'il n'avait pas triché en la faisant jouer.

— Tout va bien ? demanda Quinn.

Il baissa son regard vers elle et espéra qu'elle ne pouvait pas percevoir le trouble puissant qui l'animait toujours. Mais il s'agissait de Quinn, elle l'avait donc probablement déjà deviné.

— Oui, répondit-il.

Était-ce un autre mensonge de la part d'un membre de la famille Bisset ? Apparemment, il s'agissait d'une chose pour laquelle ils étaient tous très doués.

— Veux-tu que je reste pour la nuit ? demanda-t-elle.

— Si tu en as envie, dit-il, essayant de ne pas paraître vulnérable en lui demandant de ne pas partir.

Mais il savait que, quoi qu'il en soit, il était bel et bien vulnérable.

Vulnérable vis-à-vis de Quinn qui avait toujours su voir au-delà des murailles qu'il dressait autour de lui pour découvrir ce qu'abritait le cœur de cet homme qui avait toujours besoin de gagner. Le cœur d'un homme qui la voulait pour lui et qui désirait également la battre aux jeux auxquels ils se livraient en permanence.

— Oui, c'est ce que je veux, répondit Quinn.

- 14 -

Se réveiller entre les bras de Logan, voilà une position à laquelle Quinn pourrait s'habituer sans peine. Avoir un homme dans sa vie, c'était ce qu'elle désirait à ce stade de son existence, et Logan n'était pas n'importe qui. Il était la référence qu'elle utilisait toujours pour évaluer les autres hommes, réalisa-t-elle.

La plupart d'entre eux ne lui arrivaient pas à la cheville toutefois. Ils n'étaient pas aussi opiniâtres, amusants, sexy, intelligents et capables de se moquer d'eux-mêmes. À vrai dire, aucun ne souffrait la moindre comparaison avec lui.

Il était juste Logan.

Et il en avait toujours été ainsi, ce qui l'effrayait et l'ébranlait au plus profond d'elle-même. Elle avait pris un risque et il ne lui restait plus qu'à espérer qu'il ait pris le même. La nuit précédente, il avait eu besoin d'elle et elle s'était autorisée à croire que ce moment constituerait une étape qui les amènerait à construire quelque chose ensemble. Et en le regardant dormir, le visage enfin détendu, en sentant ses bras noués autour d'elle, il était facile d'imaginer ce matin comme le premier du reste de leur vie commune.

Mais à quel moment Logan avait-il rendu la moindre chose facile ? Il avait brisé son cœur une fois et elle ne voulait pas croire qu'elle pourrait de nouveau tomber amoureuse de lui. Mais elle savait que c'était déjà le cas. Elle pouvait prétendre n'avoir cherché que du sexe torride ou n'avoir agi ainsi que parce qu'il avait besoin d'elle, la vérité était qu'elle l'aimait.

Et peut-être… n'avait-elle jamais cessé de l'aimer.

Quinn se glissa précautionneusement hors du lit et se dirigea aussi silencieusement que possible vers la salle de bains tout en prenant son téléphone au passage. C'était samedi. Le jour du mariage d'Adler.

Elle avait beaucoup à faire et s'investir totalement dans son travail constituerait une distraction dont elle avait grand besoin. Mais une part d'elle, celle qu'elle aimait garder profondément enfouie – sa facette romantique – voulait que Logan se réveille et la supplie de rester.

Elle secoua la tête tout en s'aspergeant le visage d'eau fraîche. Elle avait besoin d'éclaircir son esprit et de remettre toutes ses idées à la bonne place. Une femme qui n'était pas au sommet de ses capacités ne pouvait rivaliser avec Logan Bisset. Il aimait la compétition, gagner tout autant qu'affronter des défis.

Et Quinn savait que Logan n'arrêterait jamais de jouer. Ne s'accorderait jamais de pause ni ne laisserait personne prendre le dessus sur lui. Même pas elle. Même s'il tenait vraiment à elle. Mais elle n'avait pas besoin de prendre l'ascendant sur lui, elle voulait juste de lui dans sa vie. *Bon sang.*

Elle savait qu'elle comptait à ses yeux. C'était en partie pour cela qu'elle avait de nouveau succombé à son charme. Elle pouvait sentir les émotions qu'il éprouvait pour elle. Les percevait dans la façon qu'il avait eue de vouloir qu'elle reste avec lui la nuit précédente tout en étant réticent à le formuler à voix haute. Elle lui accordait tant de chances, mais il le fallait, pour elle. Si jamais elle s'en allait, elle se demanderait toujours si elle n'était pas partie trop tôt.

Ce n'était plus l'époque de l'université, ce temps où ils étaient jeunes et se demandaient encore quels adultes ils deviendraient. Ils avaient la trentaine à présent, elle savait très bien qui elle était.

Elle essaya de s'adresser un regard déterminé dans le miroir. Il était difficile d'avoir l'air sérieux quand on avait dans la bouche l'une des brosses à dents mises à la disposition des invités dans chaque salle de bains. Mais elle avait besoin d'être grave en cet instant. C'était maintenant qu'elle devait prêter attention à sa petite voix intérieure.

C'était face à Logan qu'elle se trouvait.

Il ne s'était pas transformé comme par magie en homme domestiqué, il était toujours le même mâle alpha ultra-déterminé. Et il était blessé, ce qui le rendait vulnérable et dangereux. Rien n'était certain mais il ne fallait pas exclure qu'il puisse la faire souffrir.

Tout comme il avait fait souffrir sa mère le soir précédent.

Elle courait le risque qu'il réduise son cœur en cendres. Mais comment pouvait-elle se protéger alors que son corps et son âme voulaient plus que tout qu'il lui appartienne ? Alors qu'elle voulait lui ouvrir grand ses bras et clamer qu'il était sien ?

Un petit signal s'éleva de son téléphone. Adler lui avait adressé un texto : elle s'apprêtait à rejoindre la pièce réservée à la préparation des demoiselles d'honneur. Les coiffeurs et maquilleurs ne tarderaient pas à arriver.

Quinn rédigea une réponse.

Salut. Je suis à l'hôtel, je dois passer rapidement chez moi avant de te rejoindre. Mon assistante et l'équipe de tournage t'attendent sur place. Tout va bien ?

Suis hyper nerveuse. Nick et moi nous sommes expliqués hier soir. Je crois que nous allons bien. Mais je n'en suis pas sûre.

Que s'est-il passé ?

Encore des soucis dans le pur style Bisset. Si tu veux un conseil, ne tombe jamais amoureuse.

Je vois que tu ne vas pas bien. Donne-moi quelques minutes pour arriver. Où es-tu ?

Je me gare sur le parking de l'hôtel. On se retrouve dans la salle de maquillage. Il n'y a rien que tu puisses dire pour arranger les choses.

Ce n'est pas ce que j'espérais pour toi aujourd'hui.

Moi non plus, mais je n'ai pas le choix.

— Vas-tu bientôt sortir, Championne ? l'appela soudain Logan à travers la porte fermée.

Quinn ouvrit le battant après s'être rincé et essuyé la bouche. Il se tenait là, devant elle, entièrement nu, et elle prit un moment pour se délecter de la vision de son corps parfait. Il lui sourit et il lui sembla qu'il était sincère.

C'était si agréable. Ils étaient si bien ensemble. Tout irait bien, se dit-elle.

— Je dois filer, dit Quinn. Je vais être très occupée aujourd'hui. Mais je te verrai à la cérémonie et à la réception.

— Hum… je ne vais pas y aller. Je n'en ai vraiment pas la moindre envie.

Quinn plissa le front d'un air surpris.

— C'est un grand jour pour Adler et elle a besoin d'avoir sa famille autour d'elle. Tu devrais y aller et passer du bon temps avec tout le monde. Cela t'aidera à te sentir mieux.

— Merci, Quinn, lâcha Logan d'un ton sarcastique. Mais je n'ai pas besoin de tes conseils. Si je t'ai invitée à rester hier soir c'était pour baiser, pas pour que tu joues les psys.

Quinn pâlit brusquement et il vit alors qu'il l'avait rendue furieuse. Il savait qu'il se comportait comme un abruti. Il n'aurait pas dû lui parler de la sorte mais il n'allait pas se rendre au mariage comme si rien ne s'était passé. La nuit précédente avait été comme une oasis de calme dans la folie qu'était devenue son existence. Mais ce n'était rien d'autre que cela. Rien n'avait été réglé. Il avait dormi quelques heures avec Quinn dans ses bras, mais durant la plus grande partie du temps son esprit avait été agité. Il n'avait cessé de songer à ce qui se passerait le lendemain.

Il s'était montré cruel envers ses parents, il avait manœuvré pour conclure une affaire qui gâcherait la lune de miel de Nick, et sa cousine se réjouirait probablement de ne pas l'apercevoir lors de son grand jour. À cet instant Logan avait le sentiment d'être le dernier des derniers et il savait qu'il méritait de se sentir aussi mal après avoir poignardé sa mère en plein cœur en lui parlant comme il l'avait fait le soir précédent. Et la dernière chose dont il avait envie était de se réveiller en ressentant ce qu'il ressentait pour Quinn.

Il n'était pas en état d'avoir une relation avec elle, mais quelle que soit la manière dont il considérait la situation, une évidence lui apparaissait clairement : Ce qui s'était passé entre eux n'était pas uniquement un moment de sexe survenu à la faveur d'une fête de mariage. Ce qu'il ressentait lui disait qu'il s'agissait de bien plus que cela.

Et, à moins qu'il se trompe, elle éprouvait la même passion. Il se demanda s'il avait eu tort de faire jouer ces chansons le soir précédent. Peut-être le fait d'avoir ravivé ces souvenirs était-il la raison pour laquelle il s'était réveillé en ayant l'impression… eh bien, d'avoir des sentiments si vifs. D'être assailli par les attendrissements. Une chose qu'il détestait, lui qui se vantait de tout maîtriser dans sa vie et qui savait que les hommes sensibles à leurs exaltations commettaient des erreurs.

Son père en était le parfait exemple, lui qui avait eu un enfant dont il ignorait l'existence… bon sang, *des* enfants dont il ignorait l'existence.

Il passa nerveusement sa main sur son visage.

— Alors ? Tu n'as pas de répartie cinglante à me jeter au visage ?

— J'attends tes excuses, dit-elle simplement. Ta remarque était gratuite et nous le savons tous les deux.

— Tu peux toujours attendre, Championne, répliqua-t-il.

Quinn cligna des yeux, stupéfaite, et, les mâchoires crispées, prit une profonde inspiration. Logan sentait que cette fois-ci, il ne serait plus question de recréer une relation avec elle. Quinn sortirait de sa vie et n'y reviendrait pas.

Il avait eu une deuxième chance et une fois encore il allait la laisser s'échapper. Mais c'était la solution intelligente de procéder et il priait pour ne pas dévier de son chemin. Il ignorait ce qui se passerait s'il n'agissait pas de la sorte.

— Bon sang, Logan, chaque fois que je me dis que tu es plus qu'un requin sans pitié, tu me rappelles que je fais erreur.

— Je n'ai jamais dit que ce qui s'est passé entre nous était plus que la fièvre d'une nuit d'été.

Elle secoua la tête nerveusement.

— La fièvre d'une nuit d'été ? Tu te fiches de moi ?

Elle tourna les talons et il la laissa s'éloigner, se forçant à détourner ses yeux de ses courbes envoûtantes tandis qu'elle ramassait ses vêtements éparpillés pour se rhabiller.

À la lumière du jour rien de ce qu'il avait éprouvé plus tôt n'avait changé. Malgré ses cheveux ébouriffés Quinn lui paraissait toujours aussi belle. Et en colère. Réellement en colère.

— Tu as triché hier soir, donc tu penses que tu as gagné. Mais ce n'est pas le cas, cingla-t-elle.

— Très bien, concéda-t-il.

Il n'avait pas vraiment envie d'en discuter. Il voulait qu'elle sorte de sa chambre et de sa vie pour pouvoir continuer à être lui-même. Cesser d'essayer d'être le genre d'homme qu'elle aimerait avoir à ses côtés. Parce qu'il savait à présent que c'était à cela qu'il s'était employé. À tenter de toutes ses forces de faire comme s'il pouvait être un homme meilleur alors qu'il ne l'était pas. Il était juste lui, Logan Bisset.

Et maintenant il savait qu'il ne possédait pas le moindre gène de Juliette Wallis-Bisset. Qu'il n'avait rien de sa gentillesse et de son charme. Qu'il n'était que l'homme d'affaires brutal qui avait été élevé pour être ainsi par son père.

Quinn, désormais entièrement vêtue, fonça dans sa direction.

— J'ai besoin de mon téléphone, dit-elle en se plantant devant lui. Je croyais que tu te sentais perdu et que tu ne savais plus qui tu étais après avoir découvert que Juliette n'est pas ta mère. Mais il ne s'agit pas de cela, n'est-ce pas ? Tu es toujours le clone miniature de ton père. Toujours l'homme qui n'a besoin de personne d'autre à part lui-même, pas vrai ? Eh bien, félicitations, si tu recherches la solitude, c'est ce que tu vas obtenir de moi et probablement de toute autre femme avec laquelle tu auras une relation.

Ses mots le blessaient. Il avait beau les mériter, il savait que Quinn ne parlait presque jamais ainsi. Il l'avait tant fait souffrir qu'elle commençait à se comporter comme lui. De manière froide, brutale. Tu peux te réjouir, songea-t-il, tu as réussi à faire de Quinn une mauvaise personne comme toi.

— Je pourrais te dire que j'espère que tu seras heureux à l'avenir, mais ce n'est pas vraiment ton truc, pas vrai ?

Sans attendre de réponse, Quinn traversa la suite, sortit et claqua la porte derrière elle. Et Logan resta figé au milieu de la pièce en se demandant s'il ne venait pas de commettre la plus terrible erreur de son existence. Il savait que Quinn serait plus heureuse sans lui et, ainsi qu'elle l'avait fait remarquer, il était le genre d'homme qui aimait être seul.

Tout irait bien pour lui.

Au moment de se préparer à prendre sa douche, il fit mine de croire que, quoi qu'il se passe durant cette journée, il ne serait pas dérangé le moins du monde par la façon dont elle était partie. Il avait presque réussi à s'en convaincre au moment où il sortit sur le balcon et la vit traverser le parking, d'un air tendu et mécontent.

Logan savait au fond de lui qu'il ne se satisferait jamais de la façon dont leur histoire avait pris fin. Et il jugea qu'il méritait tout à fait de souffrir du profond malaise qu'il ressentait en cet instant.

En jetant un regard vers le visage de sa meilleure amie, Adler comprit immédiatement qu'elle avait passé la nuit avec un homme. Il devait s'agir de Logan. Lui seul était capable de déstabiliser Quinn de la sorte. Bien sûr, il était évident que l'homme dont elle aurait dit qu'il n'avait rien en commun avec son fiancé à part le flair dont il savait faire preuve dans le monde des affaires serait capable de blesser profondément Quinn.

— Allons bavarder un instant, veux-tu ? proposa Adler en entourant les épaules de Quinn de son bras et en l'attirant vers la seconde chambre de sa suite.

Elle referma la porte derrière elles pour leur garantir un petit moment d'intimité.

Quinn portait un jean et un T-shirt noirs sous sa veste en soie. Elle était prête à travailler ; elle avait tiré ses cheveux en queue-de-cheval et ne s'était pas donné la peine de se maquiller. Son teint laiteux constellé de taches de rousseur la faisait paraître plus jeune qu'elle ne l'était.

— Pourquoi n'as-tu pas dit que tu étais de nouveau avec Logan ? demanda Adler.

— Comment l'as-tu deviné ?

— Tu as l'air hors de toi et on dirait que tu as pleuré.

Je n'ai jamais vu personne d'autre que lui te mettre dans un tel état, répondit Adler. De plus, étant donné l'avalanche de problèmes qui marque ce week-end, c'est tout ce qu'il y a de plus logique.

— Il n'y a rien de logique entre Logan et moi. Tout n'est qu'une fusion d'hormones et de stupidité.

Adler éclata de rire.

— Qu'a-t-il donc fait ?

— Rien. Tout cela n'a aucune importance. Alors, où en es-tu avec Nick ?

— Nous nous sommes réconciliés, en quelque sorte.

— Comment peut-on se réconcilier « en quelque sorte » ? s'enquit Quinn.

Adler se posait la même question, mais Nick était venu la voir le matin même pour lui expliquer qu'ils ne devaient pas laisser les événements des derniers jours compromettre leur mariage. Il voulait toujours l'épouser. Mais il n'avait pas dit qu'il l'aimait quand elle était partie du dîner de répétition et elle ne pouvait s'empêcher de se demander s'il voulait mener à bien la cérémonie parce qu'il avait tout simplement besoin de se distraire au vu des scandales qui éclataient autour de lui.

— Nous nous marions. Nous avons encore certains points à régler mais, étant donné toutes les affaires qui bouleversent la famille et le fait que la cérémonie sera retransmise à la télévision, nous avons juste à aller jusqu'au bout.

Adler détestait l'impression qui se dégageait de ses paroles. Elle n'avait pas cherché à se marier juste pour devenir la femme de quelqu'un. Elle avait cru avoir trouvé son âme sœur, l'homme qui serait son partenaire pour la vie. Elle pensait qu'elle avait fait un meilleur choix que son père, qui avait mis de longues années à trouver une personne comme Sonia. Mais peut-être avait-elle été trop arrogante en raisonnant de la sorte.

— Oh ! non, Adler ! vous formez tous les deux le couple parfait. Je suis certaine que tout cela finira par se calmer.

Elle adressa un sourire à Quinn mais vit sur le visage de son amie qu'elle ne le croyait pas. Il s'était passé trop de péripéties pour qu'aucun d'entre eux retrouve sa sérénité initiale. Elle espérait que le mariage constituerait une étape pour qu'elle et Nick avancent ensemble dans l'existence mais, pour être honnête, il buvait beaucoup et son humeur sombre ne l'avait toujours pas quitté. Il n'était plus celui qu'il avait été. Bien qu'opiniâtre, il s'était toujours montré ouvert et enjoué, contrairement aux hommes de sa famille, et ce n'était plus le cas désormais.

— Personne n'est parfait, dit Adler. Mais nous allons trouver le moyen de surmonter les obstacles. Qu'en est-il de Logan et toi ?

Quinn secoua la tête d'un air de dépit.

— Il n'y a pas « de Logan et moi ». D'un côté il y a Logan, et il en veut à la terre entière. Et de l'autre il y a moi, qui ai essayé de lui faire comprendre que cela aussi passera.

Bien sûr, Logan n'avait pas envie de l'écouter. Adler connaissait son cousin suffisamment bien pour savoir qu'il ne serait pas apaisé par un tel raisonnement.

— Il veut probablement une forme de revanche.

— Il l'a obtenue hier soir. Il a prononcé des paroles très dures à sa mère et à son père, dit Quinn. Je croyais qu'il souffrait et qu'il avait simplement besoin d'un peu de temps… Oublie tout ça, veux-tu ? Tu n'as pas besoin d'entendre ces histoires.

— Je suis désolée, dit Adler.

Et elle l'était sincèrement. Elle voulait que son amie trouve le bonheur et Logan était le seul à l'avoir jamais intéressée sérieusement. Il y avait une attirance entre eux deux qu'Adler ne cernait pas, mais il en était souvent ainsi de l'amour, n'est-ce pas ?

— C'est si étrange, l'amour, constata Adler. Tante Juliette aime toujours Auggie. Cora et Tad avaient leurs propres secrets et pourtant ils restent toujours ensemble. Est-ce les années écoulées qui les ont gardés unis ou est-il question de sentiments mutuels véritables ?

Elle avait cru autrefois que seul un amour puissant pouvait assurer l'union d'un couple, mais à présent elle ne savait plus quoi penser. Qui pouvait aimer une personne qui n'était pas transparente ?

— C'est bizarre, en effet. Et je ne suis pas amoureuse de Logan. J'ai été aveuglée par le désir et maintenant j'en suis guérie. Qu'en est-il de toi ?

— Je suis énervée contre Nick mais je suis toujours amoureuse de lui. Il est le seul homme avec qui je veux être. J'imagine que c'est la raison pour laquelle je vais jusqu'au bout de ce projet de mariage. Je suis bouleversée et il est déboussolé en ce moment, mais je ne veux pas le laisser partir. J'ai encore espoir que nous pourrons trouver le moyen de nous retrouver.

Quinn lui adressa un regard débordant de tendresse avant de la serrer dans ses bras.

— Je sais que vous y arriverez. Il le faut car sinon cela voudra dire que la génération précédente, avec ses machinations, aurait gagné. Et ce ne serait pas juste. Vous incarnez le bonheur et votre amour est pur et sincère.

Adler secoua la tête.

— Je ne sais plus quoi penser mais ce dont je suis certaine c'est que je ne vais pas laisser leurs actes nous influencer davantage. Je vais épouser Nick et nous allons commencer à construire notre vie loin de toute cette folie qui entoure la rivalité entre les Bisset et les Williams.

— Voilà un merveilleux projet. Es-tu prête à te préparer et à laisser coiffeurs et maquilleurs entrer en action ?

— Oui. Je veux faire tout ce que font les mariées et en finir au plus tôt avec cette journée.

- 15 -

Logan quitta l'hôtel et se dirigea vers la maison de sa grand-mère Vivian. Mais après son comportement de la veille au soir, il n'était pas sûr d'y être le bienvenu. Au dernier moment, il prit un autre chemin et gagna le sentier qui descendait vers la plage. Il était assis sur le sable, le regard perdu vers les vagues, quand ses frères le trouvèrent. Dare, Zac, Leo et… Nick. Son demi-frère – enfin, plutôt, son jumeau. Le frère qu'il ne voulait pas avoir.

— On pensait bien te trouver là, dit Dare.

— Tes pouvoirs de déduction sont décidément stupéfiants, lança Logan d'un ton sarcastique.

— Arrête de jouer les abrutis, lâcha Leo, tu en as déjà assez fait. Adler a envoyé un texto à Nick pour lui dire qu'il s'est passé quelque chose entre Quinn et toi et que tu lui as brisé le cœur. Une fois de plus.

— Est-ce pour cela que tu es là ? demanda-t-il.

Ses frères n'étaient pas du genre à s'immiscer dans ses affaires personnelles. Ils gardaient généralement tous les vicissitudes de leurs vies amoureuses pour eux-mêmes, et c'était une qualité qu'il appréciait grandement.

— Oui et non, répondit Dare en s'asseyant près de lui. Je ne peux parler pour les autres, mais pour ce qui me concerne, j'avais besoin de prendre un peu de distance avec Maman et Papa et tout ce qui entoure le mariage. Sans vouloir t'offenser, Nick.

— Je ne le prends pas mal, répondit Nick en prenant place près de Dare. Ne t'inquiète pas.

Zac s'approcha des vagues, regarda l'horizon, puis ramassa un coquillage sur le sable. Tout en le glissant dans sa poche, il revint auprès de ses frères.

— Je suis venu te donner un conseil, frérot, dit-il en s'adressant à Logan. Je ne sais pas si tu as juste passé une nuit avec Quinn, ou si tu as pensé que c'était plus que cela et que les derniers événements avec Maman et Papa t'ont déstabilisé. Mais si tu as ne serait-ce qu'une légère impression qu'elle est celle qu'il te faut, ne la laisse pas s'échapper. Je ne me suis jamais senti aussi mal qu'au moment où j'ai cru avoir perdu Iris.

— Je te rappelle que tu avais la gueule de bois, nota Logan.

Leo lui administra un coup de poing dans l'épaule.

— Ne sois pas idiot. Est-ce ce que tu ressens pour Quinn ?

Logan haussa légèrement les épaules. Il ne s'agissait pas d'une question qu'il aborderait avec ses frères.

— Je ne sais pas. Nick, peux-tu m'accorder un instant ?

Il n'appréciait peut-être pas cet homme mais tous deux avaient été grandement malmenés durant le week-end. Et Logan ne voulait pas être responsable d'un autre choc. Il lui semblait juste d'avertir son adversaire de ce qu'il avait fait.

Nick le regarda d'un air surpris avant d'acquiescer.

— Bien sûr. Tout seul ?

— Allons marcher si cela ne te dérange pas, dit Logan en se relevant.

Nick l'imita et ils se dirigèrent ensemble vers le rivage. Logan réalisa qu'il ne savait rien à propos de cet homme à l'exception de ce qu'il lui avait montré dans sa vie professionnelle et du fait qu'ils couraient tous deux vers les mêmes objectifs.

— Tout d'abord, sache que je ne sais pas quoi penser du fait que nous sommes jumeaux, dit Logan. Je ne te porte pas sur mon cœur. Et je suis quasiment sûr qu'il en est de même de ton côté.

— Tu n'es pas ma personne favorite au monde, répondit Nick d'un ton amusé. Mais j'apprécie que tu sois présent au mariage pour le bien d'Adler.

Logan secoua la tête. Il était un salaud de première classe et il était temps que Nick le sache.

— Je ne suis pas venu pour Adler. Je l'ai fait parce que ma mère – Juliette – m'a dit que ce serait une déception pour la famille si je ne le faisais pas.

— Eh bien, quoi qu'il en soit, tu es venu, répliqua Nick. Je ne suis pas sûr que je l'aurais fait si j'avais été à ta place.

Quel enfoiré, songea Logan.

— Je ne pouvais pas me renier, cependant. Abandonner, me montrer à ton mariage et te laisser gagner.

Nick inclina la tête sur un côté et un éclair de dureté traversa son regard.

— Me laisser gagner ? Qu'as-tu fait pour te venger ?

— Je t'ai doublé concernant l'accord sur lequel tu as travaillé concernant le brevet et lundi FuturGen va annoncer un nouveau partenariat avec une société que je possède. Cela s'est passé bien avant que j'apprenne que tu es mon jumeau.

Sous l'effet de la colère Nick serra vivement les poings.

— Le brevet ? Comment as-tu pu savoir qu'il m'intéressait ?

Logan aurait aimé que l'autre homme le frappe. Bon sang, il était devenu la pire version de lui-même. Nick épousait Adler le jour même. Un homme meilleur que lui aurait… Il interrompit brutalement le cours de ses pensées. Il n'était pas un homme meilleur, il était juste lui, Logan.

— J'ai des relations bien placées. Et, en outre, je surveillais tes achats d'actions, répondit Logan. Je suis désolé. Je n'aurais pas dû le faire mais je suis le fils d'August Bisset.

Nick hocha la tête.

— Je comprends. Nos relations n'ont jamais été amicales.

— C'est vrai, mais je suis désolé. Je ne sais pas pourquoi j'agis de la sorte. L'idée de perdre m'insupporte. Une fois que l'affaire sera révélée je te transférerai le brevet. Je veux que ce soit mon cadeau de mariage pour toi et Adler.

Nick accueillit ses paroles d'un hochement de tête.

— J'étais comme toi avant qu'Adler n'entre dans ma vie. Mais l'avoir à mes côtés, il n'y a rien de mieux au monde. Elle… elle me rend plus fort que je ne le suis en étant seul.

— J'en doute, lâcha Logan, tout en se souvenant que Quinn l'avait, la veille, entraîné à l'écart de ses parents avant qu'il ne fasse empirer la situation.

— Peut-être que ce n'est pas la formulation exacte. Je devrais dire qu'elle me rend plus intelligent. Je réfléchis plus longuement avant de prendre une décision parce que je sais que si j'agis mal… je la perdrai.

— Mais tu n'as pas réfléchi de la sorte ce week-end, pas vrai ? Comment as-tu pu supporter la situation ? Je suis secoué mais ce doit être pire pour toi.

— Je ne sais pas, je me débats avec cette réalité. Mon père est un pilier pour moi. Nous savions depuis toujours que j'étais le fils d'un autre, mais pas qu'il s'agissait d'August. Notre relation est solide et je m'en réjouis.

Logan observa l'homme qui se tenait près de lui. Nick était plus grand et avait les cheveux foncés alors que les siens étaient blonds. Il scruta son visage dans l'espoir d'y trouver une preuve qui lui confirmerait qu'ils étaient jumeaux mais aucun signe physique n'en apportait réellement la preuve.

— Il en est de même pour la relation que j'ai avec mon propre père, en temps normal. Mais toute cette histoire avec ma mère… j'ai comme été poussé à bout. J'ai dit des choses minables à Quinn ce matin. Je sais que je devrais m'excuser mais je ne peux pas déterminer si cela serait mieux pour elle.

Nick posa sa main sur l'épaule de Logan et ce dernier plongea son regard dans celui de l'homme qui, d'une certaine façon, n'était plus réellement son ennemi désormais.

— J'ai enchaîné les faux pas avec Adler durant tout ce week-end, dit Nick. Mais ce que je sais c'est que je ferais n'importe quoi pour la garder à mes côtés. Et je n'agirais de la sorte pour aucune autre femme au monde. Si tu ressens ne serait-ce qu'un peu le même attrait pour Quinn, ne la laisse pas partir.

Logan acquiesça d'un hochement de tête.

— Oui, merci pour tes conseils. Mais ne crains-tu pas que ce que tu ressens pour Adler soit un handicap pour toi ? Que tu ne sois plus aussi bon dans ce que tu fais à cause de sa présence ?

Nick stoppa sa marche et se tourna vers l'océan.

— Sans elle je travaillerais encore seize heures par jour et n'aurais presque pas de vie. Williams, Inc. est une entreprise plus rentable que jamais et je dois admettre que le fait d'avoir une relation harmonieuse avec Adler y est pour beaucoup. Même ta petite combine avec le brevet ne va pas me porter un coup trop désagréable, dit Nick en lui adressant un clin d'œil avant de se retourner et de se diriger de nouveau vers ses frères. J'ai enfin compris qu'il n'y a pas que le travail dans la vie.

— À quoi fais-tu allusion ?

— Au fait d'avoir quelqu'un avec qui tout partager.

Logan regarda l'homme – son jumeau – s'éloigner et réfléchit à ses paroles. Quinn lui avait toujours donné l'envie d'être un homme meilleur mais une part de lui avait résisté à cet élan. Il avait eu peur d'abandonner la moindre des choses qui le constituaient. Mais à présent qu'il était de retour à la case départ, pourquoi ne pas se réinventer en l'homme qu'il désirait être ? Un homme qui voulait Quinn à ses côtés et qui pourrait être celui qu'elle avait besoin d'avoir près d'elle.

— Assurez-vous que nous avons des caméras devant l'église et qu'elles sont pointées sur la mariée. J'utiliserai une partie des images captées par le drone pour montrer les invités et leurs réactions, dit Quinn. Je sais que vous êtes déjà tous fatigués mais nous devons produire le meilleur résultat possible.

— Et c'est ce que nous ferons, répondit son assistante. J'ai accordé une pause à l'équipe pour le déjeuner. La mariée a demandé si tu te joindrais à elle et aux demoiselles d'honneur à l'écart des caméras. Elle est encore dans la suite. Les mères sont dans un état… totalement étrange. La tension est à son comble, les sourires sont affreusement crispés. Mais je pense que nous pourrons nous en sortir malgré tout. Ce qui est sûr, c'est que je détesterais être le photographe de cet événement.

— Moi aussi, acquiesça Quinn.

Elle ne doutait pas que les choses soient étranges entre Juliette et Cora. Toutes deux ne s'étaient pas parlé depuis cette journée où, à l'hôpital, elles avaient conclu leur accord et échangé leur bébé.

Quinn quitta le centre de commandement où se regroupait son équipe en sachant que Tillie avait la situation bien en main et partit retrouver Adler. Après leur conversation, le matin même, elle se sentait toujours contrariée à cause de Logan, mais elle avait repoussé toutes les questions relatives à cet homme dans un coin de son esprit. Il était dans le pire état d'esprit possible et, le connaissant, il ne serait pas présent au mariage. À vrai dire, apprendre qu'il avait quitté Nantucket ne la surprendrait pas.

Son téléphone lui laissait pour une fois un peu de répit, ce dont elle se réjouissait, et elle consulta ses réseaux sociaux tout en se dirigeant vers l'ascenseur. Une voix familière attira bientôt son attention et, en relevant la tête, Quinn aperçut Nick et Logan en pleine conversation avec les autres frères Bisset. Elle les observa un instant en secouant la tête d'un air désabusé. Elle n'aurait jamais imaginé que Logan pourrait se montrer courtois envers Nick. Beaucoup de choses avaient changé. Mais pas suffisamment, néanmoins.

Elle tourna prestement dans l'un des couloirs menant aux salles destinées au personnel pour éviter d'avoir affaire à lui.

Son cœur s'était douloureusement serré lorsqu'elle avait entendu sa voix, et elle n'avait jamais été douée pour cacher ses sentiments. En réalité, la dernière fois qu'ils avaient rompu, elle était partie durant des semaines pour tenter de se retrouver.

Les étreintes amoureuses ne devraient pas lui paraître si intenses. L'idée d'avoir donné une chance à Logan la rendait folle. Mais elle ne pouvait justifier son énervement contre Logan par ses actes. Il ne lui avait rien promis. N'avait jamais laissé sous-entendre que les moments fiévreux entre eux allaient aboutir à une relation pour la vie.

Ce n'était pas sa faute si elle était tombée amoureuse de lui.

C'était la sienne, voilà tout.

Elle aurait dû se douter qu'elle ne pourrait pas s'amuser avec Logan sans tomber amoureuse de lui. De plus, il avait besoin d'elle. Peu importait ce qu'il avait pu dire le matin même, il avait eu besoin d'elle la nuit précédente, ce qui l'avait amenée à tomber dans ses bras et à baisser sa garde.

Quinn prit une profonde inspiration. Elle voulait croire qu'elle serait capable de se détendre et de ne pas souffrir quand elle le reverrait. Mais ce n'est pas ainsi que fonctionnait l'amour. Et elle se montrait honnête envers elle-même en reconnaissant qu'il compterait toujours à ses yeux, quels que soient ses sentiments envers elle.

Il lui faudrait trouver un moyen de vivre avec cette réalité. Mais elle ne voulait pas y penser en ce jour. En ce jour ses seules missions étaient d'être l'amie d'Adler et de produire la meilleure émission possible. Et, en toute franchise, elle était heureuse qu'il en soit ainsi. Car de cette façon elle aurait d'autres préoccupations à l'esprit que Logan.

Quinn regagna le hall de l'hôtel ; les hommes étant partis, elle emprunta donc l'escalier jusqu'au troisième étage et frappa à la porte de la suite où se trouvait Adler.

Iris ouvrit, un air radieux sur le visage. Elle avait surmonté le scandale causé par les indiscrétions de Zac et tous deux s'étaient réconciliés. Même si son propre cœur se tordait de douleur, Quinn se réjouissait pour son amie, car elle méritait tout le bonheur possible.

— Ah ! Tu arrives enfin ! lança Iris. Adler a un cadeau pour nous et elle ne voulait pas me donner le mien avant que tu sois présente.

— Un cadeau ? J'ai quelque chose à lui offrir moi aussi, mais je ne l'ai pas sur moi.

— Pareil pour moi. Allons, entre, veux-tu ? Vas-tu mieux ? Adler m'a dit ce qui s'était passé avec Logan. Je n'arrive pas à croire que tu as…

— Couché une nouvelle fois avec lui, tout en sachant qu'il est allergique à l'amour ?

Iris ne put réprimer un éclat de rire.

— Je ne l'aurais pas dit ainsi, mais, oui, c'est bien cela.

— Je suis si heureuse d'avoir mes deux meilleures amies avec moi, intervint alors Adler.

Il n'y avait personne d'autres qu'elles trois dans la pièce. Adler portait un peignoir blanc orné de ses initiales brodées, tout comme Iris. Toutes prirent place côte à côte sur le sofa.

— J'ai choisi ces cadeaux pour vous… et, c'est vrai, j'en ai aussi acheté un pour moi.

Adler leur tendit à chacune une boîte et quand elles les ouvrirent Quinn et Iris découvrirent des colliers Tiffany & Co ornés de pendentif en forme de cœur.

— Je n'imaginais pas que j'aurais tant besoin de votre soutien durant ce week-end. Merci d'être là pour moi, dit Adler.

Quinn retourna le médaillon et vit qu'une inscription y était gravée.

Sœurs de cœur.

Logan se tenait au fond de l'église pendant la cérémonie de mariage d'Adler et Nick. La scène qui se déroulait devant ses yeux changeait quelque chose au fond de lui. Elle l'amenait à réexaminer les pensées qui avaient tourbillonné dans sa tête durant toute la journée et le forçait à affronter la dure réalité à propos de lui-même. Le forçait à se confronter à ce qu'il ressentait pour Quinn. Il la voyait, absorbée par son travail ; elle l'avait pratiquement ignoré sauf lors d'un moment déchirant, quand il était entré seul dans l'église et que leurs regards s'étaient croisés.

Il avait voulu aller vers elle mais elle avait levé la main en le voyant et secoué la tête avant de tourner les talons. Il avait vu l'expression peinte sur ses traits, avait compris qu'elle avait besoin de travailler et l'avait laissée faire. Il détestait penser qu'il était responsable des ombres tristes qui voilaient son regard. Mais tel était bien le cas.

Ses parents avaient pris place au premier rang aux côtés de Toby et de sa petite amie. Quant à la famille

Williams, elle se trouvait de l'autre côté de l'allée centrale. Cora Williams croisa son regard, avec sur le visage une expression qui laissait entendre qu'elle voulait lui parler, et Logan réalisa alors que cette femme était sa mère biologique. En l'observant, il constatait les similarités existant entre elle et Nick. Était-ce la raison pour laquelle elle l'avait abandonné et gardé son frère ?

Mais à vrai dire, quelques minutes à peine après leur naissance, cette ressemblance avait-elle été si frappante ?

Le tourbillon de questions s'agita de nouveau en lui, mais il détourna les yeux et aperçut alors Quinn. Elle portait une ravissante robe couleur crème qui rehaussait plus encore qu'à l'habitude l'éclat de sa chevelure rousse et de son teint clair. Elle lui tournait le dos mais un simple regard sur sa silhouette le fit se sentir plus calme. Se sentir mieux. Il savait qu'il l'aimait. Son esprit avait tourné autour de cette pensée depuis l'instant où il s'était éveillé seul dans son lit, le matin même. Quand il l'avait entendue dans la salle de bains, il avait pensé le lui dire. Lui faire savoir combien il était heureux qu'elle soit de retour dans sa vie. Puis tout s'était écroulé.

Il essayait d'aller de l'avant. Mais comment pouvait-il le faire quand le passé lui sautait au visage et le tourmentait à chaque instant ?

La cérémonie prit fin et Logan réalisa alors qu'il s'était perdu pendant un long moment dans ses pensées. Il put toutefois voir Nick et Adler sortir de l'église. Le marié lui adressa un long regard en inclinant sa tête en direction d'Adler comme pour lui dire : « C'est cela qui compte. »

Logan resta toutefois en retrait de la foule. Il ne savait

pas s'il lui fallait rejoindre ses frères ou ses parents. À vrai dire, il ne se sentait nulle part à sa place.

Cora s'approcha alors de lui.

— Aurais-tu une minute ? demanda-t-elle.

Elle était dotée d'un caractère plus paisible que sa mère – que Juliette. Elle avait une épaisse chevelure brune et des yeux bleus pleins de douceur. Les mêmes yeux que les siens, réalisa-t-il.

— Hum… bien sûr. De quoi veux-tu parler ?

Elle déglutit avec peine avant d'articuler : « Eh bien, j'imagine que tu as des questions à me poser. »

Était-ce le cas ? Bien sûr. Mais cette femme était l'épouse de son plus féroce rival en affaires. Pouvait-il se permettre de lui montrer ses vulnérabilités ? Mais peut-être était-ce la seule solution s'il voulait calmer le tourbillon d'émotions qui s'agitait en lui.

— Pourquoi m'as-tu abandonné ?

— Je ne t'ai pas volontairement choisi au profit de Nick, dit-elle. Tu étais plus proche de Juliette, ce qui rendait l'échange plus facile. J'étais si bouleversée par le fait d'avoir des jumeaux… que j'ai même pensé un instant vous abandonner tous deux à Juliette.

Il ne savait que répondre. Le destin avait fait don de lui à sa mère – il reconnaissait à présent que Juliette était sa mère, même si ce n'était pas elle qui lui avait donné le jour. Cora ne l'avait pas rejeté et Juliette ne l'avait pas choisi. Ce n'était que le destin qui l'avait poussé vers la famille au sein de laquelle il avait besoin d'être élevé.

— Merci pour cette explication, dit Logan. Je… j'ignore comment les choses se passeront entre nous à l'avenir. Je suis certain que Tad ne se réjouit pas du fait que nous soyons liés par le sang, toi et moi.

— Il était surpris d'apprendre qu'August était le père. Je lui avais dit que j'avais eu des jumeaux et lui avais parlé de l'échange effectué à l'hôpital, dit-elle. Il a toujours détesté August à cause de la façon dont celui-ci l'a exclu de Bisset Industries, je savais donc que l'informer que j'avais eu une liaison avec lui… ne serait pas ce qu'il voudrait entendre. Et, en toute honnêteté, je n'aurais pas imaginé que nous le verrions lors du mariage. Adler n'est pas proche de lui.

— Toutes les conditions étaient donc réunies pour qu'ait lieu ce désastre, dit Logan.

— Exactement. Si tu avais envie d'apprendre à me connaître, cela me ferait très plaisir. Mais si tu ne le veux pas, je l'accepterai aussi. Je suis si heureuse d'avoir la possibilité de te voir en tant qu'adulte. J'ai pensé à toi très souvent et j'espérais que tu te retrouverais dans un foyer joyeux.

— Ce fut le cas. Et j'ai reçu une excellente éducation.

Cora tendit ses bras vers lui et l'étreignit tendrement. Le moment fut tout d'abord étrange pour Logan qui se tenait très raide. Mais il finit par étreindre Cora à son tour et il l'entendit pousser un doux soupir.

Il ne pouvait imaginer ce qu'avait été pour elle de vivre avec le choix pris.

— Merci, ajouta-t-il.

— Je t'en prie. C'est le moins que je pouvais faire, répondit Cora.

Le photographe appela alors les parents du marié et Cora lui adressa un sourire avant de tourner les talons. Il la regarda s'éloigner. Sa vie aurait été différente s'il avait été élevé par elle et par Tad, mais il ne pouvait dire si elle aurait été meilleure.

Il vit que sa mère avait les yeux posés sur lui et il sut qu'il lui devait des excuses. Voyant qu'il s'avançait vers elle, elle fit à son tour quelques pas pour le rejoindre.

— Maman, je suis terriblement désolé pour ce que je t'ai dit hier soir, s'excusa-t-il dès qu'ils furent près l'un de l'autre.

Juliette l'attira vers elle pour le serrer entre ses bras.

— Ce n'est pas grave. Je le méritais.

— Non, répondit-il d'un ton ferme. C'est faux. Je me suis comporté comme un imbécile. Ma conduite n'est pas digne de l'éducation que j'ai reçue, et la faute en revient à… non, en fait, je n'ai pas la moindre excuse.

— Tu es un Bisset, Logan. Tu réagis toujours vigoureusement. Tu as du mal avec tes émotions et je le comprends très bien. Tu me rappelles beaucoup ton père, dit-elle. Il en a toujours été ainsi. Tu es têtu et impétueux.

— C'est vrai, reconnut Logan. Mais pourquoi être restée avec lui durant toutes ces années ?

— Parce qu'il essaye toujours d'être un homme meilleur. Il m'aime et je l'aime, et ce n'est pas facile, mais chacune de ces épreuves que nous avons traversées nous a rapprochés.

— Maman, j'aurais besoin de tes conseils. J'ai blessé Quinn et je dois la reconquérir. Serais-tu prête à m'aider ?

— Bien sûr, mon fils.

- 16 -

Ses frères vinrent les rejoindre au fond de l'église. Zac se trouvait devant l'édifice avec les demoiselles d'honneur, mais Leo et Dare étaient à ses côtés. Mari, quant à elle, était sortie pour répondre à un appel téléphonique d'Inigo et il ignorait où était passé son père.

— Ce n'est pas que votre père et moi ignorons les erreurs que nous avons commises, dit Juliette. Nous essayons simplement de trouver un moyen de nous en servir pour renforcer notre couple. J'espère que vous en êtes conscients, les garçons.

— Je ne le comprends pas nécessairement, mais cela semble fonctionner pour vous deux, répondit Logan.

— C'est vrai, ajouta Dare tandis que Leo acquiesçait à son tour.

— Qu'est-ce qui semble fonctionner ? demanda August en arrivant soudain derrière eux. Avez-vous parlé tous les deux, Logan ?

— Oui, bien sûr. Je me suis excusé auprès de Maman à propos de mon comportement d'hier soir, mais je dois également te demander pardon, dit-il en se tournant pour faire face à son père.

Ce dernier lui administra une tape amicale sur l'épaule.

—J'accepte tes excuses. J'aurais prononcé des paroles similaires si j'avais été à ta place. Je suis désolé que mes actions passées aient causé tant de troubles. J'espère que tu sais que je n'ai jamais regretté d'être ton père. Peu importent les circonstances de ta naissance, je t'ai toujours aimé.

— Je sais, Papa, dit-il. Je t'aime et, Maman, je t'aime aussi.

— Mais bien sûr ! Tu as les meilleurs parents qui soient ! s'exclama August.

— Je n'irais pas si loin, dit Dare d'un ton moqueur. Vous êtes vraiment très exigeants.

— Ce qui t'a fort bien servi dans ta carrière politique, répliqua leur père. En fait, il y a un lobbyiste ici auquel j'aimerais que tu parles. Aurais-tu une minute ?

— Bien entendu, répondit Dare.

— Quant à moi je vais aller retrouver Adler, dit Juliette. Je suis triste que sa mère ne soit pas à ses côtés en ce moment si spécial, et désolée que mes actions lui aient causé un stress supplémentaire. Quoi qu'il en soit, cette cérémonie a été absolument splendide.

— C'est vrai, reconnut Logan tout en regardant sa mère s'éloigner.

— Voilà Danni, lança alors Leo.

Logan aperçut la jeune femme que son frère avait essayé de séduire sans succès durant tout le week-end.

— Va voir si tu peux réussir à l'envoûter aujourd'hui.

— Je n'arrive à rien avec elle, Logan. Je ne suis pas sûr de comprendre pourquoi.

— C'est parce que tu n'es pas le joueur que tu penses être dans cette partie. Arrête d'essayer de te mettre en avant, et sois simplement toi-même.

— Moi-même ?

— Oui. Cela fonctionnera bien mieux que tout ce que tu as pu essayer.

Leo le salua d'un petit signe de tête avant de s'éloigner à son tour. Logan réalisa alors la chance qui était la sienne de faire partie de cette famille. Il avait pensé qu'apprendre l'identité de sa véritable mère biologique l'avait changé, mais ce n'était absolument pas le cas. Il était toujours le même homme. Mais il pouvait être meilleur. Il avait œuvré à prendre cette direction depuis l'instant où il avait revu Quinn.

Et qu'il avait su qu'il la voulait. Il s'était convaincu qu'elle ne serait qu'un moment de distraction parce que cela avait été plus facile à accepter. Mais il savait au fond de lui que cela n'avait jamais été vrai. Un regard avait suffi et il avait commencé à tomber de nouveau amoureux d'elle.

Il avait regretté de la perdre et, à vrai dire, il n'avait pas eu l'intention de la blesser ou de la laisser partir.

Il avait toujours cru toutefois qu'il était plus fort seul. Mais l'exemple de ses parents lui démontrait le contraire. Même Nick lui avait confié qu'il pensait qu'avoir Adler à ses côtés lui avait donné un avantage dans ses affaires.

Quinn pourrait faire de même pour lui. Elle lui montrait déjà qu'il pouvait avoir une vie en dehors de son travail. Qu'il y avait d'autres facettes de l'existence qu'il ne pouvait continuer d'ignorer. Au moment où il tourna son regard vers les jeunes mariés qui posaient pour les photographes, il aperçut Quinn un peu à l'écart qui les observait. Logan sut alors ce qu'il avait à faire.

Il s'avança vers elle. Elle secoua la tête, comme pour lui signifier de ne pas s'approcher, mais il la rejoignit malgré tout.

— J'ai besoin de te parler. Peux-tu prendre une pause de quelques minutes ?

— S'il te plaît, ne fais pas cela maintenant. J'essaye de travailler.

— Je peux attendre. Dis-moi seulement quand tu seras libre.

— Quand je serai libre ? demanda-t-elle. Et si je te répondais « jamais » ?

— Cela ne me conviendrait pas, dit-il.

Elle saisit son poignet et l'attira vers le fond de l'église pour franchir une porte donnant sur l'extérieur. Ils se retrouvèrent sur le parking déserté ; les invités étaient à présent partis pour la réception, et les demoiselles d'honneur ainsi que la famille se trouvaient à l'intérieur.

— Que fais-tu ? demanda-t-elle. Je ne suis pas prête à jouer les filles cool et à dire « parfait, tout va bien ». Et tu as l'air de vouloir simplement tourner la page pour pouvoir avancer. Je ne peux pas faire cela. Pas aujourd'hui.

Il secoua la tête, l'air contrit.

— Je le sais. Je me suis comporté comme un idiot tout à l'heure et je n'ai aucune excuse à part celle-ci : je ne savais pas comment te dire que je suis en train de tomber amoureux de toi. Que j'avais envie que tu restes avec moi et que je savais que je n'avais nul droit de te demander de le faire. Tu sais, tout a tant bougé autour de moi, mon univers s'est transformé en quelque chose d'entièrement nouveau.

Quinn posa sa main sur sa joue.

— Oh ! Logan, je le sais bien. Je comprends que tu n'es pas tout à fait toi-même en ce moment. Mais j'attendais de toi que tu me traites avec respect. Je ne peux pas être avec un homme qui ne comprend pas celaLogan hocha la tête. Il l'avait tellement blessée qu'elle n'allait pas lui accorder simplement son pardon, et il ne lui en voulait pas. Il allait devoir lui montrer qu'il avait changé et cela prendrait plus de temps que ne lui en offrait cet après-midi.

— Je suis désolé, Championne. Je regrette amèrement d'avoir prononcé ces paroles, mais tu connais l'homme que je suis. Je ne peux même pas te promettre que je ne me conduirais plus jamais de cette façon. Mais je peux te dire que je continuerai d'essayer de changer et de te montrer combien tu comptes à mes yeux.

Elle secoua la tête.

— Ne fais pas cela. N'assène pas de telles déclarations irréfléchies.

— Pour quelle raison ?

— Je pourrais les croire et je ne suis pas certaine que cela serait sage de ma part. En fait, je sais que je ne le devrais pas parce que tu n'es pas le genre d'homme capable de ce type d'attitude.

Logan disait toutes les paroles qu'elle avait besoin d'entendre et elle avait envie de le croire. Elle l'aimait, et par conséquent cela l'amenait à le voir comme son cœur voulait qu'elle le voie. Mais son esprit ne voulait rien entendre. Le matin même, l'amant sexy de la nuit s'était mué en un homme qui l'avait taillée en pièces. Elle ne voulait pas être le genre de femmes qui finissait dans une relation pareille. Dire non la faisait terriblement souffrir, certes, mais elle savait que c'était ce qu'elle devait faire. Parce que, s'il la faisait souffrir de nouveau, elle serait incapable de le pardonner ou de se pardonner elle-même.

— Très bien, dit-il. Je ne mérite pas vraiment que tu m'accordes une deuxième chance, mais pourrais-tu envisager de me donner un peu de temps pour te prouver que je ne suis pas l'homme que tu crois que je suis ? Que j'ai changé et suis devenu meilleur ?

— Comment réussirais-tu un tel exploit ? Je vis en Californie et Bisset Industries se trouve ici, sur la côte Est. Je pense que le mieux est simplement que nous repartions chacun de notre côté. Considère ces moments passés comme une dernière ligne rajoutée à la fin de l'histoire de la relation que nous avons vécue à l'université…

Il l'observa, une expression impénétrable sur le visage. Sa mâchoire se crispa et ses mains s'agitèrent comme s'il voulait la toucher mais n'était pas sûr d'y avoir droit.

— Je ne peux pas. Je suis la meilleure version de moi-même lorsque je suis avec toi. Et ce matin… cela me semble déjà remonter à une éternité. Je devais accepter tous les changements intervenus dans ma vie, et je ne vais pas te mentir et te dire que j'y suis déjà entièrement parvenu. Mais te perdre, te voir t'éloigner, m'a réveillé. M'a montré que je ne veux pas vivre sans toi, Quinn. Je sais que c'est t'en demander beaucoup et je ne m'attends pas à te faire changer d'avis. Mais je dois au moins essayer. Je n'ai jamais rien ressenti de tel pour personne. Je t'aime.

Elle secoua la tête.

— Ce n'est pas juste. Tu ne peux pas me parler d'amour. Pas maintenant. Je t'ai dit que…

— Que tu me croirais ? J'espère que c'est le cas. Parce que je ne suis pas homme à mentir. Tu le sais. Je ne prononce pas ces mots parce que je pense qu'ils te feront revenir, je te les dis parce qu'ils sont vrais. Que tu me laisses ou non revenir dans ta vie, mes sentiments pour toi ne changeront pas. Ce n'est pas ainsi que fonctionne l'amour. Et il a fallu que je te perde pour le comprendre.

Quinn luttait ardemment pour ne pas baisser la garde, pour ne pas céder. Mais il s'agissait de Logan. Il avait toujours été homme à dire la vérité. Il n'avait jamais utilisé de mensonges pour la séduire. Il avait été sincère avec elle depuis toujours.

— J'ai envie de te croire.

— C'est un bon début, répondit-il. Me donneras-tu une chance ? Laisse-moi te prouver que ce qui s'est passé ce matin n'était dû qu'au fait que j'ai mal réagi à des événements que je ne pouvais pas contrôler.

Le cœur profondément tiraillé, Quinn ne se voyait capable que de le regarder fixement.

L'expression de Logan changea et il poussa un lourd soupir.

— Je ne t'en voudrais pas si tu me disais non.

Dire non.

Pourrait-elle vivre avec elle-même si elle le faisait ? Elle le regretterait éternellement si elle ne lui accordait pas une chance. Et elle voulait une chance, elle aussi. Avec Logan. L'homme qu'elle aimait.

Il prit sa main dans la sienne.

— Je t'en prie.

Elle plongea son regard dans ses yeux d'un bleu éclatant et douta d'avoir bien compris ses paroles.

— Je te supplie de m'accorder une autre chance, reprit-il. Je ne veux pas passer le restant de mes jours à ressasser que je t'ai laissée partir… à deux reprises.

— Est-ce parce que tu as le sentiment que si je te tourne le dos, tu ne gagneras pas ? demanda-t-elle.

Elle n'avait pas d'autre choix que de poser la question. Il détestait tant perdre qu'il avait joué un sale tour à Nick pour prouver qu'il ne cédait rien face à un Williams.

— Non. Ce n'est pas parce que je veux ajouter une nouvelle victoire à mon palmarès. J'ai besoin de toi près de moi parce que je t'aime. Tu rends la vie si amusante et exaltante. Mon existence est tellement plus belle quand tu en fais partie. Je t'aime.

— Je t'aime aussi, reconnut-elle à son tour.

L'assistante de Quinn sortit, suivie par les demoiselles d'honneur et Logan s'approcha pour se placer entre elles et Quinn.

— Je sais que tu dois travailler mais je ne peux pas laisser traîner notre mésentente. M'accorderas-tu une seconde chance ? Pouvons-nous être un couple ?

— Oui, répondit-elle.

Il l'attira alors entre ses bras pour l'embrasser longuement et passionnément. Des bruits d'applaudissements s'élevèrent autour d'eux, mais Quinn n'entendait que la voix de Logan qui murmurait à son oreille combien il l'aimait et se sentait chanceux de l'avoir à ses côtés.

Elle reprit son travail, finissant de filmer quelques images de l'église tandis que Logan se contentait de l'attendre. Elle savait que la vie qu'il menait ne lui permettrait pas toujours de patienter de la sorte mais elle appréciait qu'il l'ait fait en ce jour.

Ils gagnèrent ensemble l'endroit où se tenait la réception, main dans la main. Logan marqua une pause juste avant de pénétrer dans la salle.

— Je ne sais pas si je pourrai être toujours parfait, dit-il.

— Je sais que tu ne le pourras pas. C'est en partie

ce que j'aime chez toi. Tant que nous serons de vrais partenaires et que tu n'essayeras pas d'entrer en compétition avec moi, je crois que nous pourrons faire en sorte que cela fonctionne.

— Oui, nous le pourrons. Je le désire plus que tout. Je t'aime, Championne.

— Je t'aime aussi.

À cet instant Adler sortit de la salle, seule, les joues trempées de larmes.

— Que se passe-t-il ?

— Auggie et Tad se battent. Nick vient d'envoyer son poing dans la figure d'Auggie.

Logan se précipita aussitôt dans la salle de réception, suivi de Quinn et Adler. Les deux hommes se querellaient, et Nick se tenait au milieu. Logan se rua vers eux. Lançant un regard en direction de Quinn et Adler, il énonça à haute voix :

— Vous deux allez devoir trouver un moyen de vous entendre. Nick et moi sommes jumeaux, Papa. Vous avez à présent des liens familiaux du fait du mariage d'Adler. Cette rivalité doit cesser ou vous allez tous deux tout perdre.

Vous avez aimé *Troublants baisers* ?
Retrouvez la suite de la série
« Un mariage à Nantucket »
dès le mois prochain dans votre collection Passions !

MELISSA SENATE

D'amie à amante

Traduction française de
FLORENCE MOREAU

PASSIONS

HARLEQUIN

Titre original :
RUST CREEK FALLS CINDERELLA

- 1 -

Bien calée dans un fauteuil en cuir au bar de l'hôtel Maverick Manor, Lily Hunt en surveillait discrètement la porte d'entrée. En effet, l'un des fabuleux frères Crawford allait bientôt en franchir le seuil. Ils étaient six en tout, et avaient quitté le Texas avec leur père pour venir s'installer en juillet dernier à Rust Creek Falls, dans le Montana. C'était avec Knox qu'elle avait rendez-vous ce soir, à la suite d'une rencontre arrangée. Toutes les cinq secondes, elle jetait un regard discret vers la porte, tout en croisant et décroisant les jambes, gagnée par une certaine nervosité. Après tout, Knox pouvait tout à fait venir l'inspecter en un coup d'œil puis prétexter un contretemps et repartir sur-le-champ.

Assez ! s'ordonna-t-elle, même si elle redoutait réellement ce scénario.

Cheffe cuisinière à temps partiel au Maverick Manor tout en suivant une formation commerciale en ligne, elle était encore, à vingt-trois ans, ce que l'on appelait communément « un garçon manqué ». Toujours vêtue d'un jean et de baskets, avec une garde-robe pleine de hoodies qui auraient fait pâlir de jalousie la plupart des adolescents, elle n'était pas le genre de femme sur qui les hommes se retournaient. Ce rôle-là revenait à Sarah, sa meilleure amie, qui était d'une beauté et d'une gentillesse exquises. Un mois plus tôt et alors mère célibataire, cette dernière avait accouché d'un adorable bébé avant de trouver l'amour dans les bras d'un membre de la fratrie Crawford. À présent, Sarah et Logan étaient mariés et tout à leur joie d'élever ensemble la petite Sophia.

Tout comme Logan, Knox était grand, brun et à se damner. Elle l'avait rencontré lorsque son amie et certains membres du clan étaient venus dîner au Maverick alors qu'elle officiait en cuisine. Sarah l'avait présentée aux beaux Crawford qui avaient tous poliment hoché la tête ; mais aucun n'avait paru lui prêter attention. Et d'ailleurs, comment aurait-il pu en être autrement ?

Allez ! Elle devait avoir confiance en elle ! Sarah, qui l'avait appelée quelques minutes auparavant, avait insisté là-dessus. Elle lui avait aussi demandé de lui faire, juste après le rendez-vous, un compte rendu détaillé. Vivienne Dalton, organisatrice de mariages et, en l'occurrence, entremetteuse, lui avait également téléphoné pour s'assurer qu'elle ne reculerait pas au dernier moment. Il fallait dire qu'elle n'avait pas accepté spontanément ce rendez-vous arrangé et que Vivienne avait dû longuement argumenter pour la convaincre. Comme promis à Vivienne, elle s'était donc mise sur son trente et un, ce qu'elle lui avait confirmé au téléphone avant que cette dernière lui donne pour ultime conseil de rester naturelle.

Elle en avait presque eu le souffle coupé. Son côté naturel ne lui avait guère été favorable, jusque-là…

Évidemment, le tableau n'était pas non plus aussi sombre qu'elle le pensait. Elle avait un poste enviable au Maverick Manor, l'hôtel le plus en vue de la ville. Les clients raffolaient de ses plats, ce qui boostait bien plus son ego que l'éventuel regard approbateur d'un homme. Elle rêvait de posséder un jour son propre établissement. Mais aujourd'hui, il s'agissait de sa vie amoureuse !

Et dans ce domaine, elle n'affichait que deux expériences qui avaient tourné court.

Elle jeta un nouveau coup d'œil vers la porte. Il était 19 heures. Elle était arrivée cinq minutes en avance et, dans les vestiaires, elle avait troqué son jean/T-shirt contre une robe, des chaussures à talons, sans oublier des boucles d'oreilles. Sur les conseils de Sarah, elle avait accepté de mettre du mascara ainsi que du rouge à lèvres, et de détacher ses longs cheveux roux alors qu'elle avait généralement une queue-de-cheval. Elle qui ne portait jamais de maquillage et se coiffait toujours en mode pratique… elle avait l'impression d'être déguisée !

Il était à présent 19 h 05, Knox Crawford était en retard. Devait-elle y voir un mauvais présage ? En tout cas, il était clair que la priorité de ce dernier n'était pas la ponctualité. Et zut ! Voilà maintenant qu'elle pensait comme son père. Bon. N'était-il pas encore un peu tôt pour s'agiter ?

Calme-toi, laisse venir et sirote ton vin blanc.

Ce qu'elle fit. 19 h 09.

Et trois minutes de plus, à présent ! 19 h 12 !

Argh !

Elle n'était peut-être pas la reine de la confiance en soi, mais il était hors de question qu'elle laisse quiconque lui manquer de respect et arriver avec un quart d'heure de retard à un rendez-vous. C'était limite grossier, non ?

19 h 15.

— Lily ! s'écria soudain une voix féminine. Comme tu es jolie ! Tu as un entretien ? Ici, au bar du Manor ?

Retenant un soupir, elle adressa un sourire à Maren, une ancienne camarade de lycée, vêtue d'une robe bleu flashy et juchée sur des talons hauts.

— Non, un rendez-vous d'un autre ordre, répondit-elle en prenant une gorgée de vin.

Maren la détailla des pieds à la tête et lui fit un clin d'œil.

— Dans ce cas, amuse-toi bien ! dit-elle.

— Merci.

Lily regarda alors les femmes autour d'elle. Toutes portaient des jeans skinny, avec des escarpins à brides, ou bien des robes moulantes ou des jupes ultra-courtes et, contrairement à elle, aucune n'avait l'air endimanché.

19 h 18. Son estomac se contracta de nouveau et son cœur se mit à cogner plus vite dans sa poitrine. Knox Crawford lui avait posé un lapin ! Pour une fois qu'elle « se mettait en avant » comme sa mère l'avait toujours incitée à le faire sans succès, elle se retrouvait dans une position humiliante.

Alors qu'elle aurait pu être tranquillement chez elle en train de savourer des linguine à la carbonara et du pain aux olives, sous le regard énamouré de ses deux adorables teckels, Dobby et Harry, elle se trouvait encore sur son lieu de travail, près d'éclater en sanglots. Inutile de se morfondre ! Elle allait rentrer chez elle, se préparer un bon petit plat, regarder un film et jouer avec Dobby et Harry.

Ragaillardie par cette perspective, elle s'apprêtait à partir quand son portable sonna. Elle ne reconnut pas le numéro, mais aurait juré que c'était son rendez-vous manqué.

— Allô ?

— Lily, c'est Knox Crawford. Je suis désolé de ne pas être venu.

Elle entendit alors un bruit curieux à l'arrière-fond, comme s'il recouvrait son téléphone de sa main pour s'adresser à une tierce personne.

— Écoute, reprit-il, j'ai eu… euh… un contretemps et…

— Oh ! Vraiment ?

— Je suis réellement désolé, mais je ne peux pas faire ça, enchaîna Knox. Je…

À nouveau, elle perçut une agitation autour de lui, et il était clair qu'il avait encore posé sa main sur son portable. Avec qui se disputait-il ? Une femme qui voulait lui arracher son appareil des mains ?

— Allô ? dit soudain une voix masculine toute différente. Lily ? Xander Crawford, à l'appareil. Mon frère n'a pas pu se libérer ce soir, mais il se trouve que je suis disponible, alors je vais venir à sa place. J'arrive dans cinq minutes.

De mieux en mieux ! La considérait-on comme un cas désespéré ?

— Non, c'est bon ! rétorqua-t-elle. Il n'y a pas de problème. Salut !

Sur ces mots, elle mit fin à la communication, se leva et se dirigea vers les vestiaires du personnel, se demandant comment il était possible de se sentir à la fois si triste et si furieuse.

Xander Crawford, sérieusement ! Il était bien trop beau et sexy pour elle avec, pour couronner le tout, un accent texan un rien traînant et quasi langoureux. Il l'avait vue quand Sarah l'avait présentée à toute la fratrie, l'avait à peine remarquée, et maintenant il se sentait obligé d'intervenir par pitié pour elle ? Non merci !

Heureusement, tous ses collègues en cuisine étaient fort occupés de sorte que personne ne la vit se glisser dans les vestiaires. Quand elle ouvrit son casier, la photo de ses chiens scotchée sur la porte, ainsi que celle de sa mère, si belle, et une excellente critique sur son filet mignon aux champignons découpée dans la *Rust Creek Falls Gazette* lui rappelèrent qui elle était : une créatrice de recettes magiques, qui avait de l'ambition et savait où elle serait dans un an ou deux. Et non pas celle en qui elle avait voulu se transformer ce soir : une femme qui avait rendez-vous avec un des riches et beaux cow-boys Crawford que toutes se disputaient.

Car c'était bien d'un concours qu'il s'agissait. Il y avait encore cinq Crawford à marier et, selon Vivienne, leur père cherchait obstinément à les caser puisqu'il avait fait appel à elle pour ce service particulier. Toutes les célibataires de la ville avaient donc jeté leur nom dans le chapeau de Vivienne. Pourquoi n'aurait-elle pas tenté sa chance ? Elle avait d'ailleurs été flattée quand Vivienne l'avait appelée pour convenir d'un rendez-vous avec Knox.

Quel temps perdu !

— Tu vois, maman, j'ai essayé, mais c'est raté, dit-elle à la photo de la belle Naomi Hunt dont elle avait juste hérité l'abondante chevelure rousse. La prochaine fois, peut-être.

Mais elle était persuadée de ne plus jamais accepter un rendez-vous arrangé.

Elle remit son jean, ses baskets, son T-shirt, puis attacha son hoodie autour de sa taille. Après quoi, elle ôta son rouge à lèvres, se refit une queue-de-cheval et ressortit des vestiaires. Et quand elle ouvrit la porte à double battant des cuisines, elle se heurta brutalement à un torse musclé.

— Oh ! Pardon ! dit Xander à la jeune femme qu'il venait de bousculer.

Il avait tellement hâte de rattraper Lily Hunt qu'il n'avait même pas pensé au fait que les portes pourraient s'ouvrir dans les deux sens. Heureusement que ce n'était pas une personne chargée d'un plateau bien rempli !

— Ça va ?

— Parfaitement, répondit-elle.

Elle avait les joues toutes rouges et les yeux d'un vert enflammé. La température était elle donc aussi insupportable, en cuisine ?

— Je cherche Lily Hunt, dit-il. Vous la connaissez ? Elle travaille comme cheffe ici. Elle est encore dans les parages ? Je suis Xander Crawford.

La jeune femme le fusilla du regard.

— Lily Hunt, c'est moi ! On s'est déjà vus le mois dernier, ici même. Mon amie Sarah, qui est la femme de ton frère Logan, avait tenu à me présenter à sa nouvelle famille lorsque vous êtes venus dîner au Maverick Manor.

— Désolé, je ne suis pas physionomiste. Et depuis notre installation à Rust Creek Falls, j'ai rencontré tellement de nouvelles personnes que je ne sais plus où j'en suis.

Surtout les nombreuses femmes qui venaient se présenter spontanément à lui, lui laissant leur carte de visite avec un grand sourire, lui proposant un café et que savait-il encore ! Au début, il avait cru que c'était une tradition propre à cette petite ville du Montana avant de comprendre pourquoi les célibataires se précipitaient vers lui. Apparemment, son père avait passé un pacte bien particulier avec l'organisatrice de mariages locale pour qu'elle trouve une épouse à chacun de ses fils. Et si cette dernière avait accepté ce service douteux, c'était parce qu'il était rétribué un million de dollars ! Comment Vivienne Dalton aurait-elle pu refuser ? Sincèrement, si son frère Logan et lui n'avaient pas assisté à cet échange surréaliste entre leur père et Vivienne, il n'aurait jamais voulu le croire.

Toujours était-il que toutes les cartes parfumées qu'on lui avait tendues étaient désormais dans un tiroir et qu'il n'avait pas passé un seul coup de fil, ce que son père ne cessait de déplorer.

Cependant, il était surpris de ne pas avoir reconnu Lily. Elle avait le visage déterminé d'une jeune femme qui savait ce qu'elle voulait et qui irait loin, et cela lui plaisait, tout comme ses taches de rousseur et sa chevelure flamboyante.

Il prit soudain conscience qu'il lui souriait quand elle reprit :

— Donc, comme je te l'ai dit au téléphone, inutile de t'inquiéter pour moi. Alors faisons comme s'il ne s'était rien passé, d'accord ?

— C'est-à-dire ?

— Ton frère s'est défilé au dernier moment parce qu'il n'avait plus du tout envie de venir à ce rendez-vous arrangé et comme, pour une raison qui m'échappe, tu as eu honte, tu es venu à sa place. Mais tu sais quoi ? Je refuse de passer ma soirée avec celui qui s'est dévoué par politesse ou charité.

— C'est vrai, je m'efforce toujours d'être correct mais, en l'occurrence, passer une soirée avec une jolie femme n'a rien d'une corvée. Et cela me ferait réellement plaisir, Lily, de dîner avec toi. Tu acceptes ?

Dans le regard de Lily, la fureur laissa alors place à la surprise.

— Formulé de cette façon…, répondit-elle en relevant le menton d'un air de défi.

Puis elle lui adressa un sourire sincère qui éclaira tout son visage et, pendant quelques instants, il ne parvint pas à détourner son regard du sien.

— Tu te demandes sans doute pourquoi je porte un jean et un hoodie pour un rendez-vous, ajouta-t-elle. En fait, je reviens des vestiaires, où j'ai remis mes vêtements de travail. Mais si tu veux bien attendre deux secondes, je vais aller réenfiler ma robe.

— Inutile ! Ces vêtements ont l'air confortables, contrairement aux miens, dit-il en tirant sur le col de sa chemise. Moi aussi, je porte tous les jours un jean et un T-shirt, ce que je préfère largement aux chemise et cravate. Heureusement que je travaille sur un ranch !

À nouveau, elle lui adressa son sourire irrésistible.

— Dans ce cas, il est préférable que nous allions dîner ailleurs, suggéra-t-elle. Ce n'est écrit nulle part, mais ici une tenue correcte est exigée. Et puis, pour être honnête, même si j'adore la cuisine du Maverick Manor, je préfère parfois des plats plus simples.

— Les inconvénients du métier, j'imagine. Pas de problème, cela me convient aussi, j'aime la simplicité. Je suis nouveau par ici, mais j'ai déjà repéré le Ace in the Hole et le Wings to Go. Tu es partante pour l'un des deux ?

— J'adore les ailes de poulet frit du Wings to Go et leur sauce barbecue bien relevée.

— Ah ! Voilà une femme comme je les aime ! dit-il en s'effaçant pour la laisser passer.

Elle lui jeta un coup d'œil déconcerté, puis se précipita vers la porte, comme si elle avait besoin d'air.

— Le restaurant n'est pas très loin, on peut y aller à pied, déclara-t-elle une fois qu'ils furent dehors.

En cours de route, elle s'arrêta pour caresser un petit chien avec de grands yeux couleur d'ambre, puis regarda quelques instants un rouge-gorge perché sur une branche. Xander sourit. Le fait qu'elle prête attention à son entourage, et plus particulièrement aux animaux, lui plut. Lui-même était très attentif à la nature, si bien que, dernièrement, il en avait heurté un poteau, ce qui avait déclenché l'hilarité de ses frères !

Lorsque, après avoir commandé, Lily voulut sortir son portefeuille, il l'en empêcha vivement.

— Non, je t'invite, c'est la moindre des choses.

— Merci, c'est gentil.

— Avec plaisir. Dis-moi, tu ne voudrais pas que l'on aille manger au parc ? Il fait si beau.

— Parfait ! Heureusement que mes teckels ne sont pas là, sinon ils se jetteraient sur nous pour dévorer notre poulet avec le papier ! Ils mangent même du céleri parce que cela leur rappelle l'odeur de la sauce des ailes de poulet !

Il se mit à rire en imaginant la scène, puis lui tint la porte du Wings to Go pour qu'elle sorte. La conversation était aisée avec elle, bien plus qu'il ne l'aurait cru, étant donné les circonstances.

Sur le chemin qui menait au parc, ils continuèrent leur discussion, et Lily lui raconta comment un dogue allemand s'était épris de son teckel Dobby, tout en ignorant superbement Harry, ce qui avait rendu ce dernier furieusement jaloux. Il lui parla des deux hamsters que son père lui avait offerts pour ses neuf ans et qui étaient si amoureux l'un de l'autre qu'ils ne faisaient aucun cas de lui. Elle éclata de rire, et force lui fut d'admettre qu'elle avait un rire tout à fait charmant et communicatif.

De nombreuses personnes profitaient aussi de la belle soirée pour pique-niquer dans le parc mais, contrairement aux autres, ils n'avaient pas de couverture sur laquelle s'asseoir. Ils s'installèrent donc à une table en bois, l'un en face de l'autre.

Tout près d'eux, un petit garçon se mit à pleurer. La ficelle de son cerf-volant venait de s'emmêler. Sa mère le rejoignit et régla le problème. Xander sentit sa gorge se nouer comme à chaque fois qu'il voyait un petit garçon avec sa mère. Des grands aussi, d'ailleurs. Il était toujours aussi surpris que cela l'affecte autant après toutes ces années…

Il reporta vivement son attention sur Lily et ouvrit leur sac de nourriture.

— Mes frères et moi adorons la cuisine du Maverick Manor, dit-il. On y va souvent déjeuner ou dîner. Et je suis certain que tu y es pour quelque chose.

— Oh merci, j'espère aussi ! J'adore cuisiner au Maverick Manor. Je peux essayer plein de nouveaux plats et ma supérieure est toujours d'accord. Hier soir, j'ai fait un tagine d'agneau qui a remporté un grand succès. Rien ne me fait plus plaisir qu'un compliment sur ma cuisine.

— J'aime la passion qui t'anime pour ton métier. Tout le monde devrait être aussi heureux quand il travaille.

— Et toi, l'es-tu ?

Il trempa une aile de poulet dans sa sauce barbecue.

— Ah oui, alors ! Je suis 100 % cow-boy, moi ! Un cheval, une étendue infinie de prairies, des bêtes, les travaux qui y sont liés. Je suis né pour ça.

Elle le regarda fixement, ses yeux verts étincelants, et lui sourit.

— C'est exactement ce que je ressens pour mon métier, dit-elle. Il me semble que je suis née dans une cuisine, avec mes ustensiles et mes ingrédients !

Il leva son aile de poulet, elle l'imita, et ils firent mine de porter un toast. Puis tous deux se mirent à rire.

Waouh ! Qui aurait cru que cette soirée se passerait si bien ? Lorsqu'il avait entendu Knox se disputer avec leur père, puis appeler son rendez-vous pour annuler, il en avait été malade. Pourquoi son frère ne pouvait-il donc pas céder et se rendre à ce dîner arrangé, et pourquoi leur père se mêlait-il à ce point de leurs affaires sentimentales ? Depuis que Logan et lui avaient appris que leur père avait payé Vivienne Dalton pour qu'elle trouve une femme à ses fils et l'avaient répété aux autres, tous fuyaient Vivienne comme la peste ! Cependant, elle était malgré tout parvenue à coincer Knox, et ce dernier avait accepté sa proposition pour qu'elle lui fiche la paix avec la ferme intention d'annuler. Puis il avait oublié jusqu'à ce que son père lui demande d'un ton innocent, en début de soirée :

— Tu ne devrais pas être en train de te préparer pour ton rendez-vous, toi ?

Knox s'était figé, irrité par l'insistance de leur père et le fait de passer pour un goujat car il avait oublié de se décommander.

— J'ai été trop pris par mon travail pour penser à appeler et me désister, avait-il répondu.

— Dans ce cas, tu n'as pas trop le choix. Tu dois y aller.

— Toutes les célibataires de cette ville nous courent après. Et pour cause ! Qui n'aurait pas envie d'entrer dans une famille dont le patriarche a un million à gaspiller ?

— Justement, c'est un jeu de chiffres, mon fils, et celui que l'heure indique en ce moment t'empêche d'annuler.

Son ironie avait exaspéré Knox.

— Je ne veux blesser personne, mais je ne serai pas une marionnette entre tes mains, papa ! J'annule, même au dernier moment. Je suis certain qu'elle comprendra.

Xander, qui en était moins sûr, était alors intervenu. Il rasait aussi les murs quand il apercevait Vivienne Dalton, mais poser un lapin à une femme relevait d'une incorrection impardonnable ! Et puis passer une heure ou deux en compagnie d'une inconnue, ce n'était pas non plus insurmontable… La preuve !

— Un délice, ces ailes de poulet ! s'exclama soudain Lily, le ramenant à l'instant présent.

— Je me demande si je suis bien dans le Montana. J'ai l'impression d'être revenu au Texas. Je crois que je n'en ai jamais mangé d'aussi bonnes à Dallas.

— C'est un énorme compliment. Ton ranch du Texas te manque ?

— Maintenant, c'est ici chez moi. On a réalisé tant

de travaux à l'Ambling A ranch. Et ce n'est pas terminé ! Mais peu à peu, tout prend forme.

— Donc toi et tes cinq frères, vous vivez tous sur le ranch ? demanda-t-elle en buvant une gorgée de limonade.

— Exact, avec notre père, Max. Depuis toujours, d'ailleurs. Nous avons toujours vécu tous les sept.

Elle darda aussitôt les yeux sur lui.

— Mon père est veuf, lui aussi. J'ai perdu ma mère à l'âge de huit ans et, depuis, elle me manque tous les jours.

— Désolé.

Vite ! Un autre sujet de conversation ! Cette soirée était trop belle pour la gâcher avec des souvenirs douloureux.

— Alors, qu'a-t-on d'autre en commun ? s'enquit-il. Tu as cinq frères, toi aussi ?

— Pitié ! J'en ai trois, c'est suffisant, et c'est moi la plus jeune. Avec mon père, ça fait quatre hommes à la maison. Tu imagines ! s'exclama-t-elle en levant les yeux au ciel.

— On a dû te traiter comme une princesse, non ?

— Pardooon ?

Elle le gratifia du même regard que s'il venait de tomber de la lune.

— Certainement pas, répondit-elle. Ils m'ont toujours traitée comme l'une des leurs, et je me demande encore s'ils savent que je suis une fille ! Donc, en fait, je suis leur plus jeune frère.

Il se mit à rire, se représentant la joyeuse tribu courant partout dans les bois, attrapant des grenouilles, sautant par-dessus des ruisseaux.

— Remarque, ils apprécient mes plats, c'est toujours ça, ajouta-t-elle. Sur ce point-là ils n'ont rien à dire, car ils sont absolument nuls en cuisine. Un jour, j'ai demandé à un de mes frères de faire réchauffer des tomates en conserve, eh bien, crois-le si tu veux, mais il a mis le pot sans l'ouvrir dans une casserole, a allumé la plaque et m'a demandé combien de temps cela devait cuire !

Il éclata de rire.

— Effectivement, je comprends ton désarroi.

— Cela dit, il s'est amélioré depuis. Il sait même casser un œuf sans qu'il atterrisse par terre ! Je lui donne des leçons régulièrement, ce qui me permet aussi de m'entraîner pour le jour où j'aurais mon propre restaurant. En attendant, je suis des cours en ligne en vue d'obtenir un diplôme de gestion d'entreprise.

— Waouh ! Je suis impressionné ! Tu as quoi ? Vingt-deux ans ?

Elle avait l'air si jeune. Trop jeune pour lui, en tout cas.

— Vingt-trois.

— En tant que ton aîné de sept ans, je peux t'assurer que vivre sa passion permet de réussir.

Sa réponse ne parut d'abord pas l'enthousiasmer, mais il fut rassuré quand il vit de nouveau une flamme s'allumer au fond de ses yeux.

— Je le pense aussi, dit-elle.

Ils discutèrent ensuite des différences entre le Texas et le Montana, de l'endroit où l'on pouvait boire le meilleur café à Rust Creek Falls, des avantages et inconvénients d'avoir de nombreux frères ou sœurs, de leurs plats préférés, thématique qui les occupa bien après qu'ils eurent fini leur repas.

Ils discutèrent longtemps encore, se racontant des histoires drôles qui les firent rire aux éclats, faisant des commentaires sur les gens qui promenaient leur chien dans le parc, ce qui déclencha de nouveaux rires. Il aimait aussi la façon dont le coucher de soleil éclairait ses cheveux roux. Il se sentait si proche d'elle... Sur une impulsion, il se pencha vers elle afin de lui prendre les mains pour les serrer. Il avait réellement la sensation de s'être fait une nouvelle amie, ce soir.

Mais quand il se pencha, elle l'imita, avançant son visage vers le sien.

Il se redressa précipitamment.

Avait-elle cru qu'il allait l'embrasser ?

S'éclaircissant la voix, il regarda vivement sa montre.

— Oh ! Il est presque 21 heures !

Et il lui adressa un sourire qu'il voulut naturel, mais qui sait l'expression qu'affichait alors son visage ? Il n'avait jamais été très doué pour masquer ses sentiments – à cet instant précis, une gêne absolue !

Lily lui plaisait. Elle lui plaisait énormément. Mais au point de... Non, il ne pensait pas. C'était une gamine, bon sang ! Elle avait vingt-trois ans alors qu'il approchait de la trentaine ! Et puis elle n'était pas du tout son genre. Il sortait d'habitude avec des femmes parfumées, maquillées, aux longs ongles vernis, vêtues avec élégance et portant des talons hauts. Bon, il aimait aussi les hanches et les poitrines généreuses. Lily était... mignonne, mais pas du tout son type habituel de partenaire. Encore que ses vêtements lâches ne permettaient pas de se faire une idée de ses courbes...

Tout ce qu'il savait, c'était qu'elle lui plaisait beaucoup, mais en tant qu'amie.

— Oh ! dit-elle soudain en bondissant du banc. Dobby et Harry vont se demander ce que je suis en train de faire.

Et elle lui adressa un sourire un peu crispé.

Il rassembla les emballages et restes de leur repas, puis les déposa dans le sac-poubelle…, conscient qu'il avait créé un malaise entre eux. Ne jamais se pencher vers une femme si on n'a pas l'intention de l'embrasser.

— J'habite juste à côté du parc, je vais faire un petit jogging jusqu'à la maison pour digérer, déclara-t-elle.

Lui adressant un sourire vraiment forcé cette fois, elle ajouta :

— J'ai la tenue adaptée. Merci pour le dîner !

Et sur ces mots, elle déguerpit avant qu'il ait le temps de répondre.

Il attendit qu'elle disparaisse à l'angle de la rue, espérant qu'elle lui jetterait un dernier regard, si pétillant, et qu'il apercevrait ses jolies taches de son… Mais elle n'en fit rien.

Nom d'un chien ! Il mourait d'envie de la revoir très vite.

- 2 -

Xander était encore troublé quand il arriva à l'Ambling A. Et furieux contre lui-même. Lily avait cru qu'il allait l'embrasser… Quel idiot il avait été ! Soit dit en passant, elle aussi s'était penchée vers lui…

Devait-il l'appeler pour… Pour quoi, au juste ? S'assurer qu'elle était bien rentrée ? Non. Elle lui avait dit habiter à côté du parc. Il serait ridicule. Il soupira, puis gara son nouveau pick-up gris argenté près de l'immense demeure en bois sombre du ranch qui ressemblait à une immense construction Play Mobil. À cette pensée, il sourit. Il adorait cet endroit. La maison, bien sûr, mais aussi les terres, le dur labeur qu'il était nécessaire de fournir quotidiennement sur le ranch.

Il entra, ne sachant jamais qui se trouvait exactement à l'intérieur.

Hunter, le deuxième de la fratrie – un de ses deux aînés donc, puisqu'il était le troisième –, habitait dans un chalet sur la propriété. Veuf depuis la naissance de Wren, sa fille de six ans, il avait besoin de son espace personnel pour l'élever.

Logan, l'aîné, s'était récemment installé en ville depuis qu'il avait épousé Sarah et devait lui aussi s'occuper d'un bébé. Toutefois, il travaillait sur le ranch, comme tous, aussi avait-on presque l'impression qu'il ne l'avait pas quitté.

La propriété avait énormément changé depuis leur arrivée, un mois plus tôt. Ils avaient réparé des kilomètres de clôture, restauré de nombreuses dépendances, y compris une partie de la demeure principale, ce qui leur avait coûté beaucoup d'énergie. Aujourd'hui, le ranch était de nouveau présentable, même s'il restait encore fort à faire.

Quand il entra dans le vestibule d'où s'élevait l'escalier qui menait à l'étage, il vit sur la mezzanine trois de ses frères penchés sur des plans. Max avait encore proposé des changements et ses fils s'efforçaient de l'en dissuader, songea-t-il, amusé. Les discussions tardives étaient monnaie courante, à l'Ambling A.

Tous levèrent la tête au moment où il claqua la porte derrière lui et descendirent bien vite le rejoindre. Il soupira et se prépara à un interrogatoire en règle.

— Tiens, tiens, voilà notre chevalier servant dans son armure étincelante, déclara Wilder, le benjamin du clan, un grand sourire aux lèvres.

— Lily n'est pas vraiment une demoiselle en détresse, répondit-il. Elle sait ce qu'elle veut et n'a besoin de personne pour atteindre ses objectifs.

Logan sourit.

— On dirait que cet échange de rendez-vous était une réussite, non ? Tant pis pour Knox.

Ce dernier n'était pas là, désireux sans doute de se faire oublier suite à son rendez-vous raté.

— Et donc ? Cupidon était de la partie ? Vous allez vous revoir ? s'enquit Finn, le rêveur de la fratrie.

Même s'il aurait aimé revoir Lily, Xander ne lui proposerait pas un second rendez-vous. Elle était trop jeune, et lui trop désabusé.

— Reviens sur Terre, répliqua-t-il à Finn. Elle a vingt-trois ans. Mais elle est très sympa.

— Aïe ! « Sympa », répéta Wilder. Le mot tue-l'amour !

L'épisode étant donc clos pour ses frères, ils remontèrent sur la mezzanine étudier les nouveaux plans.

Xander croyait en avoir fini quand son père sortit de la cuisine, une bière à la main.

— Eh bien, Xander, dis-m'en plus sur ce rendez-vous. Un deuxième en vue ?

— Tu ne me demandes même pas si on a des points communs ? Pourquoi serait-on attirés l'un par l'autre autrement ?

— Une intuition, répondit son père avec un petit sourire.

— Je crois que l'on deviendra juste de bons amis, papa.

— Elle n'est pas son type ! lança alors Wilder de l'étage. Il aime les blondes aux cheveux longs, aux poitrines généreuses, aux hanches bien marquées et au rire sonore. Tout dans le jeu, pas de cervelle !

Sur cette tirade, tous ses frères s'esclaffèrent.

Sans doute méritait-il leurs moqueries, pensa-t-il. Il n'avait jamais eu envie de vivre le grand amour, préférant enchaîner les relations avec des blondes pulpeuses qui aimaient regarder les rodéos à la télévision et n'attendaient pas plus de lui que ce qu'il pouvait leur donner, c'est-à-dire une nuit d'amour et un appel de temps à autre. Une seule d'entre elles cependant était parvenue à trouver le chemin de son cœur. Il en était tombé follement amoureux, pour la retrouver au lit avec son meilleur ami. La blessure de la trahison était encore vive en lui, même s'il vivait à présent à des kilomètres du Texas.

Son père secoua la tête.

— Je crois que vous tous devriez donner une chance à celles qui ne correspondent pas forcément à votre *type*. Vous seriez surpris de ce que vous découvririez.

— Si j'ai bonne mémoire, papa, c'est bien toi qui m'as dit qu'une mère célibataire n'était pas mon type ? s'enquit Logan d'un air moqueur. Et pourtant, Sarah est la femme de ma vie.

— C'est bien ce que je disais, rétorqua Max avec un sourire.

Logan, beau joueur, se mit à rire.

Le mois dernier, Logan et leur père s'étaient disputés sur le fait de sortir avec une mère célibataire, ce dernier ayant avancé que si la relation ne marchait pas, trois cœurs seraient impactés, dont celui d'une petite fille qui n'avait rien demandé. Xander savait bien que leur père pensait à sa propre expérience avec son ex-femme qui les avait tous abandonnés, aussi lui pardonnait-il.

Cependant, il n'était pas question qu'il se livre à des analyses poussées sur les différents types de femmes, pour la bonne raison qu'il avait désormais verrouillé son cœur.

Encore qu'il n'avait pas été très clair, avec Lily Hunt... Il était intervenu pour sauver une soirée qui aurait été peu agréable pour elle, et il avait fini par aggraver la situation. Car s'il était venu à la place de Knox, il était reparti en lui donnant l'impression qu'elle ne lui plaisait pas ! Il secoua la tête. Il devait l'appeler, lui présenter des excuses. Seulement, comment allait-elle l'interpréter ?

Au fond, il aurait peut-être mieux valu que Knox lui pose un lapin, qu'elle le maudisse et l'oublie.

D'ailleurs, elle était peut-être juste en quête d'une aventure d'un soir, elle aussi… Honnêtement, il en doutait étant donné son sérieux et sa détermination. Mais à bien y réfléchir, cela concernait le domaine professionnel, et il se pouvait tout à fait qu'en privé elle ait juste envie de s'amuser et de passer du bon temps. Oui, ce n'était pas exclu.

Il tenta alors d'imaginer la pétillante Lily Hunt avec ses taches de rousseur, ses rêves immenses et ses grands yeux d'un vert étincelant lui griffer sauvagement le dos dans le feu d'une étreinte passionnée… Non, impossible ! D'abord, elle n'avait pas d'ongles et, franchement, il n'avait aucune envie de penser à sa nouvelle amie sous cet angle.

— Bien, je vous dis à demain ! lança-t-il. Je dois effectuer des recherches sur les nouvelles bêtes que nous voulons acheter.

Et sur ces mots, il se dirigea vers sa chambre, résolu à ne plus penser à Lily Hunt mais à se concentrer sur le ranch.

Cependant, une fois devant son ordinateur, alors qu'il avait la ferme intention de travailler pour la propriété, il se retrouva sur le site du Maverick Manor à examiner les menus juste au cas où, après une dure journée de labeur, il aurait envie de s'y rendre, le lendemain…

En lisant le nom des plats, l'eau lui vint à la bouche, alors qu'il n'avait pas du tout faim. Au fond, pourquoi n'irait-il pas essayer ce « tournedos émincé à la française dans une baguette croustillante, accompagné de frites maison » ? Le simple fait d'énumérer la composition de ce plat était une promesse de bonheur. Et puis il en profiterait pour faire un petit coucou à Lily en cuisine. N'était-ce pas ainsi que les amis se comportaient les uns envers les autres ? Il ne s'attarderait pas, bien sûr, mais il rétablirait ainsi de bonnes relations entre eux afin d'effacer la scène de ce soir. Ils pouvaient être de très bons amis, il en était persuadé. D'ailleurs, qui n'avait pas besoin d'un véritable ami sur qui compter, dans la vie ?

Quand il se mit à regarder aussi les desserts, il imagina Lily en train de déguster délicatement les framboises sur leur lit de mousse rouge, et de visualiser très clairement sa bouche tout aussi écarlate…

Assez ! Elle n'était pas son genre de femme et serait juste une copine. Et il cliqua vivement sur un site de vente de bétail, se forçant d'oublier la jeune Lily de vingt-trois ans et ses framboises.

— Eh, Lily, il y a le beau cow-boy Crawford à la table 3 ! murmura AnnaBeth, serveuse et amie de Lily à qui celle-ci avait confié sa soirée de la veille.

Elle en laissa presque échapper un petit cri, mais se concentra de nouveau bien vite sur la gamba qu'elle était délicatement en train de caraméliser dans de l'huile d'olive, une pointe d'ail et du sel marin. À la dernière minute, elle ajouta un soupçon de poivre de Cayenne, puis disposa le tout sur une assiette. Et voilà, c'était gagné !

Selon Mark, l'un des serveurs, les convives de la table 8 étaient originaires de La Nouvelle-Orléans, même s'ils résidaient désormais à Kalispell. Elle demandait toujours aux serveurs de se renseigner discrètement d'où venaient les clients afin de pouvoir ajouter à leur plat un petit quelque chose qui leur rappellerait leur lieu d'origine et leur ferait doublement apprécier les plats du Maverick Manor. Ses collègues cuisiniers estimaient que c'était dépenser beaucoup d'énergie pour une réaction éphémère, mais ce jeu l'amusait. La nourriture était toujours étroitement liée à la famille, au pays d'où l'on venait, à des souvenirs agréables. Il pouvait arriver qu'ils ne le soient pas mais, dans tous les cas, susciter de telles réminiscences avait des conséquences positives sur ses clients et sur elle.

Elle tendit la magnifique gamba couleur bronze garnie de légumes verts de saison à Mark et en profita pour jeter un coup d'œil par les battants quand il sortit.

Bingo ! Xander était bien là et tout seul. Il n'aurait plus manqué qu'il soit en tête à tête avec une candidate de Vivienne Dalton – ce qu'elle avait tout de suite craint quand AnnaBeth lui avait annoncé sa présence.

— Et il n'est pas accompagné, précisa à cet instant cette dernière avec un grand sourire.

— Je me demande bien ce qu'il fait là, dit-elle en se mordillant la lèvre.

— Peut-être compte-t-il terminer ce qu'il a commencé hier soir ? Le pauvre, il a été tellement surpris par sa rencontre avec toi. Mets-toi à sa place. Il comptait juste faire œuvre de charité, et le voilà pris dans les rets de l'amour !

À ces mots, Lily éclata de rire.

— Je t'adore, AnnaBeth ! Tu as une imagination débordante, mais la vie, ce n'est pas un film de Noël. Même si j'aimerais qu'elle le soit !

— Eh bien, exerce ta propre magie, si tu vois ce que

je veux dire. Je vais prendre sa commande et je reviens dans une seconde, répondit-elle, clin d'œil à l'appui, en retournant en salle.

Lily soupira, se demandant pourquoi Xander était venu. Il y avait quand même eu un malaise entre eux, hier soir, quand ils s'étaient quittés… Ce fut alors qu'elle surprit le regard tout sauf rêveur de Gwendolyn, sa supérieure, et elle se précipita vers les fourneaux.

— Le menu du jour, pour le cow-boy sexy, lui annonça AnnaBeth quelques instants après.

Lily sourit et s'attela à la cuisson de cinq tournedos à la française, un pour Xander et quatre pour la table voisine. Pour la table 3, elle ajouterait à l'huile où dorerait la viande un soupçon de sauce barbecue douce et fumée qui ramènerait directement Xander au Texas, là où il avait vécu toute sa vie jusqu'au mois dernier.

Était-il venu dîner ici dans le but de la revoir ? Si elle ne l'intéressait vraiment pas – ce qui semblait pourtant le cas la veille, puisqu'il avait reculé au moment où leurs lèvres allaient se toucher –, n'aurait-il pas évité le restaurant où elle travaillait ?

Non, elle se berçait d'illusions. Comment une femme en jean et baskets aurait-elle pu séduire un homme comme lui ? Dès l'école primaire, elle avait subi les quolibets de ses camarades sous prétexte qu'elle était un garçon manqué. Honnêtement, quelle expression ! D'ailleurs, sa mère lui avait toujours dit qu'elle devait êtreelle-même. Et si, au fond de lui, Xander nourrissait un faible inavoué pour les filles nature qui avaient de la farine sur la joue, sentaient la gamba caramélisée et le poivre ?

Tout était possible ! C'était le nom d'un jeu, non ?

Elle sourit, ajouta une pincée de garam masala pour la table 12 où dînaient de jeunes mariés tout juste revenus d'Inde où ils avaient passé leur lune de miel, ainsi qu'un mélange d'arômes à base de laurier, de sauge et d'origan typique du Maine, d'où venaient les touristes de la 14.

Une fois les plats envoyés aux tables, elle allait s'atteler à la confection de nouvelles entrées quand Gwendolyn lui proposa de faire une pause de cinq minutes.

— Super ! dit-elle en prenant sa bouteille d'eau.

Et elle la vida tout en admirant par la fenêtre les contrées sauvages du Montana qui s'étendaient derrière le Maverick Manor.

— Je viens de déguster le meilleur tournedos de ma vie, déclara une voix masculine juste derrière elle.

Elle sursauta et se retourna.

Xander !

— Et ce qui est incroyable, c'est qu'au bout de deux bouchées j'ai été transporté dans le ranch où j'ai grandi, à Dallas. J'ai…

— Tu ne peux pas entrer ici, murmura-t-elle en masquant son sourire.

Et elle le poussa vers la sortie par la porte de derrière, appréciant la brise d'août qui lui rafraîchit aussitôt les joues.

— Donc tu as aimé mon tournedos à la française et sa baguette croustillante ? s'enquit-elle.

— Adoré. Sans compter que, bizarrement, il m'a rappelé la maison… Enfin, le Texas, puisque désormais c'est ici que je me sens chez moi. J'ai laissé là-bas des choses que je préfère oublier.

Comme quoi ? Une relation toxique ? Une peine de cœur ? se demanda-t-elle sans oser poser la question.

Alors, sur une impulsion, elle lui expliqua le petit truc, que lui avait enseigné sa mère, à savoir mettre un peu d'assaisonnement créole dans tout ce qu'elle cuisinait pour ses parents qui habitaient dans le Montana mais étaient originaires de Louisiane, ce qui leur rappelait à chaque fois les bayous et lui valait des compliments très enthousiastes sur sa cuisine.

— Cela marche à tous les coups, conclut-elle.

Xander la regarda fixement pendant quelques instants, ses yeux noirs insondables. À quoi pouvait-il bien penser ?

— On ne rencontre pas tous les jours des gens comme toi, Lily Hunt.

Comment devait-elle le prendre ?

— Euh… Dois-je te remercier ?

Il lui adressa un grand sourire.

— C'était un compliment, précisa-t-il. Je crois n'avoir jamais croisé une personne comme toi jusqu'ici. Tu as quelque chose d'un lutin.

— Un *lutin* ? C'est encore pire qu'espiègle, non ?

— Pas du tout ! Moi, j'associe ce mot à « magique ». Il y a de la magie en toi.

Dans sa voix, elle entendit de l'admiration et du respect, et en fut si déconcertée qu'elle resta sans voix.

— Tu pourrais me refaire ce plat en six exemplaires pour emporter ?

— Tout à fait !

— Ainsi, mes frères et mon père arrêteront peut-être de me charrier à propos d'hier soir. J'ai tenté de leur expliquer que nous étions juste amis, que ce n'était pas vraiment un rendez-vous puisqu'au début c'était Knox que tu devais rencontrer. Mais tu sais comment sont les frères.

Son cœur fit un salto arrière dans sa poitrine, et à nouveau elle demeura muette, mais pas pour les mêmes raisons que précédemment. Comment avait-elle pu croire qu'un aussi bel homme avec ce corps d'Adonis, qui pouvait séduire n'importe quelle femme qui lui plaisait en ville, s'intéressait à elle, le garçon manqué aux cheveux roux qui sentait la friture et les épices ? Était-elle donc à ce point désespérée ?

Non. Elle était une femme de passion, même si elle n'avait encore jamais connu le grand amour. Elle savait juste que le cœur devait cogner à toute allure quand on était amoureux. Comme c'était actuellement le cas… La sensation était aussi incontrôlable qu'un train lancé à toute vitesse, même si l'objet de son affection venait juste de lui dire qu'ils étaient juste amis et que ce n'était pas un véritable rendez-vous.

Juste amis.

Redescends sur Terre, Lily, et va faire tes tournedos à emporter !

— Eh bien, je m'y remets ! dit-elle avec un ton enjoué trop appuyé.

Et elle retourna en cuisine avant de se rendre compte qu'elle venait de laisser Xander en plan.

De nouveau à son poste, elle le vit se faufiler discrètement en cuisine pour retourner dans la salle du restaurant. Elle s'ordonna de respirer calmement et de se concentrer sur sa commande.

— Tu es incroyable, Lily ! s'exclama sa supérieure. Six tournedos pour la 3, chapeau bas !

Elle la remercia d'un sourire et se remit à la tâche. Si l'amour ne faisait pas partie de sa vie privée, il inondait en revanche sa vie professionnelle !

Oublie Xander Crawford et concentre-toi sur tes objectifs. Visualise ton propre restaurant bourdonnant de clients.

Bien sûr qu'elle pouvait oublier Xander !

Pour une seconde au moins.

- 3 -

— Alors, j'avais raison, hein ? C'est absolument délicieux, non ? lança Xander à ses frères et son père tandis que ces derniers étaient en train de dîner dans le patio du ranch.

Tous étaient si occupés à se régaler qu'ils se contentèrent de grommeler leur approbation, Knox levant tout de même son verre de bière pour marquer plus nettement son acquiescement.

Après avoir mordu dans son sandwich, leur père répondit :

— Je dirais plutôt que c'est moi qui avais raison et que tu es allé dîner au Maverick Manor juste pour revoir la jolie cheffe. Avoue.

— Oui, avoue, renchérit Finn avec un sourire en coin.

Donc c'était ainsi qu'on le remerciait pour le délicieux dîner qu'il avait rapporté ? On ne l'y reprendrait plus !

— Pas du tout ! Je suis allé au Maverick car j'avais faim, déclara-t-il. À propos, Logan, le toit de l'écurie avance ?

— Logan, au lieu de lui parler du toit, dis-lui plutôt combien la vie d'homme marié est plaisante, intervint leur père. Qu'il est agréable de retrouver sa partenaire après une longue journée de travail.

Logan éclata de rire.

— Pour commencer, ce repas était exquis, bravo à ta cheffe, Xander, répondit-il.

— Ce n'est pas *ma* cheffe, marmonna Xander.

Ce qui déclencha l'hilarité générale.

— Deuxièmement, poursuivit Logan, papa a raison. Sarah a complètement changé ma vie. La retrouver tous les soirs et me réveiller à ses côtés tous les matins vaut toutes les expériences du monde. Sans compter l'adorable petite Sophia. J'ai vraiment l'impression d'être le type le plus chanceux de la Terre !

Xander lança un coup d'œil à son frère. Ce dernier était bel et bien sérieux !

— Vous allez tous bientôt connaître ce même bonheur domestique, mes enfants, leur promit leur père. Contrairement à moi, car je peux vous assurer qu'être les deux parents à la fois, ce n'est pas une sinécure ! Voilà pourquoi je tiens tant à vous voir en couple. Vous avez droit à ce bonheur.

Logan enlaça leur père par l'épaule, tandis que Finn renchérit en levant son verre :

— Au bonheur du couple ! J'y crois, moi aussi.

— Allez, Knox, trinque avec nous, dit Hunter. Ton tour viendra, que tu le veuilles ou non.

— Pour commencer, je n'ai pas changé d'avis, répliqua Knox. Je ne veux rencontrer personne et je doute, papa, qu'il y ait cent habitants dans ce village, donc certainement pas cent belles célibataires, contrairement à ce que tu as affirmé.

Il est vrai que Rust Creek Falls était un petit bourg, pensa Xander et, pourtant, depuis le pacte diabolique que son père avait passé avec Vivienne Dalton, il avait l'impression de croiser une candidate à chaque coin de rue !

— Xander, tu devrais réserver pour demain au Maverick Manor. Vérifie avant si ta cheffe y travaille, bien sûr, déclara soudain leur père.

— Il me semble avoir entendu un veau m'appeler, répondit Xander en se levant.

Et sur ces mots, il prit le chemin des écuries sous les rires de ses frères.

Sa cheffe, non mais franchement !

Tout en s'éloignant il entendit son père dire :

— Curieux. Ce tournedos émincé à la française m'a ramené directement au Texas. Il aurait pu venir de Joey's Roadhouse, vous ne trouvez pas ?

Il sourit. Lui aussi avait été surpris par les réminiscences de son enfance qui l'avaient assailli quand il avait mordu dedans, tout à l'heure, au Maverick Manor, notamment celle de sa mère dans un tablier jaune… Il fronça les sourcils. Il était rare qu'il pense à elle. Il se souvenait très peu d'elle, et seulement grâce aux trois ou quatre photos que son père avait laissées dans l'album familial, sans doute pour que ses fils n'oublient pas leur mère. C'étaient Logan, Hunter et lui qui se la rappelaient le mieux, même s'ils étaient encore très jeunes lors de son départ. Sans qu'il sache pourquoi, il avait encore en tête son tablier jaune et ses longs cheveux châtains…

Le beuglement d'un veau l'arracha tout à coup à ses pensées, et il secoua la tête. Son histoire familiale et l'attirance que lui inspirait Lily étaient parfaitement contradictoires. Sa mère n'était-elle pas la preuve qu'un mariage ne pouvait pas fonctionner puisque les gens censés vous vouer un amour inconditionnel vous abandonnaient sans se retourner ?

— Coucou ! Il y a quelqu'un ? s'écria tout à coup une voix féminine assez aiguë.

Xander sortit de l'écurie où il venait juste d'entrer pour se retrouver face à une jolie blonde aux formes généreuses, comme il les aimait.

— Je peux vous aider ? s'enquit-il.

— Oh oui, ça je n'en doute pas une seconde ! répondit-elle sur un registre plus langoureux. Je m'appelle Vanessa et je voudrais savoir si l'un de vous, les cow-boys Crawford, pourrait m'apprendre à monter à cheval. J'habite en ville, donc je n'ai ni cheval ni propriété où m'entraîner.

De nombreux ranchs de la région offraient effectivement de tels services, mais ce n'était pas le cas de l'Ambling A. En outre, il avait l'impression que cette femme était bien plus intéressée par les cow-boys que par les chevaux.

— Désolé, mais nous ne donnons pas de leçons d'équitation. Cela dit, allez voir mes frères, ils vous fourniront peut-être les adresses de ranchs spécialisés dans ce genre de service.

— Et toi, cow-boy, tu n'en connais pas ? s'enquit-elle en avançant légèrement ses lèvres en avant.

— Je ne suis pas un des Crawford à marier.

— Ah bon ? Pourtant, tu n'as pas d'alliance.

À cet instant, le visage de Lily s'imposa à lui. C'était vraiment curieux.

— Cela ne signifie pas que je n'ai personne, rétorqua-t-il.

Bon sang, pourquoi Lily venait-elle s'immiscer dans cet échange ?

— Tu ne pouvais pas le dire plus tôt ? répliqua la jeune femme d'un ton agacé. Et parmi tes frères, il y en a encore qui sont libres ?

Il lui sourit et salua mentalement son culot.

— Je vais voir si Finn connaît quelqu'un qui peut vous donner des leçons d'équitation. Je reviens.

Là-dessus, il fila au patio où ses frères et son père venaient juste de terminer leur dîner.

— Finn, il y a une femme qui veut te voir.

Ce dernier se redressa en souriant. Il adorait ce genre de déclaration.

— J'arrive tout de suite ! répondit-il en se précipitant pour le rejoindre.

Xander le présenta à leur visiteuse et regagna l'écurie pour se remettre au travail, avec en bruit de fond les rires de Vanessa avec qui Finn était en train de flirter.

À nouveau, l'image d'un visage aux yeux verts déterminés et aux taches de son lui traversa l'esprit. Et s'il appelait Lily pour lui dire combien sa famille avait apprécié sa cuisine ? Cela lui ferait sans doute plaisir.

Oui. C'est ce qu'il allait faire ! Car un bon copain se comportait ainsi, et il avait l'impression que c'était exactement ce dont il s'agissait entre Lily et lui : d'une amitié. Et tant pis pour son marieur de père !

La maison des Hunt était une grande demeure blanche de style colonial, constata Xander en lançant un coup d'œil au premier étage, se demandant où se trouvait la chambre de Lily. Et brusquement, il se vit sous son balcon, lançant des petits cailloux contre ses carreaux pour qu'elle sorte le rejoindre, comme s'ils étaient des lycéens…

Décidément, cette jeune femme le tourneboulait,

pensa-t-il en secouant la tête. Et sans transition, il appuya sur la sonnette.

Un garçon aux cheveux auburn, d'environ vingt-cinq ans, lui ouvrit. Un des trois frères de Lily, sans doute. Il portait l'uniforme de l'école de police de Kalispell, comme l'indiquait le logo sur sa poche, ainsi qu'une casquette.

— Toi, tu es un Crawford, déclara-t-il en dardant sur lui un regard noisette intense.

— Exact. Je suis Xander. J'espère n'avoir rien fait de contraire à la loi ?

Son interlocuteur parut d'abord confus puis baissa les yeux vers son uniforme.

— Oh ! Je m'apprêtais à partir pour l'école. Je serai policier dans quelques mois.

Puis il lança un coup d'œil derrière lui et reprit sur un ton plus bas :

— En fait, j'espérais te croiser un jour ou l'autre, toi ou un de tes frères, mais je suis rarement en ville dans la journée.

Lui tendant la main, il ajouta :

— Je m'appelle Andrew Hunt.

— Ravi de faire ta connaissance. Que puis-je faire, enfin, que pouvons-nous faire pour toi ?

— C'est à propos de votre surplus.

— Notre… *surplus* ?

— J'ai entendu dire que ton père voulait vous marier, tes frères et toi, et qu'il avait offert cinq millions à Viv Dalton pour qu'elle vous trouve des femmes. C'est un collègue qui me l'a dit car il se désole de ne plus voir aucune célibataire en ville. Elles ont même déserté le Ace in the Hole, le bar où l'on joue aux fléchettes et où l'on rencontre toujours quelques filles qui aiment aussi y jouer. Mais depuis quelque temps, il n'y a pratiquement que des hommes. C'est déprimant !

— Un million, corrigea Xander, même si c'était parfaitement inutile. Et je comprends tout à fait le problème.

— Donc je me disais que si ton prochain rendez-vous ne marchait pas, tu pourrais peut-être mentionner en passant que tu connais un type sympa inscrit à l'école de police et qui est libre à partir de 18 heures, tous les soirs.

Bon sang ! Il n'aurait jamais cru entendre une telle chose !

— Écoute, je ne…

— Je vais bientôt finir mon école de police et j'aimerais vraiment rencontrer quelqu'un. Et puis si le champ a été décimé, c'est ta faute, mon pote. À toi et tes frères.

Ah ça, il ne pouvait le contredire…

— Bien sûr, je comprends, dit-il.

— Parfait ! Donc tu glisses juste mon nom et mes disponibilités lors de ton prochain rendez-vous si tu sens qu'avec la fille, ça ne colle pas. Ce serait vraiment sympa de ta part.

Xander soupira.

— OK. C'est quoi ton type ?

— Une chouette fille. Ma dernière petite amie était vraiment jolie, mais pas très chaleureuse. Ma sœur, qui est un peu plus jeune que moi, pourrait me présenter ses amies mais soit elle est dans notre cuisine ici, soit elle est dans celle du Maverick Manor, soit elle est sur son ordinateur pour suivre ses cours en ligne. Franchement, merci Lily !

— Tiens, en parlant de Lily, c'est elle que je suis venu voir.

— Ah bon ? Et pourquoi ?

— Oh ! Nous sommes juste amis.

— Ah oui ! Je me disais bien qu'il n'était pas possible que vous ayez rendez-vous. Ma sœur est archi célibataire, mais je ne le vois vraiment pas s'inscrire sur la liste d'une marieuse pour épouser un riche cow-boy. Sans vouloir te vexer.

— Pas de souci, répondit-il avec un sourire.

Pauvre Lily ! Si ses deux autres frères étaient comme Andrew, cela ne devait pas être facile tous les jours.

— Alors, ça marche, pour le surplus ?

— Pas de problème, lui assura Xander.

— Génial !

Andrew ajusta sa casquette et, avant de sortir de la maison, se retourna pour crier d'une voix tonitruante en direction du corridor :

— Lily ! Tu as de la visite !

Puis il se précipita vers sa voiture, lançant d'un ton amical par-dessus son épaule :

— À plus tard, vieux !

À quoi venait-il de s'engager au juste, avec Andrew ? se demanda Xander en lui faisant un petit signe de la main.

— J'arrive ! répondit Lily, de quelque part dans la maison.

Entendre sa voix fit accélérer les battements de son cœur.

Combien de fois Lily avait-elle demandé à ses frères de ne pas hurler d'une pièce à l'autre ? Elle se trouvait dans la cuisine où elle préparait une nouvelle entrée vegan pour le Maverick Manor afin de couvrir toutes les demandes de la clientèle et la voix d'Andrew avait résonné à ses oreilles comme si son frère s'y trouvait !

Elle enleva son tablier, se lava les mains et se dirigea vers l'entrée. C'était sans doute Sarah, qu'elle avait informée par SMS du fait que Xander était venu au restaurant aujourd'hui, puis qu'il s'était glissé en cuisine pour la voir. Devait-elle voir autre chose dans sa démarche qu'une simple amitié, comme il l'avait déclaré ? avait-elle demandé à son amie.

Selon Sarah, les hommes avaient besoin d'un peu de temps pour comprendre ce qu'ils ressentaient. Qui plus est, si Xander lui plaisait tant que ça, avait écrit Sarah, elle l'encourageait à donner une chance à leur relation et…

Ça alors ! Ce n'était pas son amie qui se trouvait dans le vestibule…

Bon sang, que faisait Xander chez elle ? Et pourquoi était-il si beau ? Il était à tomber avec son jean noir, ses boots marron, et son T-shirt bleu marine. Sans parler de son Stetson qu'il maintenait contre son torse. Elle laissa son regard s'attarder sur les boucles qui lui caressaient la nuque, tandis qu'il dardait sur elle ses yeux intenses. Cet homme était d'une beauté… insoutenable !

Dobby et Harry l'encadraient, tête levée vers lui, le premier le reniflant bruyamment, le second l'inspectant attentivement. Xander s'accroupit pour donner une caresse à chacun.

— Vous êtes les fameux Dobby et Harry dont j'ai tant entendu parler, j'imagine, dit-il. Et même si vous êtes identiques, je parie que toi tu es Dobby et toi Harry.

— Les pauvres ! dit Lily en riant. Leur collier avec leur nom les trahit à chaque fois. Contrairement aux autres vrais jumeaux, ils ne peuvent jamais échanger leur rôle.

Il les flatta une dernière fois puis se releva.

— Je suis passé au Maverick Manor pour transmettre mes compliments à la cheffe de la part de six cow-boys qui ont apprécié tes sandwichs au tournedos, mais ton amie AnnaBeth m'a dit que tu avais fini ton service. Alors comme j'étais dans les parages, je me suis dit que j'allais passer chez toi.

Revenir exprès au Maverick Manor pour la féliciter de la part de ses frères et son père ? Sarah avait raison : elle lui plaisait ! À cette pensée, un léger vertige la saisit.

— Mmm, ça sent divinement bon ici, fit-il remarquer.

Elle lui sourit. Elle adorait quand il la complimentait sur ses talents culinaires.

— Je travaille sur une entrée au tofu pour que le restaurant présente un choix vegan, expliqua-t-elle.

— Dans une région de cow-boys, c'est osé, mais si grâce à toi le tofu sent si bon, je parie sans prendre de risques que ce sera un succès.

Elle se mit à rire.

— Je vais prendre la grosse tête, avec toi ! s'exclama-t-elle.

— Tu sais quoi ? Tu pourrais peut-être me donner des leçons de cuisine ? Et si tu m'apprenais à faire des pâtes carbonara ?

Et si tu m'apprenais à ne pas tomber amoureuse de toi ?

— Lily, est-ce qu'il reste de ce par… quelque chose

dont j'ai oublié le nom ? lança soudain une voix forte du haut de l'escalier.

C'était Ryan, son frère le plus proche en âge.

Elle sourit et secoua la tête.

— Ce gâteau s'appelle un parfait, répondit-elle en haussant elle aussi la voix pour se faire entendre, lasse pourtant de ces échanges sonores. Eh non, il n'en reste plus, vous l'avez dévoré à vous quatre sans m'en laisser une miette.

— Je vois que je ne suis pas le seul à craquer pour ta cuisine, dit Xander. Cela t'ennuie si je te regarde préparer ton tofu ? Ainsi, je connaîtrai les coulisses des cuisines avant notre premier cours officiel.

Incroyable ! Il voulait la regarder cuisiner ?

— Qui cuisine chez vous ? s'enquit-elle.

— Chacun à tour de rôle, et comme on mange régulièrement des plats brûlés, on achète le plus souvent à emporter. Seul Logan s'en sortait bien, mais il a déménagé. On mange aussi beaucoup à l'extérieur.

Elle se mit à rire.

— Suis-moi. Ce ne sera pas du luxe, alors ! Quant à vous, Dobby et Harry, n'hésitez surtout pas à regagner vos paniers.

Les deux teckels retournèrent à leur place près de la fenêtre.

— C'est la vie difficile des bêtes, fit remarquer Xander, pince-sans-rire.

Impossible d'ignorer sa présence dans son dos, pensa-t-elle, troublée, tandis qu'il la suivait. Il était si grand et si musclé que sa virilité en était presque tangible.

Une fois dans la cuisine, jamais la pièce pourtant spacieuse ne lui avait paru aussi petite !

Il se plaça juste à côté d'elle, devant la gazinière, leurs jambes se touchant presque. Comment allait-elle survivre à toutes ces sources de chaleur ?

Mais c'est elle qui lui avait proposé de la suivre, alors…

Xander se tenait si près de Lily qu'il sentait l'odeur de son shampooing fleuri. Elle était vêtue d'un pantalon en coton kaki, d'un T-shirt blanc et avait noué un tablier rouge autour de sa taille sur le devant duquel était inscrit « Goûtez ! Vous allez aimer ». Elle avait aux pieds de curieuses chaussures en caoutchouc orange, en accord avec sa chevelure rousse attachée en un chignon lâche, lui-même retenu par ce qui semblait être… une baguette chinoise ?

Sa présence toute proche lui tournait quasiment la tête.

Était-il possible d'être simplement ami avec une femme ? Telle était la question récurrente dont il débattait régulièrement avec ses frères et ses amis, certains estimant que oui, d'autres que non car l'attirance sexuelle était inéluctable. Jusqu'à aujourd'hui, il s'était toujours situé dans le premier camp, mais là, il ne savait plus… Qu'est-ce qui le troublait donc tant chez Lily ? Pourquoi observait-il le moindre détail de sa personne ? Bon, les chaussures orange ne passaient pas vraiment inaperçues, c'était certain, mais il était ici pour apprendre à préparer le tofu. Et il n'avait pas la moindre idée de la façon dont on s'y prenait.

Malgré tout, à bien y réfléchir, il se fichait éperdument de savoir cuisiner cet ingrédient auquel il avait goûté une fois dans sa vie et dont il ne gardait pas un souvenir fabuleux.

Décidément, tout était bien confus en lui, à part son

envie indéniable de rester près de Lily, de l'écouter, de lui parler et de la regarder. Et tout à coup, il l'imagina nue, sortant de la douche, avec des gouttes d'eau formant des perles sur sa poitrine, des perles qui coulaient lentement sur son ventre et son nombril… Un courant haut voltage le traversa et il frissonna.

— Tu t'es enrhumé ? s'enquit-elle alors. Ce temps est complètement détraqué. Moi aussi j'ai attrapé froid, je ne sais où. Ce matin, je faisais des pancakes pour les quatre gouffres sans fond que sont mes frères et mon père, j'en étais à mon cinquantième et là je me suis mis à frissonner. En août, devant les fourneaux ! C'est fou, non ?

Sans doute, mais son frisson à lui n'avait rien à voir avec le temps détraqué.

Puis elle enchaîna sur les merveilles de l'huile de sésame pour faire frire le tofu. Il entendit soudain les mots « farine de maïs » et « poivre », mais ne les relia à rien tant il était concentré sur le visage et le corps de cette femme qui le déstabilisait.

Elle était loin du type de femme qu'il affectionnait particulièrement mais, avec ses yeux d'un vert hypnotisant, ses adorables taches de rousseur et son large sourire, il se dégageait d'elle une sensualité incroyable. Et puis elle parlait avec tant d'enthousiasme de la différence entre un wok et une poêle à frire !

— Alors, tu vas faire du tofu sauté pour ta famille ce soir ? plaisanta-t-elle. Tiens, goûte.

Prenant un cube croustillant de soja avec une cuillère en bois, elle le lui présenta. Il la regarda, stupéfait, puis ouvrit la bouche. À cet instant, elle rougit. Lui aussi. Il se rapprocha d'elle… et elle recula.

— Je… Oh ! Tu as de l'huile de sésame sur la joue, dit-il comme si de rien n'était.

Et il l'enleva, en prenant sur lui pour ne pas se lécher le doigt. Ouf ! Eh non, il n'avait pas été sur le point de l'embrasser. Pas du tout.

En tout cas, il était urgent qu'il sorte de cette cuisine, de cet espace minuscule qu'il partageait actuellement avec Lily Hunt. C'était son amie, il ne devait pas l'oublier. Même si elle l'attirait, fait incontestable, elle était bien trop jeune pour lui. De plus, elle nourrissait de grands rêves qui l'accaparaient tout entière. Alors que lui était un homme grincheux, déçu par l'amour et pas près de s'en remettre et de tenter de nouveau l'expérience. Elle avait besoin d'une version masculine de sa personne : un homme aussi génial qu'elle.

Encore que l'imaginer avec un autre était très désagréable…

Bien ! Il devait penser aux femmes qui étaient son type, comme cette Vanessa qui voulait apprendre à monter à cheval, et oublier cette Lily qui ressemblait à un lutin et qui le déboussolait. Il avait besoin de quelqu'unà la tête vide qui ne représenterait aucun défi pour lui et qui lui permettrait juste de s'évader quand il en aurait besoin.

— Tu ne m'as pas dit si tu avais aimé le tofu ? demanda Lily, le ramenant à l'instant présent.

— Euh… Pas mal, oui.

— Donc on programme une leçon pour quand ?

— Je ne peux pas te donner une date tout de suite, je suis pas mal occupé en ce moment. D'ailleurs, il faut que j'y aille, il se fait tard. À plus, ma pote.

Il vit son visage se décomposer, et se mordit la langue.

Ma pote ? Il devenait chaque jour plus idiot que la

veille ! Franchement, comme si cette expression lui ressemblait ! Pourquoi fallait-il toujours qu'il dise le mot de trop, avec elle ? Ils savaient l'un comme l'autre qu'ils étaient juste des amis, il ne servait à rien de le souligner à chaque occasion.

Il lui adressa alors un sourire gêné, puis sortit en trombe de la cuisine, comme si la gazinière venait de prendre feu.

- 4 -

Ma pote !

Longtemps après que Xander eut prononcé cette abomination de sa voix rocailleuse, Lily hésitait encore entre la déception totale et la fureur absolue.

Et dire que la scène dans la cuisine aurait pu finir si différemment ! Ce baiser aurait tout à fait pu devenir réalité… Alors il l'aurait prise dans ses bras et l'aurait portée jusqu'à sa chambre… Non, coupez ! L'aurait portée jusqu'à son pick-up, aurait foncé jusqu'au Ambling A ranch où ils auraient fait passionnément l'amour…

Poussant un soupir, elle s'empara du plateau avec leurs boissons et parts de gâteau tandis que Sarah roulait sa poussette vers une table située à l'arrière de la salle, chez Daisy's Donuts, afin que leur conversation soit à l'abri des oreilles indiscrètes.

Non qu'elle ait des confidences brûlantes à faire à son amie ! Elle avait juste besoin de conseils, car Sarah était non seulement une femme mariée, mais elle avait épousé un Crawford.

Elle sourit en voyant le regard empli d'amour que son amie posa sur sa fille Sophia, petite beauté de sept mois endormie, adorable dans sa grenouillère à rayures roses et blanches sur laquelle on pouvait lire en lettres brillantes « J'aime mon papa ». C'était Logan, le frère aîné de Xander, qui la lui avait offerte. Il aimait

Sophia comme si elle était sa propre fille ; d'ailleurs, il la considérait comme la sienne. Lorsque Lily pensait à l'histoire d'amour de Logan et Sarah, elle reprenait foi en toutes choses.

Deux jours s'étaient écoulés depuis cette deuxième rencontre aussi embarrassante que la première entre Xander et elle, les deux s'étant soldées par une tentative de rapprochement avortée. Depuis, Xander n'était pas venu au Maverick Manor, pas plus qu'il ne l'avait appelée pour convenir d'une date pour le cours de cuisine… qu'elle comptait lui facturer au prix fort ! Il était évident qu'il l'évitait. Et elle n'allait sûrement pas relancer un homme qui reculait toujours au moment fatal ! Elle l'intéressait… jusqu'à un certain point. Soit. Elle, en tout cas, n'avait pas l'impression que les vibrations qui émanaient de cette relation relevaient de l'amitié, mais elle n'avait sans doute pas assez d'expérience en la matière pour en juger.

S'il vous plaît, tous les dieux de la Terre et du Ciel, ne faites pas de moi une de ces pauvres créatures qui nourrissent des illusions là où il n'y a rien !

Sur cette prière, elle mordit dans son beignet à la crème, puis but quelques gorgées de thé glacé, savourant les bienfaits du sucre sur son moral. Du moins pour le moment. Alors que Sarah sirotait son smoothie à la fraise, elle lui raconta les dernières nouvelles concernant Xander.

— Je sais ce que c'est, dit son amie en s'attaquant à son beignet glacé. Un pas en avant, deux en arrière. J'ai connu la même valse avec Logan. Je te le répète, Lil, les hommes ont souvent besoin d'un certain temps pour comprendre le trésor qu'ils ont sous les yeux.

Lily regarda la belle alliance au doigt de Sarah et soupira d'envie.

— Cet homme m'inspire des sentiments complètement fous, avoua-t-elle. Il est incroyablement sexy, intelligent, drôle. Il rit de mes blagues, il aime les chiens, il est passionné par son travail, proche de sa famille… Est-ce que je t'ai dit qu'il avait un regard si brûlant que j'ai parfois du mal à le soutenir ?

— Rassure-toi, je vois très bien de quoi tu parles. Tu lui plais, c'est certain, seulement il n'a pas l'air d'avoir envie de nouer une relation, en ce moment.

— Pourtant, une organisatrice de mariages particulièrement douée est en train de lui planifier des rendez-vous avec de nombreuses femmes. Comme à ces quatre autres frères célibataires.

Sarah fit la grimace.

— Et tu sais si Xander est allé à l'un de ces rendez-vous ? s'enquit-elle.

— Aucune idée, et je t'avoue que je préfère ne pas y penser.

Là-dessus, elle prit une nouvelle bouchée de son beignet sans qu'il lui procure une satisfaction équivalente à la précédente.

— Allez, ne t'inquiète pas, ma chérie. Il veut prendre des cours de cuisine avec toi, c'est bien ce que tu m'as dit ?

— Euh… oui, répondit-elle sans comprendre où Sarah voulait en venir.

— Parfait ! Vous allez vous retrouver dans une pièce en tête à tête pendant quelques heures, à essayer des recettes, les goûter… Beaucoup de choses peuvent alors se produire.

Sur ces paroles optimistes, Sarah mordit de nouveau dans son beignet, et jeta un coup d'œil à Sophia dont le sommeil n'avait pas été troublé par les problèmes sentimentaux des grandes personnes.

Au moins, elle en avait, songea Lily. L'an passé, elle n'avait affiché qu'un rendez-vous affreux au compteur et c'était tout !

Pourquoi ? Cela venait-il d'elle ? Était-elle trop timide avec les hommes ? À moins que son côté garçon manqué ne les rebute. Elle regarda alors son jean et son T-shirt arborant une publicité pour une boutique locale… Puis elle jeta un coup d'œil à son amie qui avait accouché il y avait peu mais avait retrouvé une silhouette parfaite. Elle était si soignée dans sa charmante robe à bretelles. Même pour aller prendre un thé avec elle, Sarah s'était faite belle.

Quelle excuse avait-elle donc, elle, pour s'habiller comme ses frères ? D'ailleurs, ce T-shirt appartenait à Ryan !

Elle était un cas désespéré. Bon ! Elle devait cesser de se lamenter et demander à Sarah de l'accompagner dans des boutiques un peu plus chics. Qui sait ? Avec un jean skinny et un haut plus moulant, plus féminin, elle séduirait peut-être complètement Xander Crawford. Non, elle pouvait oublier ! L'ambivalence de ce dernier à son égard n'avait rien à voir avec sa tenue.

— Lily, reprit Sarah, s'il doit arriver quelque chose entre vous deux, ça se fera. Fais-moi confiance.

À ces mots, l'espoir renaquit instantanément dans son cœur. Et elle repensa à la scène dans sa cuisine, deux jours plus tôt, au baiser suspendu dans l'air…

— Tu as entièrement raison, répondit-elle. Il faut juste que je sois sans doute un peu plus entreprenante.

— Exactement ! s'exclama Sarah avec un grand sourire.

C'était décidé, la prochaine fois qu'elle verrait Xander, elle prendrait des initiatives. Mais avant tout, elle devait s'acheter de nouvelles tenues.

Puisque Vivienne Dalton allait continuer à le harceler avec des rendez-vous, Xander devait au moins reprendre un peu le contrôle de la situation. Au lieu de refuser systématiquement ses propositions, il lui avait donc suggéré de la rencontrer et se trouvait à présent dans son bureau où elle l'avait accueilli avec un large sourire.

Après l'avoir écouté, elle le regardait avec surprise mais n'en restait pas moins professionnelle.

— Il n'est pas nécessaire qu'elle soit intelligente, expliqua-t-il. Juste qu'elle sache faire la conversation.

Elle prit note, visiblement incrédule, puis résuma à haute voix ce qu'elle avait déjà consigné sur sa tablette :

— Donc, si j'ai bien compris, ce doit être une blonde peroxydée, bien coiffée, bien maquillée et qui porte des talons hauts. Elle doit aussi avoir un rire sonore, euh non, pardon, *glousser de façon bruyante*, c'est bien ça ?

— Oui. Puisque mon père a décidé de nous marier, mes frères et moi, je vous indique le type de femme que je recherche.

— Mais votre type de femme ne peut pas être une écervelée, Xander, si je puis m'exprimer aussi franchement.

Touché !

— Écoutez, Vivienne, je ne recherche pas une relation sérieuse, et je crois qu'il est important que vous le sachiez. Je ne veux blesser ni décevoir personne, juste passer du bon temps. Je sais quelles femmes me plaisent.

Son intention était en effet de transférer à Andrew les coordonnées de toutes les femmes sympathiques ou intéressantes qu'il rencontrerait par l'intermédiaire de Vivienne.

Cette dernière se cala dans son siège, l'observa un instant en silence et déclara :

— J'ai entendu qu'au lieu de Knox, c'est vous qui êtes allé au rendez-vous avec Lily Hunt. Comment cela s'est-il passé, Lily étant le contraire des femmes peu sérieuses que vous recherchez ?

À cet instant, des yeux verts, des taches de rousseur et des chaussures en caoutchouc orange s'imposèrent immédiatement à lui, et il sentit presque flotter non loin une odeur de shampooing fleuri.

Que ressentirait-il s'il embrassait Lily ? Ce serait assurément un baiser passionné, à l'image de Lily. Quant à la suite, elle le laisserait sans voix… À quel endroit du corps avait-elle d'autres taches de rousseur ? Et s'il…

— Xander ?

Revenant sur Terre, il se rendit compte que Vivienne le regardait fixement ; pendant qu'il fantasmait sur Lily Hunt, elle attendait une réponse… Mais que lui arrivait-il ?

Il se redressa et s'éclaircit la voix : .

— Lily est une personne très sympathique, pleine de vie, de rêves et de projets. Passionnée. Je vous ai dit qu'elle allait me donner des cours de cuisine ?

Vivienne lui lança un dernier coup d'œil, relut ses notes, puis se pencha en avant.

— Écoutez, Xander, je vais revoir la liste des candidates, et si j'estime que l'une d'elles peut vous convenir, je vous envoie un SMS.

— Parfait, dit-il en se levant. Mais pas de pression, je déteste ça.

— Entendu, répondit-elle en l'imitant.

Elle lui serra la main et ajouta :

— Bonne chance pour votre… cours de cuisine.

Était-ce un effet de son imagination ou avait-il perçu une légère jubilation dans sa réponse ?

Toujours est-il qu'il aurait déjà dû réserver cette leçon afin de revoir Lily au plus vite. Mais ne venait-il pas de donner des indications très spécifiques à Vivienne pour précisément se sortir Lily de la tête ? Si, se dit-il en soupirant, maintenant, il désirait l'inverse ? Donc il était sans doute plus raisonnable de repousser encore la date de la leçon avec Lily, qui serait sûrement trop intime. Mais rien ne l'empêchait d'aller lui rendre visite et de promener éventuellement ses chiens si elle était trop occupée entre son travail et ses études. Entre amis, on se rendait des services, non ?

La semaine suivante, Lily reçut plusieurs fois la visite de Xander qui trouva à chaque fois une bonne raison pour passer.

La première fois, il avait frappé à la porte arrière des cuisines du Maverick Manor pour lui proposer d'aller promener ses chiens. La journée était si belle, et comme elle était coincée au travail… C'était bien sûr une gentille attention. Sa visite ayant coïncidé avec sa pause, ils avaient discuté dans la cour des spécialités du jour et, de fil en aiguille, il lui avait confié que les oignons ne le faisaient pas pleurer quand il les épluchait, et qu'il les adorait bien frits. Il lui avait ensuite dit qu'il ne pourrait pas prendre la leçon de cuisine avant une semaine au moins, car il était très occupé au ranch. Elle espérait avoir masqué la déception qui l'avait alors envahie.

Le lendemain, il lui avait envoyé un texto juste pour lui dire bonjour et elle avait répondu par un émoji fatigué, lui indiquant qu'elle était en train de rédiger un devoir sur les dépenses commerciales. Une demi-heure plus tard, il débarquait avec le registre des comptes du Ambling A, et deux heures après, elle avait tout compris. Ce temps qu'il lui avait consacré devait tout de même signifier quelque chose, non ? Elle avait éprouvé quelques difficultés à rester concentrée, avec Xander Crawford assis sur le bord de son lit, car elle était très forte pour s'imaginer avec lui dans n'importe quel lit…

Dans l'après-midi du lendemain, il l'avait appelée parce qu'il avait besoin de l'opinion d'une femme : devait-il ou non porter une cravate pour se rendre à la réunion d'une association de fermiers, au conseil de laquelle il envisageait d'entrer ?

« Cet homme est fou de toi », lui avait assuré Sarah en l'apprenant.

Sauf que jamais il n'avait tenté de se rapprocher d'elle, et les deux autres fois où il était passé « par hasard » non plus.

La veille au soir, il était venu l'attendre à la sortie du travail, pensant qu'elle aurait envie de compagnie pour rentrer chez elle. Ce qui était bel et bien le cas. Puis une fois chez elle, ils s'étaient assis sur la terrasse, avaient regardé Dobby et Harry courir comme des fous, puis ils avaient parlé de la lune montante et du Grand Chariot, et elle avait été à deux doigts de poser la tête sur son épaule. Elle se sentait si bien en sa compagnie ; sa présence était si agréable et réconfortante.

Xander l'aimait bien, c'était incontestable, mais il la regardait comme les deux cuisiniers du Maverick Manor, c'est-à-dire comme un ami. Alors que, de son côté, elle rêvait de déboutonner sa chemise et défaire son ceinturon ! C'était une première pour elle, d'être amoureuse d'un homme qui la considérait comme une bonne copine. Elle perdait parfois le cours de ses pensées en pleine phrase quand ils étaient ensemble ou lorsqu'elle songeait à lui – ce qui lui arrivait en permanence.

— Lily, j'ai besoin d'aide ! s'écria Andrew d'une voix tonitruante, depuis sa chambre.

Elle soupira et reposa son livre d'économie, plus concentrée sur un grand cow-boy sexy que sur les différences entre les politiques économiques classiques et les keynésiennes.

Devant la porte d'Andrew, un nuage de déodorant la fit tousser.

— Où que tu ailles ce soir, je te conseille de rester à l'extérieur pendant vingt minutes pour que cette odeur se dissipe ! lui fit-elle remarquer.

Planté devant son miroir où il se faisait beau en rajoutant une dose insensée de gel dans ses cheveux, Andrew s'admira un instant avant de répondre :

— Pas question ! La bouteille dit que je sens *l'énergie des cimes*. Je suis certain que Heidi va adorer.

— Heidi ?

— C'est la femme avec qui j'ai rendez-vous pour

dîner. On va au Maverick Manor. Tu travailles, ce soir ? Dis-moi oui, s'il te plaît ! J'ai besoin que tu mettes ta magie habituelle dans tes plats.

Elle éclata de rire.

— Je ne travaille pas ce soir, mais je suis certaine que ton rendez-vous sera sous le charme. Où l'as-tu rencontrée ?

— Je ne la connais pas, c'est un rendez-vous arrangé. Grâce à Xander.

— Xander ? répéta-t-elle en écarquillant les yeux. Mais… vous vous connaissez, tous les deux ?

— On a fait connaissance quand il est venu à la maison, l'autre jour. Je lui ai demandé s'il voulait bien donner mes coordonnées aux rendez-vous qui ne marchaient pas pour lui, et il y a deux jours, il m'a appelé pour me dire qu'une jeune femme qui, selon lui, me conviendrait, allait sans doute me contacter. C'est fantastique, non ?

Génial, oui, pensa-t-elle, amère. Donc Xander rencontrait bel et bien des prétendantes, et refilait à son frère celles qui ne lui plaisaient pas ! Combien Xander en avait-il gardé pour lui ?

— Je dois mettre des chaussures noires ou des boots ? lui demanda Andrew.

— Peu importe.

— Merci pour ta grande aide !

Le fait était qu'elle n'en savait rien… Le jour de son rendez-vous qui n'en était pas un avec Xander, celui-ci portait de très élégantes chaussures noires, mais son pantalon était bien plus chic que celui en coton épais d'Andrew.

— Va pour les chaussures, dit-elle.

— Oui, c'est bien ce que je pensais. Le Maverick Manor n'est pas tout à fait le Ace in the Hole.

Elle se laissa tomber sur le rebord du lit de son frère, puis posa la question qui lui brûla les lèvres :

— Alors, que t'a dit Xander sur cette Heidi ?

— Juste qu'elle était très sympa et que, selon lui, elle me plairait.

— Sympa ?

— Oui, c'est ce que j'aime, chez une femme.

— Je croyais que les hommes voulaient tous des bombes.

— Franchement, une bombe décérébrée, ce n'est pas ma tasse de thé.

Elle se mit à rire, tout en se demandant pourquoi cette Heidi n'avait pas plu à Xander… Elle comprit bien vite : il ne recherchait pas des femmes sympas, mais des bombes décérébrées.

Ce qu'elle n'était justement pas.

— Et puis zut ! marmonna-t-elle en revenant dans sa chambre.

Ce n'était pas son physique qui lui permettrait d'ouvrir son propre restaurant, mais son cerveau et ses talents de cuisinière.

Soudain, son téléphone lui annonça l'arrivée d'un SMS. Xander ! Elle faillit ne pas le lire. Comment avait-elle pu se tromper à ce point sur ses intentions ? Elle avait vraiment cru à une attirance entre eux, mais non, ils étaient juste amis pour lui.

Prenant son portable, elle lut finalement le message, allongée sur son lit.

Je m'y prends au dernier moment, je sais, mais j'aurais besoin de tes services pour préparer un dîner, samedi soir, au ranch. Nous avons fini de réparer une clôture difficile et j'aimerais qu'on fête l'événement. Il faudrait que le repas soit prêt à 19 heures et comporte essentiellement des pommes de terre et de la viande car c'est ce que nous préférons, mais libre à toi, bien sûr, de les cuisiner comme tu l'entends.

Samedi, donc, dans deux jours… Mais oui, elle était libre ! Seulement, quel intérêt avait-elle à accepter ? Elle en ressortirait encore plus éprise d'un homme qu'elle n'intéressait absolument pas.

Pourtant, ils étaient amis, cela elle l'acceptait et, en l'occurrence, il lui demandait une faveur. Et puis il la rémunérerait généreusement, sans aucun doute, ce qui l'aiderait à financer ses cours en ligne pour le prochain semestre. Aussi, sans plus réfléchir, écrivit-elle :

J'accepte.

Avant d'ajouter dans un deuxième SMS :

Et merci !

La réponse de Xander ne se fit pas attendre.

Merci à TOI !

Si seulement elle avait une poudre magique à verser dans son assiette pour qu'il tombe amoureux d'elle !

Ce fut plus fort qu'elle. Ce soir-là, Lily trouva un prétexte pour passer au Maverick Manor voir de quoi cette Heidi avait l'air. Quelle ne fut pas sa surprise de découvrir à la table 11 le véritable mannequin installé en face d'Andrew ! Heidi avait une poitrine que beaucoup lui auraient enviée, une robe fleurie à bretelles avec un volant au niveau des genoux. Sa chevelure châtain clair retombait en ondulations parfaites sur ses épaules.

Elle la vit rire à ce que son frère venait de dire, puis lui toucher le bras. Andrew devait être aux anges. Franchement, si cette femme ne convenait pas à Xander, elle se demandait bien qui était son type !

Pas elle, en tout cas…

Voilà pourquoi il était temps qu'elle tourne la page. Elle cuisinerait pour la famille Crawford le samedi suivant, donnerait deux ou trois cours de cuisine à Xander, empocherait un peu d'argent et se concentrerait sur son avenir. Professionnel, cela va sans dire.

— Lily ? Qu'est-ce que tu fais là ? demanda Gwendolyn en passant à toute allure devant elle. Remarque, ça tombe bien ! Si tu pouvais faire deux ou trois filets, je t'en serais vraiment reconnaissante. Jesse était malade et je lui ai dit de rentrer chez lui.

— OK, répondit-elle.

Cela allait lui permettre de penser à autre chose qu'à Xander et sa horde de conquêtes.

— Salut, Lily ! dit AnnaBeth avec un grand sourire en poussant la porte à double battant des cuisines. Ton frère dîne avec une vraie bombe. Il prendra le filet spécial et elle la sole au citron. Soit dit en passant, elle vient du Dakota du Sud. Je suis certaine que tu en connais la spécialité…

Quelques minutes plus tard, elle tendit à AnnaBeth une mise en bouche offerte par la maison : des petites brochettes bien pimentées.

— Pour la table 11, avec les compliments de la cheffe, déclara-t-elle.

— Miam, ça a l'air délicieux.

Mais quelques instants après, AnnaBeth revenait avec le plat quasiment non touché… et un air dévasté.

— L'amie de ton frère en a goûté une, puis est allée directement aux toilettes.

— Oh non ! À cause des brochettes ?

— Je crains que oui.

Oh Seigneur ! Avait-elle gâché la soirée de son frère ? Le piment du Dakota du Sud avait-il rappelé à Heidi de mauvais souvenirs ?

Elle continua à cuisiner, très contrariée, et ne se risqua plus à exercer sa magie pour les commandes suivantes.

Lorsque AnnaBeth s'approcha à nouveau d'elle, elle lui adressa un regard à la fois craintif et interrogateur.

— Jette un coup d'œil en salle, lui conseilla AnnaBeth.

Lily vit alors que son frère était assis à côté de Heidi et non plus en face, et que cette dernière lui tendait une bouchée de sa sole. Elle ignorait comment un tel miracle s'était produit, mais elle s'en réjouit vivement.

À cet instant, son téléphone lui annonça l'arrivée d'un SMS. Sans doute Xander qui annulait le dîner au ranch, pensa-t-elle avant de voir qu'il venait de son frère.

> Heidi vient de partir se rafraîchir. Donc finalement, tu travailles ce soir ! Ces petites brochettes lui ont rappelé celles que faisait sa mère tous les dimanches, au déjeuner. Et comme celle-ci est décédée l'an dernier, cela l'a vraiment remuée. Mais je suis allé la retrouver aux lavabos et je lui ai dit, pour maman, et aussi que papa faisait toujours son pain au maïs le dimanche, et donc on s'est mis à parler de nos mères et c'était comme si on se connaissait depuis toujours. On ressort ensemble demain, Lil ! Merci pour ta magie !

Elle lui envoya aussitôt l'émoji d'un cœur, soulagée de ne pas lui avoir gâché sa soirée.

Au moins la vie amoureuse d'un Hunt prenait une bonne direction !

- 5 -

Durant l'heure qui venait de s'écouler, Xander avait épuisé tous les prétextes possibles pour vérifier si Lily n'avait pas besoin d'aide alors qu'elle s'affairait autour des fourneaux, à l'Ambling A. Elle l'avait guidé pour la confection de la sauce béarnaise destinée au filet mignon qui sentait divinement bon et lui avait aussi demandé d'éplucher les pommes de terre, ce qu'il avait trouvé moins drôle. Puis elle l'avait renvoyé de la cuisine pour qu'il soit avec sa famille.

Le contact était un peu différent entre eux, avait-il trouvé. Elle était plus distante, le traitant comme un client au lieu d'un… D'un quoi, au juste ? D'un proche ?

D'un ami ?

Bon sang ! Ne pouvait-il donc s'estimer heureux qu'elle le traite comme un client et non comme un flirt ? D'ailleurs, il avait dîné avec trois femmes cette semaine pour se changer les idées, dont une proposée par Vivienne Dalton.

En dépit des consignes qu'il avait données à cette dernière, elle ne lui avait pas fixé un rendez-vous avec une fille à la tête vide, mais une certaine Heidi, aussi sympathique qu'intelligente et qui avait eu l'air très surprise lorsqu'il lui avait annoncé à la fin du repas que, par honnêteté, il préférait la prévenir qu'il ne cherchait pas une relation à long terme, mais qu'en revanche une de ses connaissances tenait à rencontrer l'âme sœur et qu'il pouvait lui donner ses coordonnées si elle le souhaitait. Elle avait répondu qu'elle se fiait à son jugement, et c'est ainsi que Heidi et Andrew, le frère de Lily, en étaient à leur troisième rendez-vous de la semaine, trois soirées d'affilée !

Les deux autres qu'il avait choisies lui-même selon ses propres critères l'avaient rapidement agacé avec leurs gloussements incessants, bien qu'il ait donné le change pour les supporter le temps d'un repas.

Décidément, il n'était pas fait pour les rendez-vous amoureux !

— Mais qu'est-ce que tu fiches encore là ? demanda Lily d'un ton agacé.

— Je ne veux pas que tu te sentes seule.

— La cuisine est l'unique endroit où je ne me sente jamais seule.

À ces mots, il soutint son regard, saisi par une sorte de vertige, incapable de bouger. Mais elle lui tourna le dos et prépara une botte d'asperges. Il finit par s'en aller.

Les rires et les éclats de voix qui résonnaient dans la salle à manger lui rappelèrent que tous étaient réunis pour fêter une partie du travail accompli sur le ranch.

Hunter était assis à côté de son adorable fille de six ans aux nattes tressées très approximativement, mais il était si touchant de constater que son frère s'efforçait de remplir à la fois le rôle de père et de mère depuis la naissance de Wren. Et il y parvenait à merveille en dépit de tout le poids qui pesait sur ses épaules ! Il se demandait si lui-même aurait été à la hauteur…

Sur le canapé se trouvaient Logan et Sarah. Cette

dernière chantait une comptine avec Wren et toutes les deux tapaient dans leurs mains au rythme des vers.

Finn, assis dans un fauteuil, était absorbé par sa conversation avec Wilder qui avait pris place dans celui d'en face.

Xander s'installa près de Knox sur la bergère. Comme à l'accoutumée, Knox était plongé dans ses pensées.

Leur père était dans son fauteuil inclinable New Age, doté d'accessoires pour allumer les lampes et la télévision, et lui massait le dos et le cou.

— Bien ! dit ce dernier. Je dois avouer que je suis déçu de ne voir qu'une ravissante femme dans ce salon, ce soir. J'espérais qu'au moins la moitié d'entre vous serait engagée dans une relation sérieuse.

— Papa, serait-il possible d'aborder cette question en dehors de la présence de Ne-Wre ? demanda Hunter.

Wren éclata de rire.

— Papa, j'ai compris de qui tu parlais, tu sais !

Xander se mit à rire lui aussi, puis déclara :

— Papa, il y a trois adorables femmes parmi nous ce soir. Tu oublies Wren et Sophia.

— Merci de me corriger, fils. Il n'en reste pas moins que ce que je dis est vrai.

— Pas tout à fait, intervint Sarah. Avec Lily, nous serons quatre. Elle reste bien pour le dîner, non ?

À cet instant, toutes les têtes se tournèrent vers Xander tandis que Max se tapait sur la cuisse en disant :

— Mais bien sûr ! Cette talentueuse cheffe a réalisé un travail remarquable. Elle doit maintenant s'asseoir parmi nous et profiter du repas.

— Parfait ! s'exclama Sarah. Je vais donc rajouter une chaise et lui transmettre l'invitation.

Et elle fila dans la cuisine.

Pourvu qu'elle la place à côté de moi ! pria alors Xander.

Cinq longues minutes plus tard, Lily entrait dans le salon avec, sur un plateau, de beaux filets de viande qui sentaient si bon que le silence se fit instantanément. Sarah la suivait, chargée d'un plat de pommes de terre rôties et d'asperges.

Xander se leva d'un bond pour prendre le plateau des mains de Lily qui déclina aussitôt.

Elle inspecta le salon d'un air un peu gêné, puis déclara :

— Désolée, mais je n'ai pas la tenue appropriée pour dîner avec vous. Je pensais rester en cuisine.

— Comment ? s'exclama Max en la détaillant. Vous ne déparerez pas parmi les garçons. Allez, prenez place autour de la table avec nous !

Oh non ! pensa Xander, affligé par le commentaire de son père sur la tenue de Lily.

Toutefois, dans le brouhaha qui s'ensuivit, personne ne releva et il prit soin de s'asseoir le plus loin possible de son père pour éviter toute conversation sur le mariage. Et quel ne fut pas son soulagement lorsque Lily s'assit à côté de lui !

— Portons tout d'abord un toast, proposa Max. À l'Ambling A et au dur travail que vous avez réalisé, les garçons, pour que cet endroit devienne notre foyer. Je suis très fier de vous. Et de moi aussi qui y use chaque jour mes vieux os !

Tout le monde se mit à rire et trinqua.

— Merci également à Lily, notre cheffe ce soir, pour ce formidable repas, ajouta-t-il.

Et les verres s'entrechoquèrent de nouveau.

— Tout le plaisir est pour moi, répondit Lily. Eh bien, bon appétit !

Et les plats passèrent de main en main.

— Oh ! Lily, j'allais oublier, reprit Max. Je dois aussi m'excuser pour mon fils Knox et les complications autour de votre rendez-vous. Mais on dirait que tout s'est finalement bien terminé, puisque vous êtes parmi nous ce soir, près de Xander.

Et sur un clin d'œil, il se servit des pommes de terre.

— Franchement, papa ! s'exclama Knox en secouant la tête. Je suis assez grand pour m'excuser tout seul et c'est d'ailleurs ce que j'ai fait quand Lily est arrivée.

— Xander et moi sommes de simples amis, précisa Lily, les joues aussi rouges que son T-shirt.

— Tout à fait, juste des amis, renchérit Xander.

— Dans ce cas, enchaîna Wilder, nous pouvons parler des rendez-vous auxquels tu t'es rendu la semaine dernière. L'un d'entre eux a-t-il marché ?

Était-ce l'effet de son imagination ou Lily avait-elle soudain l'air tendu même si elle s'efforçait de sourire ? se demanda Xander, gêné par la remarque de son idiot de frère.

— Franchement, les gars, la vie privée de Xander ne vous regarde pas, intervint Sarah.

— Tout à fait, écoutez la voix de la sagesse, répondit Xander en souriant à sa belle-sœur.

— Très bien, dit Max. Bon, Lily, je crois savoir que vous avez trois frères. Vous êtes donc habituée à une atmosphère saturée de testostérone ?

— Absolument ! répondit-elle en riant.

La conversation roula alors sur des anecdotes liées

aux espiègleries des frères Crawford, Lily n'étant pas en reste avec ses frères, de sorte que l'ambiance devint rapidement détendue.

— Lily, dit soudain Hunter, je suis vraiment désolé, mais je ne pourrai pas assister avec Wren à ton cours de cuisine, demain. J'avais oublié que je devais donner un coup de main à une amie pour déménager. Wren est tellement déçue.

— Oui, renchérit la petite fille d'un air triste. Je voulais vraiment apprendre à faire des tacos !

— Ce n'est que partie remise, lui assura Lily. Le prochain cours pour ta tranche d'âge est prévu en septembre, dans un mois, donc.

Lily avait en effet mentionné qu'elle donnait des cours au centre de loisirs, en ville, se rappela Xander. Il ignorait en revanche que Hunter et Wren s'étaient inscrits à l'un de ces cours.

— Je peux tout à fait y emmener ma nièce, proposa-t-il. Je suis libre demain après-midi, et j'adore passer du temps avec ma nièce de six ans préférée.

Et avec Lily, se garda-t-il d'ajouter.

— Super ! Je vais apprendre à faire des tacos ! s'écria Wren.

— Parfait, dit Hunter. Merci, frangin !

Xander hocha la tête, et Lily lui adressa un petit sourire gêné.

Bon sang, pourquoi tout était-il toujours ainsi entre eux, comme un mélange d'hésitations et d'embarras ? Quelque chose couvait, mais quoi ?

— Lily, je ne sais pas où tu as appris à cuisiner, mais tu as un talent remarquable, dit Logan. C'est délicieux, vraiment.

Chacun approuva, puis la tablée se mit à parler de ses plats préférés.

Lily apporta ensuite le dessert, des minitartes au chocolat, et le dîner se termina.

Lily retourna en cuisine et Xander emporta quelques assiettes vides pour la rejoindre, espérant que personne ne l'imiterait.

Il la trouva devant l'évier, en train de récurer les casseroles.

— Nous ferons la vaisselle, Lily, dit-il. Ne te préoccupe pas de cela.

Elle se retourna, un sourire aux lèvres.

— Vraiment ? D'abord, on invite la cuisinière à dîner et ensuite on la dispense de laver les casseroles et de remplir le lave-vaisselle ? Je ne suis pas habituée à être aussi bien traitée.

— Eh bien, profites-en car tu le mérites, après tout ce que mon père a dit en début de repas. Désolé.

— Pas de souci, je suis habituée, avec mes frères.

Elle fit tremper les casseroles dans de l'eau savonneuse, puis ajouta :

— Je… je suis désolée que ton dernier rendez-vous n'ait pas marché, même si je pense que, pour mon frère, ça s'est en revanche très bien passé. J'ai l'impression qu'Andrew est amoureux.

— Je m'en réjouis pour lui.

Il aurait aimé ajouter qu'il ne cherchait pas à nouer de relations sérieuses et encore moins à se marier, mais était-il censé lui avouer la vérité ? À savoir qu'un baiser brûlant ou deux lui suffiraient, voire une nuit entière si la femme était sur la même longueur d'onde que lui, mais rien de plus.

La réalité, en revanche, c'était que Lily avec son T-shirt rouge, sa queue-de-cheval et ses baskets bleues risquait de le maintenir éveillé toute la nuit juste en étant elle-même !

Il n'y croyait pas ! Était-il en train de tomber amoureux de Lily ? Allons, c'était impossible ! Elle avait sept ans de moins que lui et ressemblait aux jeunes sœurs de ses copains, avec ses hoodies et ses jeans.

Non, il n'était pas en train de s'éprendre d'elle, il l'aimait bien, voilà tout. Il y avait longtemps qu'il n'avait pas noué une nouvelle amitié, il ne se rappelait plus très bien les règles, d'autant qu'il s'agissait d'une amie femme. N'avait-il pas toujours affirmé qu'un homme et une femme pouvaient être de simples amis ? Et il le maintenait, d'autant que c'était leur cas, à Lily et lui.

— Je suis heureux pour ton frère, reprit-il. Quant à moi, on verra bien comment se déroulent les trois prochains rendez-vous que me concocte Vivienne Dalton pour la semaine à venir.

À ces mots, le visage de Lily se décomposa. Juste l'espace d'une seconde avant qu'elle se ressaisisse. Mais ce fut suffisant pour qu'il comprenne qu'elle nourrissait des sentiments pour lui.

Il réprima un soupir. N'était-il pas préférable de lui dire la vérité afin qu'elle ne se berce pas d'inutiles espoirs ? Il ne pourrait jamais se pardonner qu'elle souffre à cause de lui car il ne lui avait pas envoyé les bons signaux.

Elle était si jeune ! Elle avait toute la vie devant elle, et de grands rêves la portaient. Elle n'avait nul besoin d'un partenaire cynique comme lui.

— Bonne chance, alors, répondit-elle avec un sourire tendu.

Puis elle passa à toute allure devant lui pour regagner le salon où elle remercia chacun et prit congé avant de foncer vers la porte.

À cet instant, il espéra presque que sa voiture ne démarre pas pour pouvoir la reconduire chez elle… Hélas, le moteur de sa berline gris métallisé rugit quelques secondes après, emportant son fol espoir. Il demeura derrière les carreaux, les yeux rivés sur les phares qui s'éloignaient dans l'allée.

— Bon sang, Xander, admets que tu n'es pas insensible aux charmes de Lily, lui murmura Logan en se glissant derrière lui.

— Quoi ? Mais bien sûr que si ! Elle a vingt-trois ans, enfin ! J'en ai trente.

Et il n'avait aucune envie de s'engager avec une femme au-delà de deux jours, étant donné là où sa dernière relation l'avait mené !

— Quoi que tu en dises, ce qui doit arriver arrivera, conclut Logan avec un sourire mystérieux.

— C'est-à-dire ?

Logan se mit à rire et désigna du menton sa femme et leur petite fille qu'elle faisait doucement sauter sur ses genoux.

— Ah bon ? Maintenant, tu me vois marié avec un enfant, marmonna Xander d'un ton bourru.

Et il alla se chercher une bière dans la cuisine, tandis que le rire de Logan le poursuivait.

Quand Lily sortit de sa voiture, elle avait déjà fondu trois fois en larmes et reçu plusieurs SMS de Sarah !

Je t'avais bien dit qu'il avait des sentiments pour toi. La preuve, il emmène Wren à ton cours à la place de Hunter !

Les autres contenaient essentiellement des émojis ravis.

Xander avait trois rendez-vous de prévu pour la semaine à venir ! Si cela n'était pas significatif de son indifférence, elle ne comprenait plus rien à rien.

Quand elle rentra chez elle, son père se trouvait sur le canapé. Entouré de Dobby et Harry d'un côté et d'un bol de pop-corn de l'autre, il regardait sa série policière préférée sur le câble. Il lui jeta un coup d'œil puis posa le bol sur la table basse et tapota la place qu'il venait de libérer.

— Viens voir ça, Lil. Savais-tu que des jumeaux homozygotes avaient le même ADN et que l'un pouvait être arrêté pour les crimes commis par l'autre ?

— Je n'ai jamais réfléchi à la question, papa, répondit-elle en se laissant tomber près de lui.

Dobby vint immédiatement se recroqueviller sur ses genoux, et elle se mit à caresser le poil tout doux de ses oreilles.

— Tout s'est bien passé chez les Crawford, ma chérie ?

Tout avait été parfait, et pourtant son cœur n'était pas à la fête.

— Oui, répondit-elle, incapable de masquer la lassitude dans sa voix.

— Il te plaît, ce grand châtain, n'est-ce pas ?

Elle le regarda fixement.

— Ils sont tous grands et châtains, papa. Mais pourquoi me demandes-tu s'il me plaît ?

Éteignant la télévision, il se tourna vers elle.

— Parce que tu es ma petite fille et que tu ne peux pas me cacher tes émotions, même si tu essaies.

Elle se mit à rire, mais elle sentit aussitôt ses yeux picoter.

— Je suis en train de tomber amoureuse d'un homme qui me considère comme une amie.

— Si j'étais toi, je n'en serais pas si sûre. Parfois il nous faut du temps à nous, les hommes, pour comprendre ce qui se passe vraiment dans notre cœur. Je ne t'ai jamais dit qu'au départ je considérais ta mère comme une simple amie ?

— Pardon ? Mais tu as toujours affirmé que cela avait été le coup de foudre, entre vous.

— Disons que le coup de foudre a eu lieu à notre troisième rendez-vous. Ta mère était si belle que je ne pensais pas avoir ma chance. Mais je suis tombé amoureux, que cela me plaise ou pas…

— Donc tu t'es épris d'elle à ton corps défendant ?

— En quelque sorte.

Elle adorait entendre son père parler de sa rencontre avec sa mère, mais en l'occurrence son histoire à elle n'avait pas grand-chose à voir.

— Je doute que cela arrive avec Xander, murmura-t-elle.

— Il ne faut jamais rien exclure tant que l'on n'est pas absolument sûr que cela n'arrivera pas, répliqua sagement son père.

— Merci, papa, dit-elle tandis que Dobby lui léchait la main, ayant sans doute détecté l'odeur du filet mignon bien qu'elle se soit consciencieusement lavé les mains.

Son père lui tapota l'épaule avec affection, puis remit sa série sur le jumeau accusé pour un crime qu'il n'avait pas commis.

Bien qu'elle ne soit pas d'humeur à regarder un film

policier, elle décida de rester près de son père et de s'y intéresser pour oublier Xander.

Un peu plus tard, une fois dans sa chambre, elle se rappela les paroles de son père : « Il ne faut jamais rien exclure tant que l'on n'est pas absolument sûr que cela n'arrivera pas. »

Seulement Xander, en lui parlant de ses futurs rendez-vous, lui avait parfaitement fait comprendre qu'elle ne devait rien espérer de lui. Même s'il avait tenu à accompagner sa nièce à son cours ? Mais c'était parce qu'ils étaient amis !

Assez ! Elle n'arriverait pas à trouver de réponse à ce stade.

Debout devant son miroir, elle regarda son reflet un instant, puis jeta un coup d'œil à la photo posée sur sa commode. Sa mère était si belle et si élégante… Elle l'avait perdue à l'âge de huit ans, et c'était son père et ses frères qui l'avaient élevée. Comme elle voulait ressembler à ces derniers, elle n'avait jamais porté de robe, ni joué à la poupée. Et cela avait sans doute été plus facile pour son père de ne pas avoir à lui tresser les cheveux ou l'emmener faire du shopping.

Mais aujourd'hui, elle avait vraiment l'air d'un garçon avec des cheveux longs ! Et si l'heure était venue de changer de style ? Adopter une autre tenue que des jeans et des T-shirts, mettre un peu de mascara sans avoir l'air d'un raton laveur, par exemple. Elle n'avait même pas de parfum, constata-t-elle, un peu dépitée.

Plairait-elle davantage à Xander si elle était plus féminine ? Cependant, ne serait-ce pas affligeant de savoir que c'était une version artificielle d'elle-même qui l'avait attiré ?

Découragée, elle se jeta sur son lit.

Comme elle regrettait de ne plus avoir sa mère pour lui confier ses tracas ! Même si son père l'avait bien réconfortée tout à l'heure, pensa-t-elle avec un sourire attendri.

Elle entendit un grattement à la porte et quand elle alla ouvrir, les deux chiens bondirent au pied de son lit pour s'y recroqueviller dans un soupir satisfait.

— Nous verrons bien, conclut-elle à voix haute.

Dobby lui lança un regard interrogateur, mais Harry ronflait déjà.

- 6 -

Lily donnait des cours de cuisine presque tous les dimanches après-midi. L'été, elle proposait aussi des ateliers destinés aux enfants pendant ses trois journées de repos. Aujourd'hui, elle recevait des enfants de cinq à huit ans, accompagnés chacun d'un adulte. Elle adorait cuisiner avec de jeunes enfants.

Elle prit la liste des inscrits. Ils étaient au nombre de six, l'effectif maximal, et parmi eux figurait Wren Crawford qui viendrait donc… avec son oncle Xander.

Quand les enfants et leurs accompagnateurs commencèrent à arriver, elle s'efforça de ne pas penser à Xander pour rester concentrée sur la leçon. Il y avait deux pères avec chacun leur fille, et trois mères, deux avec une fille et une avec un garçon. Mais aucun Crawford à l'horizon…

Elle salua chaque petit élève et leur tendit des tabliers orange qu'ils pourraient emporter à la fin du cours et les décorer ensuite avec des feutres indélébiles.

Malgré elle, elle remarqua que sur les trois mères, deux étaient particulièrement bien habillées. L'une, Layla Carew, portait une robe d'été bleue et l'autre, Monica Natowsky, une jupe évasée avec un haut en soie légère. Elle retint un soupir. Qu'est-ce qui lui interdisait d'avoir des tenues un peu plus soignées ? Le tablier ne servait-il pas précisément à éviter de tacher ses vêtements ?

— Tout le monde est arrivé ? demanda tout à coup Layla en regardant autour d'elle. Je croyais que Hunter Crawford s'était inscrit à ce cours.

— Moi aussi, renchérit Monica en bougeant la main, ce qui fit cliqueter les nombreux bracelets qu'elle portait.

Lily se retint de toute remarque, et regarda immédiatement leurs annulaires gauches. Pas d'alliance, comme elle l'avait pressenti ! Étaient-elles venues prendre un cours de cuisine ou bien décrocher le gros lot avec un Crawford ? Elle regarda l'annulaire de la troisième et y vit briller un anneau en or. Et que portait Darby Feena ? Un T-shirt et un jean, en l'occurrence une tenue adaptée à un cours de cuisine !

Il n'empêche qu'il aurait peut-être été préférable de ne pas passer elle-même pour une nourrice ou une élève puisque, lorsque Layla était entrée dans la pièce, elle s'était directement dirigée vers Monica pour se présenter, la prenant pour l'enseignante. Allons ! Était-ce bien le moment de penser à sa garde-robe ? Elle devait commencer le cours.

Ce fut à cet instant que Xander arriva, tenant Wren par la main. Elle eut alors envie de lui demander de laisser sa nièce au cours et de repartir. Pour qui se prenaient-ils, ses frères et lui ? Leur simple statut de riches et beaux célibataires provoquait bien trop de remous dans toute la ville, et transformait les femmes en idiotes ! Y compris elle-même…

Évidemment, Xander était à la hauteur de sa réputation avec son T-shirt vert pistache à col Henley qui moulait sa carrure avantageuse et son jean bleu délavé qui soulignait ses hanches fines. Elle aurait pu l'admirer pendant des heures…

— Salut, Hunter ! s'écria Layla d'une voix stridente en repoussant ses boucles blondes derrière son épaule. Moi, c'est Layla et ce petit trésor, c'est Mia.

Lily s'apprêtait à présenter Xander et Wren aux autres participants et rectifier l'erreur, lorsque Monica la poussa littéralement de son chemin pour se précipiter vers Xander et lui serrer la main.

— Hunter, je suis si contente de vous rencontrer. Je suis Monica, et lui, c'est Jasper, mon adorable neveu, qui rêve de travailler un jour sur un ranch. N'est-ce pas, Jasper ?

— Mouais, répondit le petit garçon qui portait une chemise à carreaux et un Stetson miniature.

Xander regarda tour à tour les deux femmes comme si elles venaient de Mars et déclara :

— Je ne suis pas Hunter, désolé.

Alors, tel l'éclair, le regard de chacune se dirigea vers l'annulaire de Xander…

— Oh ! Inutile de vous excuser ! dit Monica. Vous êtes sans doute l'oncle de cette adorable fillette.

Xander leur adressa un sourire penaud.

De mieux en mieux ! songea Lily, que la colère commençait à gagner. Et elle brisa bien vite l'ambiance en annonçant qu'il était temps de se mettre au travail !

Layla et Monica regagnèrent leur table. Quant à Xander, il choisit une place au premier rang, à côté des deux autres hommes.

— Je m'appelle Lily Hunt, déclara-t-elle, et je suis votre professeur de cuisine aujourd'hui. Savez-vous ce que nous allons préparer ?

— Des tacos ! répondirent des joyeuses voix enfantines.

— C'est exact. Des tacos végétariens. Qui sait ce que veut dire « végétarien » ?

Une petite fille leva la main.

— Je t'écoute.

— De la nourriture sans viande.

— Exactement ! répondit Lily. Vous connaissez les tacos au bœuf ou au poulet, mais aujourd'hui nous allons en confectionner de délicieux avec des haricots rouges, du fromage, de la sauce un peu relevée, de la laitue et des tomates.

— Super ! s'écrièrent les plus exubérants.

— Bien ! Les enfants, comme vous le constatez, j'ai déjà coupé les tomates car, à votre âge, il est dangereux d'utiliser un couteau bien aiguisé. Cependant, je vous demande de venir jusqu'à ma table pour me montrer quelle est la tomate, parmi tous les légumes qui sont devant moi.

Les six enfants se précipitèrent vers elle pour désigner ce qu'elle leur demandait. Elle leur expliqua alors l'origine des tomates, précisant que celles-ci étaient à la fois considérées comme un fruit et un légume. Les questions fusèrent à propos des graines et des pieds, les enfants commençant à être happés par le cours. Elle leur demanda alors de prendre chacun leur mesureur et d'y mettre l'équivalent d'une demi-tasse de cubes de tomates.

— Savez-vous ce qu'est un mesureur ? demanda-t-elle.

— Moi, je sais, décréta la petite Wren. Je cuisine souvent avec mon père.

— C'est formidable, Wren, répondit Lily.

Xander lui adressa un sourire et elle sentit ses jambes fléchir. Sans s'attarder sur cette sensation, elle alla vérifier que chaque enfant prenait la bonne mesure et les complimenta. Ils durent ensuite choisir un cœur de laitue et, après une brève leçon sur ce légume également, ils purent l'ouvrir et l'ajouter aux tomates. Un petit cours sur différents fromages s'ensuivit, chacun choisit celui qu'il préférait parmi les trois proposés, et là encore, ce fut l'occasion d'expliquer la fabrication des fromages. Après quoi, elle ouvrit pour chacun des conserves de haricots rouges qu'elle distribua aux jeunes participants, chacun étant ensuite invité à venir mettre une petite louche de sauce dans son bol avant d'y ajouter les dés de tomates, ce qui ne se fit pas sans éclaboussures sur les tabliers et dans les cheveux.

Puis le moment vint de remplir les tortillas de maïs et l'occasion d'apprendre de quoi elles étaient composées tandis qu'elles réchauffaient. Ensuite, chacun se réjouit de les remplir avec le contenu de son bol.

— Waouh ! s'exclama Xander. J'ignorais que les tacos pouvaient donner lieu à une telle pédagogie ! J'ai vraiment beaucoup appris aujourd'hui.

— Moi aussi ! renchérit Monica. Je fais les meilleurs tacos du monde, n'est-ce pas, Jasper ? On devrait inviter Xander et Wren à dîner pour qu'ils les goûtent, cette semaine.

— Wren est une fille, rétorqua Jasper d'un ton très sérieux.

— Et alors ? Les filles et les garçons peuvent être amis, tu sais, répliqua Wren avec fougue.

— En tout cas, nous serions ravis de vous avoir à notre table, dit Monica. Mardi soir, cela vous convient-il ?

Lily avait suivi l'échange sans en croire ses oreilles. Cette femme était vraiment en train de donner rendez-vous à Xander en plein cours et devant les enfants ? C'était à hurler.

— Désolé, mais mon agenda est plein pour les quelques mois à venir, répondit Xander.

Ouf, il venait de décliner ! Mais quand même !

— Si d'ici là, une de vos soirées se libère, n'hésitez pas à penser à moi, répondit Monica.

Il lui adressa un sourire tendu et reporta son attention sur le tacos que Wren remplissait généreusement.

— J'ai hâte de le goûter ! dit cette dernière. Je peux ?

— Attendons que chacun ait terminé, sinon ce ne serait pas très poli, lui répondit Lily.

Elle regarda chacun des enfants et, quand tout le monde eut rempli son tacos, déclara :

— Bien, je crois que tout le monde a fini. Et maintenant, dégustation !

Les bruits de mastication et les « J'adore ce cours » qu'elle entendit furent une musique réellement douce à ses oreilles.

Après un rapide ménage et quelques questions/réponses, elle remercia chacun et regarda les enfants partir, le cœur serré, regrettant déjà leur absence.

Monica et Layla furent les dernières à s'en aller, louchant avec un air désespéré vers Xander qui était en grande conversation avec un des pères.

— Oncle Xander, je peux aller jouer dans la cour avec Molly ? demanda Wren.

— Je vais les surveiller, déclara le père de la fillette.

Xander sourit.

— Entendu, merci. J'arrive dans deux ou trois minutes, je voudrais remercier Mlle Hunt.

— D'accord ! s'exclama Wren qui sortit en courant.

— Bravo, ton cours est formidable, déclara Xander, une fois qu'ils furent seuls. Tu es réellement douée pour transmettre ton savoir aux enfants.

— Oh merci ! Ton compliment me touche énormément. J'adore travailler avec les enfants de tous les âges.

— Tu sais que tu as un peu de fromage sur la joue ? dit-il en tendant la main vers elle.

— Ah bon ? murmura-t-elle, des papillons dans le ventre.

Il le lui enleva, ses yeux rivés aux siens, sérieux, intenses et, à moins qu'elle ne délire, elle aperçut une étincelle de désir au fond de ses prunelles.

Il se pencha en avant…

Elle l'imita.

Et cette fois-ci, il l'embrassa, enserrant son visage entre ses mains pour lui donner un baiser tendre et passionné à la fois…

Elle fut littéralement transportée. Elle rêvait de ce baiser depuis leur rencontre au parc de Rust Creek Falls…

Mais tout à coup, il ouvrit les yeux et recula, sans la lâcher du regard, et peu à peu son expression changea, comme si ce baiser l'avait lui-même surpris, qu'il n'était pas très sûr de ce qu'il venait de faire.

Nooon ! C'était du désir qu'elle voulait voir dans ses yeux, pas de la confusion.

— Quel baiser ! murmura-t-elle. Il m'a plu. Énormément plu.

Il lui caressa la joue, comme un homme qui chérit celle qu'il vient d'embrasser, avant de déclarer :

— Lily, je dois être honnête avec toi.

Oh non, non ! pensa-t-elle, le cœur cognant affreusement dans sa poitrine. *C'était trop beau…*

— Écoute, je ne sais pas ce qui m'arrive, poursuivit-il en reculant d'un pas pour s'adosser à la table. Il y a… une attirance entre nous, mais comme je te l'ai dit, je ne recherche pas de relation. Pas de relation sérieuse.

Incroyable ! Avait-il vraiment besoin de pousser l'honnêteté à ce point ? Bien sûr qu'elle préférait entendre la vérité, mais ne pouvait-il donc laisser aucune place, si infime soit-elle, à l'espoir ?

— J'ai eu le cœur brisé par une femme juste avant de quitter Dallas, expliqua-t-il en passant la main dans ses cheveux. Je l'ai surprise au lit avec celui que je considérais comme mon meilleur ami, au moment où je me rendais chez elle avec une bague de fiançailles pour la demander en mariage. Je leur ai dit à tous les deux d'aller au diable et, quelques jours plus tard, je déménageais ici avec ma famille, contrairement à mon intention. Cette histoire, Lily, me hante et me poursuit.

— Je comprends, murmura-t-elle en posant sa main sur son bras.

Quel choc cela avait dû être pour lui ! La brûlure de cette double trahison devait être terrible, et éclairait d'un jour nouveau son attitude envers elle.

Xander la regarda fixement, comme s'il attendait moins de compassion de sa part. Aurait-il préféré qu'elle lui dise, par exemple : « N'embrasse pas une femme si tu ne comptes pas engager de relation avec elle, quelles qu'en soient les modalités » ? Ainsi il aurait pu lui répondre, et elle se serait peut-être vexée et lui aurait dit de ne plus jamais l'appeler.

Mais c'était mal la connaître. Elle aurait été incapable de rajouter un rejet, aussi mineur soit-il, à la profonde blessure qui était la sienne. C'était évident qu'elle ne le laissait pas indifférent, mais il ne voulait pas s'aventurer sur ce terrain-là.

— Bon, je dois aller voir ce que fait Wren, conclut-il.

Elle aurait aimé qu'il reste un peu plus longtemps, qu'ils discutent en toute franchise, mais il avait visiblement besoin de retrouver son espace vital. Et sa nièce l'attendait dans la cour.

— Dis-lui que je lui mets un A+ pour aujourd'hui, déclara-t-elle.

Elle le regarda regagner la sortie à grandes enjambées, puis se toucha les lèvres où demeurait la sensation de leur baiser…

Et alors, à quoi cela l'avançait-il ? Il l'avait embrassée avec fougue pour lui dire, quelques secondes après, qu'il n'était pas intéressé par une relation. N'avait-elle donc pas compris le message ? Hélas, son cœur avait pris le pas sur sa raison, et celui-ci désirait ardemment Xander Crawford.

Et elle n'était pas du genre à renoncer à ce qu'elle voulait !

Après avoir déposé Wren chez Sarah et Logan pour le reste de l'après-midi, Xander revint au ranch, résolu à accomplir les corvées physiques les plus ardues pour oublier ce qui passait en boucle dans son cerveau : le merveilleux baiser qu'il avait échangé avec Lily, ce baiser qu'il se retenait de lui donner depuis des semaines. Et auquel il avait brusquement mis fin, ne sachant plus que penser, ressentir. Ni ce qu'il désirait.

Enfilant des gants de travail, il saisit une fourche, et se dirigea vers les écuries. Une demi-heure plus tard, il se félicitait d'être revenu au ranch au lieu d'avoir profité d'un après-midi de loisirs, comme il l'avait prévu. Il y voyait en effet plus clair, et notamment combien Lily était jeune. Elle commençait juste sa vie, alors qu'il avait l'impression de porter le poids du monde. En outre, il n'avait plus aucune confiance en rien ni personne, depuis le traumatisme que lui avait infligé d'une part celle qu'il considérait déjà comme sa future femme et qu'il voulait surprendre par un beau diamant, et d'autre part celui qui était à ses yeux son meilleur ami. Encore heureux que le bijoutier lui ait entièrement remboursé le prix de la bague, même si ce n'était pas du tout le cours que les événements étaient censés prendre quand il était venu la choisir, la veille…

Soudain, il entendit une voix fredonner une chanson de Frank Sinatra. Tiens, son père venait d'entrer dans l'écurie. Passant la tête par-dessus la porte du box où il se trouvait, il le vit enfiler des gants et s'emparer d'une fourche.

— Xander ! s'exclama ce dernier. Qu'est-ce que tu fais là ? Tu avais dit que tu te reposais, aujourd'hui. C'est moi qui suis de corvée pour le fumier, pas toi.

— J'ai changé d'avis, j'avais besoin de me défouler.

— Parfait, cela m'arrange !

Et *Fly Me To The Moon* résonna dans les airs pendant quelques instants.

— Curieux que tu aies besoin de te défouler après avoir assisté au cours de Lily, reprit son père. Comme si cette femme t'avait chamboulé.

Xander soupira et posa le menton sur le manche de sa fourche.

— On dirait, oui, avoua-t-il. Car je ne vous ai pas

suivis dans le Montana dans l'espoir d'y nouer une relation, mais pour le contraire.

— Je sais que ta rupture s'est très mal passée à Dallas, fils, mais cela ne doit pas t'empêcher de retrouver le bonheur.

— Ça t'en a pourtant bien empêché, toi.

Et aussitôt, il se mordit la langue. Encore que la discussion était peut-être nécessaire. Si son père ne s'était jamais remarié après son divorce, et n'avait jamais eu de relations sérieuses ensuite, c'était bien parce que l'abandon de son épouse avait été insurmontable.

— Désolé, papa. Je regrette mes propos, c'est ta vie, et je n'ai pas le droit de…

— Si, tu as tout à fait le droit d'aborder le sujet. Si j'ai chargé Vivienne Dalton de vous trouver des épouses, à toi et tes frères, il est légitime que tu saches pourquoi je n'applique pas ce que je prêche.

À cet instant, Xander sortit du box et rejoignit son père qui, d'ordinaire imposant, lui sembla brusquement bien vulnérable.

— Je veux que vous, mes garçons, soyez heureux, que vous connaissiez le bonheur que je n'ai pas eu auprès d'une femme. Je ne vous ai pas montré le bon exemple en y renonçant, et je ne veux surtout pas que vous m'imitiez ! Chacun a besoin d'amour, d'un partenaire, d'une famille, c'est ce qui fait tourner le monde, Xander. L'amertume immobilise et racornit le cœur.

Xander hocha la tête, puis s'avança vers son père pour le prendre dans ses bras.

Ce dernier se raidit un peu, visiblement surpris, avant de l'étreindre à son tour.

Ils travaillèrent ensuite deux heures d'affilée en silence, et si Xander avait l'esprit plus clair, il ne voyait toujours aucune réponse se dessiner à l'horizon, en ce qui concernait sa relation avec Lily.

- 7 -

Lily relisait l'échange de SMS qu'elle avait eu avec Xander à la suite du Baiser du siècle. Le premier était arrivé le samedi soir.

Merci encore pour ce cours agréable et instructif aujourd'hui. Wren s'est bien amusée.

J'en suis ravie.

Il lui en envoya un nouveau le lundi matin.

Je me suis réveillé avec une envie folle de manger des rouleaux de homard. Il y en a, au menu du MM ?

Non, désolée.

Et moi qui croyais avoir un ticket avec la cheffe.

Elle ne répondit pas.

Le mardi matin, elle reçut le suivant :

Tout va bien ? Je vérifie juste.

Elle lui envoya alors un émoji souriant et écrivit :

Super occupée ! Bonne journée à toi.

Celle qu'elle était *avant* le baiser aurait sans doute couru à Kalispell acheter du homard et tous les ingrédients nécessaires à la confection de rouleaux de homard, ravie de lui faire plaisir, comme une marionnette. Et elle n'aurait pas coupé court à la discussion, le mardi.

Mais une nouvelle Lily s'était enracinée en elle, celle qui entendait tous les éloges des clients du Maverick Manor, les compliments de sa supérieure, qui obtenait de bonnes notes à ses devoirs en ligne, qui était heureuse chaque fois qu'elle comprenait un concept commercial difficile. Ce à quoi il fallait ajouter ses nouveaux sentiments pour un homme – pour la première fois, elle était amoureuse… –, de sorte qu'elle se sentait différente jusqu'au plus profond de son être. Comme si elle n'était plus une enfant, mais une femme.

Le mercredi, attablée chez Daisy's Donuts devant un beignet pendant que Sarah sirotait un lait frappé, et que la petite Sophia dormait dans sa poussette, elle raconta à son amie ce qui s'était passé à la fin du cours de cuisine. Le baiser et leur discussion.

Un éclair s'alluma dans les yeux de son amie.

— Ce baiser parle de lui-même, ma belle !

— Je veux y croire, moi aussi, mais il m'a bien précisé juste après qu'il ne recherchait personne. Ce qui en dit long.

— C'est un cow-boy qui vient d'être frappé par l'amour au moment où il s'y attendait le moins. Laisse-lui le temps de comprendre, et tu verras, Lily.

— J'adore ton optimisme, répondit-elle en riant, mais je ne vais pas rester à attendre qu'il se décide. D'ailleurs, je ne veux même plus y penser. Il a besoin de comprendre ce qu'il ressent ? Très bien ! Je vais prendre moi aussi un peu de distance. Ce que j'ai déjà commencé à faire dans mes réponses à ses SMS.

— Je dois dire que l'échange était plutôt drôle ! « Tout va bien ? Je vérifie juste. » Le pauvre !

Elles éclatèrent de rire.

— J'aime la nouvelle personne que j'ai décidé d'être, reprit Lily. Elle est plus sage. Je ne reste plus des heures à penser à Xander, et je me concentre sur mon travail, mes cours en ligne, mon avenir. Dans lequel je l'inclus, bien sûr, avoua-t-elle.

— Moi, j'y crois, en tout cas ! affirma Sarah.

À cet instant, Lily ne put s'empêcher de se dire que son amie était vraiment élégante et sentait très bon. Le moment n'était-il pas venu pour elle de mener sa transformation encore plus loin ?

— Sarah, j'ai besoin de tes conseils pour refaire ma garde-robe. Ou plutôt m'en constituer une. Je veux que mon nouveau moi intérieur soit en accord avec mon moi extérieur. Je veux suivre mes rêves.

— Qui incluent un certain homme nommé Xander ?

— Dans un petit coin, oui…, répondit-elle en se mordillant la lèvre. Le plus fou, Sarah, c'est que je lui plais telle que je suis, en jean et baskets, sans maquillage, sans style.

Et cette constatation lui coupa presque le souffle, tant elle était criante de vérité. Elle le voyait dans les yeux de Xander, et ce depuis le premier soir au parc. Et le baiser qu'il lui avait donné en était la preuve.

Je plais à Xander Crawford, pensa-t-elle, une bouffée de joie lui soulevant la poitrine.

— Arrête, tu vas me faire pleurer, dit Sarah. Mais je vois exactement ce que tu veux dire.

— Ce relooking, c'est pour moi que je le souhaite. Je veux trouver qui je suis. Tu veux bien m'aider ?

— On serait allées tout de suite à Kalispell si je n'avais pas rendez-vous chez le dentiste dans un quart d'heure.

— Tu as besoin d'une baby-sitter ?

— En fait, j'en ai prévu une qui va arriver d'une minute à l'autre.

— Ah. Très bien. La prochaine fois, appelle-moi. J'adore m'occuper de Sophia.

Un jour, elle aussi aurait un enfant, songea-t-elle. Et cette pensée la prit par surprise car, jusque-là, elle n'avait jamais réellement envisagé de se marier et d'avoir des enfants. Cela avait-il un rapport avec le fait d'être tombée amoureuse de Xander Crawford ?

— Demain matin, ça te convient pour le shopping « relooking » ? s'enquit Sarah. Ainsi, la nouvelle Lily pourra faire ses débuts au bal de Rust Creek Falls samedi soir.

— Euh… je ne prévoyais pas franchement d'y aller. La danse et moi, ça fait deux.

— La nouvelle Lily aura peut-être un avis différent, d'autant que tous les Crawford y seront.

— Oh ! Super ! Cela me permettra de voir Xander faire défiler dans ses bras toutes les célibataires de la ville.

— Je peux te dire un secret ? Mais tu promets de ne le répéter à personne.

— Tu as ma parole ! Alors ?

— Logan m'a confié que Xander a dit à Vivienne Dalton de lui organiser des rendez-vous avec des femmes n'ayant rien en commun avec lui.

— Ah bon ?

— Tu veux connaître la théorie de Logan ?

— Bien sûr.

— Il pense que son frère veut que leur père lui fiche la paix. Par conséquent, il n'accepte de rencontrer que des femmes dont il est certain de ne pas tomber amoureux, parce qu'il l'est déjà… Et tu vois de qui ?

Lily ouvrit de grands yeux.

— Je préfère ne pas me prononcer, il ne m'a embrassée qu'une fois.

— Nous verrons bien ce qui se passera au bal, répondit Sarah avec un sourire en coin. Donc demain, shopping entre filles à Kalispell ?

— Je dois être au travail pour 16 heures.

— Pas de problème.

Toutes ces perspectives étaient décidément intéressantes, se dit Lily, songeuse.

— Mais voici mon adorable nièce ! s'écria une voix masculine très familière à quelques mètres d'elle.

Elle jeta à Sarah un regard étonné.

— Je ne t'ai pas dit que ma baby-sitter était Xander ? demanda son amie d'un ton innocent. Comme tu avais envie de t'occuper d'elle, vous pouvez la garder ensemble, non ? ajouta-t-elle, sourire diabolique à l'appui, cette fois.

À voix basse, elle poursuivit en prenant son sac à main :

— Tu pourras même lui demander de te réserver la première danse, samedi, au bal.

Sarah était vraiment très douée, elle devait le reconnaître… Même si elle avait envie de lui envoyer son verre d'eau au visage !

Sarah embrassa Sophia sur le front comme si de rien n'était et chuchota :

— Sois bien sage avec oncle Xander et tante Lily, ma douce.

Oncle Xander et tante Lily ? Là encore, elle faillit s'étrangler, même si sa meilleure amie l'avait toujours désignée ainsi devant sa fille.

— Merci de tout cœur, Xander, de jouer les baby-sitters. En fait, comme Lily me l'a fait remarquer, j'aurais pu recourir à ses services puisqu'elle est libre cet après-midi.

Décidément, Sarah avait tout d'une marieuse, elle aussi, songea Lily mi-amusée, mi-consternée.

— C'est toujours avec plaisir, vraiment, répondit Xander. Bon courage pour ton rendez-vous chez le dentiste !

Sarah l'enlaça rapidement, lui donna quelques instructions, le remercia encore, puis s'éclipsa.

— Ravi de te voir, Lily, dit Xander, visiblement gêné. Donc tu es libre et tu veux bien faire du baby-sitting avec moi ? En fait, ça m'arrange. J'adore ma belle-sœur, je suis prêt à tout pour elle mais si Sophia se réveille, je serai vraiment dans une mauvaise posture. Logan m'a bien donné quelques leçons sur la façon dont il faut la tenir, mais je ne suis pas encore au point.

Elle se mit à rire.

— Pas de problème, considère-moi à ton service.

Il rougit légèrement et elle eut l'impression qu'elle n'aurait pas dû répondre ainsi. Mais au fond, la nouvelle Lily n'avait-elle pas décidé de flirter avec lui ?

Xander s'efforçait de ne pas trop regarder Lily, mais cela lui était difficile. Ces derniers jours, il avait été obsédé par le baiser qu'ils avaient échangé dans la cuisine du centre de loisirs. Il avait désormais besoin de se concentrer quand il travaillait à l'Ambling A. La veille il avait manqué de se blesser en trébuchant sur une fourche, par terre, qu'il n'avait pas vue. Et hier, au dîner, Finn lui avait apparemment dit trois fois « Allô Xander, ici la Terre » avant qu'il réagisse et réponde à la question qu'il lui posait.

Aussi ce matin, quand Sarah lui avait appris d'un air désespéré au petit déjeuner qu'elle avait rendez-vous chez le dentiste et personne pour garder sa fille, s'était-il spontanément proposé. Les bébés dormaient beaucoup, non ? Il comptait rester chez Daisy avec Sophia dans la poussette, à boire quelques cafés et prendre le temps de réfléchir. Il n'avait pas imaginé un instant se retrouver face à celle qui occupait en permanence ses pensées, ces derniers temps.

Un léger gémissement s'éleva tout à coup de la poussette, et un petit poing s'agita dans l'air.

— Tiens, tiens, on dirait que quelqu'un se réveille plus tôt que prévu, dit-il.

Il défit alors le harnais et souleva avec précaution sa nièce comme Logan le lui avait appris, puis lui frotta le dos. En fait, c'était plus facile qu'il ne le pensait.

— C'est moi, oncle Xander, murmura-t-il en la berçant doucement. Coucou !

À cet instant, Sophia se mit à hurler.

— J'ai fait une erreur ? demanda-t-il.

— Parfois, les bébés ont envie de crier, mais une nouvelle tête peut les calmer. Tu veux que j'essaie ?

Les hurlements de Sophia se firent plus stridents et il la lui donna sans attendre.

— Là, là, ma puce, dit Lily en prenant la fillette. Tout va bien.

Et elle se mit à fredonner doucement, ce qui parut plaire à Sophia qui cessa alors de crier.

— Eh bien, heureusement que tu étais là. Sinon, Eva nous aurait jetés dehors, Sophia et moi, dit-il en lançant un regard contrit à la gérante du salon de thé. Comment se fait-il que tu saches si bien t'y prendre avec les enfants ?

— J'ai commencé à faire du baby-sitting dès mes douze ans.

— J'ai déjà gardé Sophia avec mes frères pour permettre à Logan et Sarah d'avoir un peu de temps à eux, et cela s'est toujours bien passé, à cinq, notamment grâce à Hunter qui, lui, sait ce qu'il fait.

Elle éclata de rire.

— Je vous imagine bien, les frères Crawford, penchés sur le berceau en train de vous arracher les cheveux !

— Oui, c'est un peu ça, mais on adore notre nièce, tu sais.

— Et elle a de la chance d'avoir tant d'oncles.

Sur ces mots, elle regarda Sophia qui s'était calmée.

— Tu veux que l'on aille chez moi pour lui donner un biberon et la changer ? proposa-t-elle. Puis on pourra l'emmener au parc, pour une petite promenade.

— Bon programme ! Merci.

Comme Sophia ne voulait pas retourner dans sa poussette, Lily la garda dans les bras.

— Xander ! s'écria soudain une voix féminine.

Il se retourna et vit une grande brune qui lui souriait en agitant les bras. Après que cette dernière eut rapidement inspecté Lily et conclu sans doute qu'elle n'était pas une concurrente, elle lui adressa son sourire le plus irrésistible. Il se contenta de hocher la tête et sortit de chez Daisy's Donuts.

— Ça t'arrive souvent ? demanda Lily tandis qu'ils remontaient North Broomtail Road.

Jamais il n'aurait cru qu'être alpagué en permanence par des beautés dans la rue pouvait être si pesant, mais c'était pourtant bien le cas.

— Grâce à mon père, oui. Par les femmes qui connaissent le marché qu'il a conclu avec Vivienne Dalton pour nous trouver à tous une épouse et qui s'imaginent qu'elles pourraient entrer dans une famille très fortunée.

Lily lui sourit.

— Tu oublies celles qui ont juste envie de passer un bon moment avec un cow-boy nouveau en ville, comme ce fut le cas pour moi. Quand Vivienne m'a demandé si je voulais dîner avec Knox, je ne pensais ni au mariage ni au million de dollars. Je me suis juste dit que ce pouvait être sympa de rencontrer un homme qui venait du Texas et qui avait cinq frères. En ayant moi-même trois frères, on aurait forcément des sujets de conversation en commun.

— Touché ! Mais les femmes comme toi sont très rares.

— Tout ce que je sais, c'est que chacun agit, homme ou femme, selon les désirs de son cœur et que rien n'est écrit d'avance.

— C'est-à-dire ?

— Prenons l'exemple de Knox. Nous n'étions de toute évidence pas faits l'un pour l'autre, mais il a malgré tout pris un risque en ne venant pas au rendez-vous, celui de manquer la femme de sa vie. Et puis tu es venu à sa place et le courant est passé entre nous. Knox et ses raisons pour annuler n'étaient donc plus mon problème. Ce qui compte, ce sont les gens que je rencontre.

— Tu as appris ça dans le manuel d'économie que je t'ai prêté ?

Elle éclata de rire.

— Dernièrement, j'ai beaucoup pensé à ce qui attirait deux personnes, et je crois que c'est en partie une question d'alchimie et de bon timing, répondit-elle.

— Pas mal ! Et si le timing n'est pas le bon ?

— Alors l'alchimie est gâchée. On peut dire au revoir à la complicité, aux discussions, aux parties de rire. Eh oui, c'est ainsi !

Il lui lança un regard en coin.

— C'est vraiment dommage, alors, fit-il remarquer.

— Exact !

Pour une jeune femme de vingt-trois ans, elle avait une intelligence remarquable des relations humaines. Sans doute un peu trop, d'ailleurs…

Ils venaient d'arriver chez elle, et Sophia contemplait toujours le monde de ses bras. Il pensa alors à Andrew et Heidi pour qui la théorie de Lily avait fonctionné à merveille. L'alchimie et le bon timing étaient au rendez-vous. Contrairement à Lily et lui, pour qui il manquait le deuxième élément : il aurait dû la rencontrer des années plus tôt.

Une fois que Sophia fut changée et eut bu son biberon, ils l'assirent sur le tapis, au milieu du salon et se placèrent chacun à un bout, formant ainsi une sorte de parc avec les deux canapés. Ils se mirent à jouer avec elle à coucou-caché, l'incitant à ramper. Sophia était aux anges. Et lui aussi. Lily semblait elle aussi bien s'amuser. Et soudain, il s'imagina dans son foyer, avec Lily et leur bébé…

On se ressaisit, Crawford, s'ordonna-t-il, troublé par des pensées si incongrues.

— Combien d'enfants aimerais-tu avoir ? lui demanda soudain Lily. Un jour, je veux dire.

— Je n'y ai jamais pensé… Comme j'ai grandi dans une grande famille, je suppose que j'en voudrais plusieurs.

— Moi, j'ai toujours rêvé d'en avoir quatre.

— Quatre petites têtes rousses avec des taches de rousseur sur le nez, dit-il alors en souriant.

— Je détestais ces taches de rousseur, plus jeune.

— Ah bon ? Moi, j'aime bien ça.

Enfin, il aimait bien les siennes. D'ailleurs il aimait tout en elle.

Le sourire qu'elle lui adressa lui donna presque le vertige…

Assez ! Il devait se concentrer sur Sophia qu'il était censé garder, pas sur Lily. C'était à cause de son père qu'il l'avait rencontrée, sinon, il ne l'aurait jamais connue, et serait actuellement tranquillement en train de travailler au ranch. À quoi bon s'éprendre d'une nouvelle femme qui, comme Britney, pourrait d'un claquement de doigts le détruire ? Une fois avait suffi.

Y repenser eut le mérite de lui remettre les idées en place et, de façon opportune, l'arrivée d'un message sur le portable de Lily l'arracha à ses pensées tourmentées.

— Sarah a fini, dit-elle en tapotant sur son clavier. Elle arrive dans deux minutes.

Parfait ! Il avait besoin de sortir d'ici, de respirer à pleins poumons.

Un véritable soulagement le saisit quand Sarah arriva

mais, après un rapide échange avec Lily qui ne cessa de faire les louanges de Sophia, elle s'éclipsa rapidement avec sa fille sans qu'il s'y attende et il se retrouva de nouveau en tête à tête avec Lily. Sans un bébé pour faire distraction, cette fois !

Pars ! Sors ! Tout de suite !

Mais il était comme cloué sur place, ne sachant s'il devait obéir à la voix de la raison ou rester.

— Merci pour ton aide, dit-il d'un ton peu assuré, les mains dans les poches. Bon, je crois que je vais m'en aller, maintenant.

— C'était un vrai plaisir de m'occuper de Sophia. On recommence quand tu veux.

Ils se regardèrent en silence un long moment. Que la situation était embarrassante ! Pourquoi ses pieds semblaient-ils collés au sol ?

— Au fait, Xander, tu ne m'as pas donné de dates, pour les cours de cuisine que tu voulais prendre. Si tu as du temps maintenant, je peux t'apprendre à faire une délicieuse omelette au bacon et au fromage, ce dont j'ai justement envie de manger à l'instant.

File. Cette femme exerce ses pouvoirs magiques sur toi !

— Oui, c'est une bonne idée, répondit-il.

Et il la suivit jusqu'à la cuisine avec l'envie folle de la prendre dans ses bras et de l'embrasser… Et son imagination s'emballa.

— Xander ?

— Oui ?

Lily tenait une boîte d'œufs à la main. Elle la lui tendit et lui demanda de casser cinq œufs dans un saladier.

Comme un automate, il s'exécuta, obnubilé par le mouvement de ses lèvres…

— Il y a quelqu'un ? s'écria soudain une voix masculine.

Sauvé par le gong ! Car il s'apprêtait à se pencher vers Lily.

— C'est Andrew, dit-elle. Oui ! Dans la cuisine !

Quelques instants après, ce dernier surgit en compagnie de Heidi. En les voyant, Andrew afficha un grand sourire.

— Tiens, tiens…

Mais Lily lui jeta un regard sévère.

— Xander et moi sommes des *amis*, alors arrête tes insinuations !

— Oui, j'ai compris, répondit Andrew avec un ton un peu trop moqueur pour être honnête. Vous êtes juste *amis*.

— À propos, Xander, est-ce que je t'ai remercié de m'avoir donné les coordonnées d'Andrew ? s'enquit Heidi avec un sourire chaleureux. Je te suis si reconnaissante.

— J'en suis ravi pour vous, répondit Xander.

— Et moi donc ! s'exclama Heidi en riant. D'autant qu'au cours des deux derniers mois, je suis allée à au moins une trentaine de rendez-vous et aucun n'a marché.

Elle se tourna alors vers Lily et poursuivit :

— Et puis je rencontre Xander qui me propose de rencontrer un autre homme, avec qui ça marche ! La vie réserve parfois des surprises insensées, non ?

— Entièrement d'accord avec toi, répondit Lily. Il ne faut fermer aucune porte.

Xander repensa alors à ce que Lily avait dit à propos de l'alchimie et du bon timing. Heidi aurait tout à fait pu refuser de prendre les coordonnées d'Andrew, mais elle était restée ouverte à toutes les possibilités et, maintenant, cela semblait vraiment bien fonctionner entre ces deux-là. Seulement lui, il ne voulait explorer aucune possibilité, et ce pour des raisons entièrement fondées.

— Je vais donner une leçon de cuisine à Xander sur l'art de faire une omelette, dit Lily à son frère et à Heidi. Au bacon et au fromage. Si vous avez faim, restez dans les parages, et vous y goûterez.

— Cool ! Je suis partant ! répondit Andrew. Et puis ce sera notre premier repas à double couple.

— Xander et moi ne sommes pas un couple, juste des amis, précisa Lily en foudroyant son frère du regard. Tu as déjà oublié ?

Un simple ami aurait-il eu envie de l'embrasser avec passion comme il y avait encore deux secondes ? se demanda Xander. Il en doutait.

— Je vais essayer de ne pas brûler le bacon, dit-il bien vite.

— Très bien ! On va dans le salon, en attendant, déclara Andrew.

Et les amoureux s'en allèrent bras dessus bras dessous, de sorte qu'il se retrouva de nouveau en tête à tête avec Lily.

— Ils sont adorables, dit-elle. Je suis si contente pour mon frère. Et tout ça grâce à toi. Maintenant, il ne te reste plus qu'à caser Bobby et Ryan, et je n'en aurai plus aucun sur le dos !

Il se mit à rire.

— Désolé, mais j'ai dit à Vivienne que j'arrêtais les rendez-vous, donc je n'aurai plus de tuyaux à donner.

— Ah bon ?

Eh oui ! Je croyais cesser de penser à toi en rencon-

trant d'autres femmes, mais comme ce n'est pas le cas, j'arrête les frais.

— Donc, reprit-il pour ne pas se laisser distraire par sa voix intérieure, je fais frire le bacon à la poêle ou je le cuis au four ?

— J'ai une préférence pour la poêle car j'adore l'odeur qui sature l'air d'un coup, et puis ça m'amuse de voir l'huile sauter.

Il sourit. Ce côté nature chez elle était irrésistible. Bon sang, comme il avait envie de l'embrasser ! Il écoutait à peine les explications qu'elle lui donnait à présent, seul l'intéressait le mouvement de ses lèvres…

— Mmm, ça sent bon ! s'écria Andrew du salon.

Il ne s'était même pas rendu compte que le bacon grillait !

Il s'efforça d'être plus attentif quand Lily lui montra comment battre énergiquement les œufs, avant de répandre le tout dans deux poêles. Elle ajouta ensuite le fromage râpé et le bacon en dernier. Chacun s'affairait devant une omelette. La sienne était un peu de guingois, mais peu importait, il en était tout de même fier, et d'ailleurs Lily le complimenta, ce qui lui donna une nouvelle fois envie… de capturer sa bouche.

Combien de temps allait-il contenir ses sentiments ? Mais était-ce encore la question ? Au fond, il pouvait peut-être tenter l'aventure… Elle ne durerait sans doute pas, mais ainsi, chacun pourrait se sortir l'autre de ses pensées, et il redeviendrait le Xander qui ne voulait pas s'engager.

— Tu vas au bal de Sunshine Farm samedi soir ? demanda-t-il alors qu'elle lui montrait comment faire glisser l'omelette dans une assiette.

Et aussitôt il s'imagina la serrant contre lui, et elle nouant ses mains autour de son cou, tandis qu'ils ondulaient sur les notes sensuelles d'une ballade, la douce brise d'été soulevant sa longue chevelure rousse…

— Tiens, on en parlait justement avec Sarah, tout à l'heure, dit-elle. J'irai sans doute, on s'y amuse bien. Et toi ?

— Toute ma famille y va. Je m'y montrerai mais je ne sais pas si je resterai très longtemps.

— Tu m'accorderas une danse avant de t'éclipser dans la nuit ?

— Tu peux compter sur moi, répondit-il en détournant les yeux.

C'était presque un rendez-vous, non ? Il verrait bien ce qu'il ressentirait quand il la tiendrait dans ses bras…

- 8 -

Kalispell était la grande ville la plus proche de Rust Creek Falls, à trois quarts d'heure en voiture, et Lily se réjouissait de se constituer une nouvelle garde-robe dans les nombreuses boutiques de mode qu'elle offrait, qui plus est en compagnie de Sarah. Sur les recommandations de son amie, elle avait pris rendez-vous chez le coiffeur pour commencer sa journée de relooking et se trouvait actuellement assise dans un énorme fauteuil chez Hair Genie, un salon branché du centre-ville, Sarah à ses côtés.

— Vous avez une idée de ce que vous voulez ? lui demanda Ember, la visagiste. Vos cheveux sont très sains, et avec leur texture épaisse et soyeuse, vous pouvez vous permettre tout ce que vous voulez.

— En fait, j'adore votre coupe. Vous pensez qu'elle m'irait ?

— Tout à fait. C'est un dégradé sur cheveux longs qui permet de les relever avec des pinces ou un élastique.

— C'est parfait pour toi, Lily, intervint Sarah. Lily est cheffe cuisinière, précisa-t-elle.

— Effectivement, il faut garder des mèches longues pour qu'elles ne tombent pas sur votre visage, dit Ember. L'entretien de cette coupe est très facile, un simple séchage rapide et le tour est joué ! Évidemment, vous pouvez aussi utiliser un fer à friser pour les onduler.

— C'est la coupe qu'il me faut, décréta Lily. Je m'en remets donc à vous.

Puis elle adressa un sourire à Sarah et ajouta :

— Je suis tout excitée !

— Moi aussi ! Bon, pendant que l'on s'occupe de toi, je vais lire un magazine. Ce que je n'ai jamais le temps de faire.

Lily regarda les ciseaux scintillants qu'Ember tenait à la main et ils lui semblèrent incarner le sommet qu'elle venait d'atteindre après avoir travaillé si dur au cours de l'année passée. Elle était en voie d'obtenir une spécialisation en gestion, elle avait quitté le Gold Rush Diner pour intégrer l'équipe d'un établissement huppé, le Maverick Manor, où elle avait été rapidement promue cheffe de cuisine, et maintenant elle avait des projets pour s'installer à son compte. Son apparence allait donc correspondre à celle qu'elle était devenue.

Elle ferma les yeux pour avoir une surprise totale.

Vingt-cinq minutes plus tard, Ember lui annonça qu'elle avait terminé et qu'elle pouvait ouvrir les yeux. Elle entendit alors le cri stupéfait de Sarah et se regarda dans le miroir.

— Waouh ! J'adore ! s'exclama-t-elle.

Ses cheveux étaient encore longs et le dégradé commençait aux épaules.

Ember lui fit tourner son visage à gauche puis à droite, comme dans une publicité pour shampooing.

— Tu es superbe ! dit Sarah. Chic et décontractée à la fois. C'est parfait !

Lily bondit de son siège pour enlacer Ember.

— J'adore déclencher ce genre de réaction ! fit

remarquer cette dernière en riant. On se revoit dans six semaines, pour un épointage ?

— Entendu, répondit Lily en passant la main dans ses cheveux, et en les secouant. Je suis si contente.

— Moi aussi ! renchérit Sarah. Et maintenant, les boutiques !

Et Sarah désigna celle qui se trouvait juste en face du salon de coiffure.

— Tu as vu la jolie robe en vitrine ? s'enquit-elle.

Elle l'avait déjà remarquée, oui. C'était une robe à bretelles rose pâle qui arrivait à la hauteur du genou, sexy et légèrement évasée, parfaite pour la danse.

Quelques instants plus tard, elle trouva sa taille sur le portant tandis que Sarah, au rayon jeans, lui demandait de la rejoindre, brandissant un jean skinny noir. Elle en choisit deux autres et ordonna :

— Allez ! Va essayer tout ça !

La vendeuse vint prendre les pièces pour les accrocher dans la spacieuse cabine d'essayage, où Sarah apporta une brassée de hauts, tout comme Lily quelques instants après.

Elle commença les essayages par la robe rose pâle dont elle aima tout de suite la sensation sur sa peau. Elle tombait parfaitement bien, pensa-t-elle en se regardant dans le miroir. Elle recula, se regarda encore et sentit presque les larmes lui monter aux yeux.

Oui, oui, oui, c'était bien elle !

Quand elle sortit de la cabine, Sarah applaudit.

— C'est génial ! Cette robe te va vraiment bien !

— Tu sais que je n'ai encore jamais porté de rose à cause de mes cheveux ? Mais finalement le rose pâle s'accorde bien avec. Et je me demande si j'ai déjà eu une robe à bretelles !

— Tu es vraiment superbe, Lily !

— Vous voulez essayer ces ballerines gris métallisé avec ? proposa la vendeuse.

Elle hocha vivement la tête.

Une demi-heure plus tard, elle posa la pile de vêtements qu'elle achetait sur le comptoir, puis se dirigea vers le rayon lingerie.

— Il me faudrait au moins deux paires de dessous assortis, dit-elle.

Son amie lui sourit et lui présenta aussitôt deux soutiens-gorge en dentelle, l'un rouge, l'autre noir, et les culottes qui allaient avec. Le tout lui plut d'emblée et elle mit les dessous sur la pile qui comportait la robe, deux jeans skinny, deux pantacourts étroits, une jupe crayon noire, trois hauts avec d'adorables motifs, et deux beaux cardigans. Sans compter trois paires de chaussures, dont les ballerines, des escarpins gris anthracite dans lesquels elle pouvait marcher sans problème, et des sandales à brides. Toutes les pièces pouvaient s'accorder, de sorte qu'elle aurait de nombreuses tenues. Elle avait hâte de retirer ses affreux jeans et T-shirts informes de son placard pour y accrocher sa nouvelle garde-robe !

Ensuite, elle se rendit avec Sarah dans une boutique de cosmétiques où une vendeuse leur donna un bref cours sur les maquillages naturels et de soirée.

Quand Lily se regarda dans le miroir, elle eut un petit choc.

— Jamais je n'ai été aussi maquillée, murmura-t-elle. Mais ça ne fait pas non plus carnaval.

— Pas du tout, lui assura la vendeuse. Cela souligne votre beauté naturelle.

— Merci, répondit Lily, un peu sceptique.

— Tu es superbe, dans ta version upgradée, Lily, dit Sarah avec un grand sourire.

Lily se mit à rire, puis se regarda à nouveau dans le miroir, n'arrivant toujours pas à croire que c'était bien elle.

— Je me demande si Xander verra la différence, fit-elle remarquer.

— Pardon ? s'écria Sarah en écarquillant les yeux. Tu es sérieuse ?

Lily soupira.

— Je ne crois pas que ce soit mon style, le problème, avoua-t-elle.

— Si la Lily mal fagotée le chamboulait à ce point, tu imagines l'effet que cette Lily sexy va lui faire ?

Tiens, elle n'avait pas encore envisagé la question sous cet angle-là ! Un sourire lui monta aux lèvres malgré elle.

Un peu consterné, Xander observait la scène qui se déroulait dans le salon, à l'Ambling A.

— Si ! Tu viens avec nous, décréta leur père à Knox en lui lançant un regard sévère. Toi aussi, Hunter. Et toi, Finn, tu n'y échapperas pas non plus !

Il regarda tour à tour ses fils avant d'ajouter :

— C'est tout de même incroyable, toutes ces histoires que vous faites pour un malheureux bal d'été ! Arrêtez de me casser les pieds, on y va tous, un point c'est tout.

— Mais oui, on vient tous, renchérit Wilder en riant.

— Forcément, toi tu es toujours partant dès que tu peux faire des rencontres, maugréa Knox.

— Exactement ! s'exclama Wilder. Trente femmes m'ont déjà demandé de leur réserver une danse.

— Moi aussi, j'ai des cavalières qui m'attendent, rétorqua Finn.

Pas étonnant non plus de la part du grand rêveur de la famille, songea Xander. Finn tombait très vite amoureux, mais cela ne durait jamais très longtemps, ce qui ne l'empêchait pas de s'éprendre encore et encore.

— Trente, toi aussi ? demanda Hunter d'un ton moqueur.

— Grâce à papa, on dirait que cette ville ne compte que des célibataires prêtes à nous sauter dessus à chaque coin de rue, renchérit Knox.

Logan leva les yeux au ciel.

— Oh ! mes pauvres, que vous êtes à plaindre ! s'exclama-t-il. En l'occurrence, on vous demande juste d'assister à un événement local où vous pouvez danser, vous restaurer et rencontrer des nouvelles personnes. Il y a pire !

— Forcément, c'est facile pour toi ! rétorqua Xander. Depuis que tu es avec Sarah, tu peux déambuler tranquillement dans les rues de la ville. Tu n'as pas la moindre idée de ce que *nous*, nous endurons.

À cet instant, Logan lui lança un coussin au visage et son alliance brilla dans la lumière. Il est vrai que ce dernier les avait tous surpris en tombant follement amoureux de la mère célibataire d'un bébé. Il avait été saisissant de voir Logan se transformer du jour au lendemain en mari amoureux de Sarah et père gaga de la petite Sophia.

Et il est vrai que l'idée de fonder lui aussi une famille

lui traversait parfois l'esprit, ces derniers temps, songea Xander. Ce que le baby-sitting chez Lily avait renforcé.

Mais la petite voix resurgit en lui. *Tu as déjà suivi l'élan de ton cœur, et cela t'a jeté au tapis. Tu veux vraiment recommencer ?*

Britney et Chase étaient mariés, à présent. Ils s'étaient éclipsés à Las Vegas, le temps que leur entourage se calme en raison de leur trahison envers ce « pauvre Xander ». Son ancien ami avait trouvé son adresse dans le Montana et lui avait écrit une lettre pour lui redire combien il regrettait la peine qu'il lui avait causée, mais qu'il avait trouvé en Britney la femme de sa vie.

Après l'avoir lue, il avait failli la déchirer puis, se ravisant, il l'avait rangée dans le tiroir où il gardait aussi une photo de sa mère. Ainsi qu'une série de Britney, Chase et lui prise dans un photomaton…

Son père ayant fini son discours, il monta dans sa chambre et ressortit les quatre petites photos en noir et blanc de Britney, Chase et lui. Comment n'avait-il pas deviné ce qui couvait entre ces deux-là ? Cela avait-il commencé ce jour-là ? Bah, peu importait à présent, se dit-il tout à coup, et il replaça la photo dans le tiroir qu'il referma brutalement.

Il se jeta sur son lit, et son regard tomba sur le vieux journal posé sur sa table de chevet. Ses frères et lui l'avaient trouvé sous le plancher de cette pièce qu'ils avaient refaite et qui était devenue sa chambre. Un bijou en forme de A était incrusté sur la couverture. A pour « Ambling A » ? C'était le nom initial du ranch et ils ne l'avaient pas rebaptisé.

Le journal avait été abîmé par le temps et il était fermé à clé. Son ou sa propriétaire l'avait caché sous une lame de parquet, puis oublié. Il y était resté pendant une éternité, jusqu'à ce que sa famille rachète ce ranch délabré et inoccupé depuis plusieurs décennies. Il avait tenté de l'ouvrir, intrigué par ce qu'il pouvait bien contenir, mais le loquet étant résistant, il avait finalement renoncé. À quoi bon lire les pensées intimes de personnes disparues des années auparavant ? Autant leur laisser leurs secrets.

Et lui, qu'écrirait-il dans un éventuel journal ?

« Cher journal,

J'ai retrouvé la femme que j'allais demander en mariage au lit avec mon meilleur ami. C'est abject. Quel monde pourri ! Sans commentaire. »

Mais peut-être aussi que son journal commencerait ainsi :

« Cher journal,

Il y a dans cette ville une belle rousse qui s'appelle Lily et qui m'a ensorcelé. Ce n'est pas du tout mon type de femme et pourtant je ne cesse de penser à elle ou de m'imaginer au lit avec elle. Cela signifie-t-il qu'en réalité elle correspond à mon type de femme ? J'imagine que oui. »

Il laissa échapper un rire désabusé et se leva. Il était en train de perdre la tête !

Tandis qu'il enfilait sa chemise pour le bal, il se vit en train de danser avec Lily sous les étoiles, au clair de lune, de savourer pleinement ce doux moment avec sa fiancée…

Sa *fiancée* ?

OK. Il avait *vraiment* perdu la tête.

- 9 -

— Ça alors !

Devant le cri d'exclamation d'Andrew, Lily qui descendait tranquillement l'escalier en aurait presque sorti son portable de son nouveau sac à main en perles pour immortaliser l'expression de stupeur totale de son frère. Encore que ce mot semblait bien faible pour qualifier non seulement le regard sidéré d'Andrew, mais aussi de Bobby, Ryan et son père.

— Que se passe-t-il ? demanda Andrew, bouche bée.

— Lily ? dit Ryan en l'inspectant sans la moindre gêne, une bière à la main.

— Ce n'est pas Lily, décréta Bobby. Qui êtes-vous, mademoiselle, et surtout qu'avez-vous fait de notre petite sœur ?

— Bon sang, c'est bien notre Lily ! s'exclama leur père, une main sur la bouche, une autre sur le cœur.

Elle haussa les épaules. Pitié ! Ce qu'ils étaient lourds, tous les quatre, pensa-t-elle en finissant de descendre les marches.

— Mais enfin, Lily, tu ne te rends pas compte du choc que tu nous causes, marmonna Andrew. J'ai dû te voir quoi… une fois, en robe.

— Elle a été nominée aux Oscars ! s'exclama Bobby.

— Ou sa marraine la fée est venue lui rendre visite, enchaîna Ryan.

— Enfin, une fille de mon âge n'a-t-elle donc pas le droit de se faire belle pour aller au bal sans que sa famille fasse un tel cinéma ? répliqua-t-elle d'un ton hautain.

Puis elle vérifia son image dans le miroir du vestibule, au cas où son mascara aurait coulé… Non, c'était parfait. Elle était fin prête.

Elle portait comme prévu la robe à bretelles rose pâle, de belles boucles d'oreilles achetées à Kalispell et trois bracelets fins au bras gauche. Les ballerines donnaient à l'ensemble une note décontractée qui cadrait tout à fait avec un bal d'été en plein air. Elle s'était fait un regard charbonneux, comme Sarah le lui avait appris, et s'était parfumée d'un extrait fleuri que la boutique lui avait offert.

Oh ! Et elle portait aussi ses dessous en dentelle rouge !

Elle se tourna vers sa famille. Tous continuaient à la regarder fixement, bouche ouverte.

— Et donc ? dit Andrew.

— Et donc, vous savez bien que je suis en train de changer certains aspects dans ma vie pour l'améliorer, voilà, répondit-elle en lui donnant un petit coup de poing sur le bras. Je compte obtenir un diplôme de gestion, proposer des recettes haut de gamme. Bref ! J'ai des projets et je suis prête à accepter des expériences que j'aurais auparavant refusées.

À commencer par la proposition de Vivienne Dalton qu'elle préféra taire et qui, de fil en aiguille, l'avait conduite à Xander.

— Ma chérie, tu as toujours été une adorable jeune fille, et te voilà devenue une magnifique jeune femme, murmura son père, les larmes aux yeux.

Oh non ! Elle sentait qu'elle allait pleurer, son maquillage allait couler et ce serait la catastrophe.

— Franchement, tu es canon, Lil, déclara Andrew.

— Superbe, renchérit Bobby en s'inclinant.

— J'aimerais les contredire, mais impossible, avoua Ryan. Je suis entièrement d'accord avec eux. Waouh !

Elle leur sourit, ravie de leurs réactions.

— Merci ! lança-t-elle, rayonnante.

Mais c'était surtout la réaction de Xander qu'elle avait hâte de découvrir.

— Et si je suis habillée ainsi ce soir, c'est parce que je vais au bal de Sunshine Farm, conclut-elle.

— Bon sang ! s'écria Andrew en regardant sa montre. Avec tout ça, je vais être en retard pour aller chercher Heidi ! On se retrouve tous au bal, alors ?

Et chacun acquiesça.

— Je t'y conduis, Lil ? demanda Ryan. Je ne savais pas que tu venais sinon je te l'aurais proposé avant. Avec Bobby, on passe chercher un couple d'amis et on file à Sunshine Farm.

— C'est gentil, mais je préfère prendre ma voiture.

Elle n'avait aucune envie que ses frères la chaperonnent.

— Vous croyez que je pourrais y aller, moi aussi ? demanda leur père.

— Évidemment, papa ! répondit Lily.

— Il faudrait peut-être que je me change, alors ?

— Ah oui ! Mets ta chemise bleu clair et ton jean foncé, tu seras très chic, répondit-elle. N'oublie pas ton ceinturon.

Les yeux de son père s'illuminèrent.

— Je reviens dans une seconde !

Et il monta les marches quatre à quatre.

Xander repéra Lily dès qu'elle sortit de sa voiture. Il fallait dire qu'il était sur des charbons ardents depuis une bonne demi-heure, se demandant si elle allait venir. Et voilà que sa crinière rousse venait d'illuminer le crépuscule naissant. Et… elle semblait un peu différente. Élégante… et sexy.

Il contourna bien vite Henry Peterman, un grand gaillard de près de deux mètres qui lui bouchait la vue, et s'arrêta net.

C'était incontestablement Lily, mais elle n'avait rien à voir avec celle qu'il côtoyait depuis quelque temps. Elle s'était mise sur son trente et un, ce soir !

Henry s'était déjà approché pour la saluer. Elle lui répondit par un sourire poli, puis recula d'un pas. Un autre homme vint la saluer, et encore un autre…

— Désolée, mais j'ai déjà promis ma première danse à quelqu'un, dit-elle.

Donc c'était à lui d'intervenir, se dit Xander. Croisant les doigts, il s'avança vers elle.

— Bonsoir, Lily, dit-il d'une voix qui sonnait étrange à ses oreilles. Tu es d'une beauté sans pareille, ce soir.

Elle lui sourit et dans son merveilleux regard vert s'alluma une lumière qu'il n'avait jamais vue auparavant.

— Merci, Xander. J'avais envie de changement.

— C'est réussi.

Et soudain, il ne sut plus quoi dire…

— Euh… je vais nous chercher du punch, suggéra-t-il. Belle soirée, hein ?

Bravo, Xander, tu as de la conversation, pensa-t-il avec ironie.

— En fait, je préférerais que l'on danse, dit-elle en lui tendant la main.

Elle avait les ongles vernis et de fins bracelets au poignet.

Lui prenant la main, il l'entraîna sur la piste de danse où de nombreuses personnes évoluaient déjà. L'orchestre jouait un vieux tube de Shania Twain qu'il adorait, en l'occurrence un slow.

Des murmures s'élevèrent autour d'eux, des commentaires étonnés sur la tenue de Lily. Elle le regarda alors droit dans les yeux et déclara, l'air amusé :

— Je pense que je vais susciter ce genre de réaction tout au long de la soirée.

— Le rose clair te va à ravir. *La Vie en rose*, c'est le titre d'une chanson, non ?

— Oui, d'Edith Piaf, une chanteuse française dontj'ai vu au moins dix fois le biopic, répondit-elle en nouant les bras autour de son cou. Quelle merveilleuse nuit ! Je crois que ce bal est organisé pour dire au revoir à l'été, mais moi, je n'ai vraiment pas envie de le voir partir !

— Moi non plus.

D'autant qu'il associait Lily à l'été, vu qu'ils s'étaient rencontrés au début du mois d'août.

— J'adore ces lumières blanches accrochées dans les branches des arbres, dit-elle en levant les yeux. C'est festif et si joli.

— Comme toi, murmura-t-il en sentant ses joues le brûler.

Elle se mit à rire.

— Tu n'es pas habitué à me voir ainsi, n'est-ce pas ?

— C'est vrai, mais je pourrais vite m'y accoutumer. Tu étais belle quand je t'ai vue pour la première fois, et cette nouvelle version de toi me plaît aussi.

Elle lui adressa alors un regard étrange, presque mélancolique.

— Merci, Xander. Cela me touche énormément.

Tout en continuant à danser, il sentit sa gorge s'assécher en raison de leur proximité, de l'odeur douce et sensuelle qui émanait d'elle…

— Et maintenant, tu veux bien prendre un punch ? demanda-t-il.

— Avec plaisir.

En regagnant la buvette, il passa devant de nombreuses personnes qu'il connaissait de vue, la plupart appartenant à l'association des fermiers. Il vit aussi Logan et Sarah enlacés sur la piste, et pas loin, Andrew et Heidi.

Il salua Luke et Eva Stockton, les propriétaires de Sunshine Farm qui avaient transformé la ferme en maison d'hôtes, puis aperçut un de ses frères en grande discussion avec Nate Crawford. Ce dernier, un cousin éloigné de sa famille, possédait le Maverick Manor. Quelques femmes l'arrêtèrent en lui demandant de lui réserver une danse, mais il fila droit vers son but : le bar. Il commanda trois verres, en vida un sur place, puis revint bien vite avec les deux autres là où il avait laissé Lily.

Sauf qu'elle n'y était plus !

Que lui avait-il pris de la laisser seule ? À la minute où il avait disparu, des hommes avaient dû surgir de toutes parts et elle devait être en train de danser avec l'un d'eux. Son estomac se contracta tandis qu'il inspectait la piste. Il vit Wilder enlacer une jeune femme brune, Finn en train de discuter avec une blonde. Son père, quant à lui, semblait ravi de sa conversation avec deux femmes de son âge, près du buffet. Les frères Jone, des cow-boys millionnaires arrivés depuis deux ans de l'Oklahoma et avec qui il devait trouver l'occasion de discuter ce soir, dansaient sagement sur la piste avec leurs épouses respectives. Et soudain, son regard tomba sur une crinière rousse. Lily était en train de danser avec Knox !

C'était la meilleure ! Quand Knox se pencha vers elle pour lui murmurer quelque chose à l'oreille, il vit rouge ! Son frère avait laissé passer sa chance, donc maintenant il devait débarrasse le plancher.

Ses verres à la main, il s'avança vers eux, heurtant une personne dans sa précipitation et manquant renverser les boissons.

— J'ai nos deux punchs, Lily, dit-il.

— Formidable ! J'ai si soif.

— Et moi alors ? demanda Knox d'une voix amusée.

Il lui décocha un regard meurtrier, et Knox se mit à rire.

— Rassure-toi, je m'excusais encore une fois auprès de Lily pour notre rendez-vous manqué, expliqua-t-il. Et je lui racontais comment le plan de papa nous avait tous transformés en cibles et à quel point cela m'agaçait.

— Je confirme, dit Lily. Et j'ai évité à ton frère d'avoir à danser avec des *clientes* de Vivienne.

— Je vais saluer Nate, déclara Knox en s'éloignant, un sourire aux lèvres.

Xander, à moitié soulagé, tendit un verre à Lily qui déclara :

— Portons un toast.

Il leva aussitôt le sien.

— À quoi ?

— Au changement, répondit-elle en rivant ses yeux aux siens.

Elle avait vraiment une longueur d'avance sur lui en la matière, pensa-t-il. Encore que son déménagement lui avait permis de tourner la page. Sans quoi il aurait été bloqué dans le passé. Heureusement, aujourd'hui il se trouvaitdans le Montana, et il avait rencontré Lily, à qui il pensait constamment.

— Le changement est positif, en effet, dit-il.

Et ils trinquèrent.

Puis il la regarda vider son verre, pencher la tête en arrière, ce qui lui permit d'apprécier son long cou qu'il aurait volontiers embrassé…

— Merci pour ce punch ! dit-elle.

Ils posèrent leur verre sur une table, et se dirigèrent vers le buffet où les attendaient des petits fours et des sandwichs.

— Ce doit être difficile pour une cheffe aussi douée que toi d'apprécier de la cuisine ordinaire, dit-il en avalant un feuilleté au fromage.

— Merci pour le compliment, mais heureusement qu'il y a d'autres personnes que moi qui ont du talent. J'ai déjeuné récemment avec Sarah dans un restaurant à Kalispell qui était à se damner.

— On pourrait aller un soir à Kalispell pour en découvrir un autre. Un thaï par exemple, ou un italien gastronomique.

— Est-ce un rendez-vous, Xander Crawford ? Ou juste un dîner entre amis ?

Il se sentit rougir.

— Euh… Nous… Je vais nous chercher un autre verre de punch. Je reviens tout de suite.

Bon sang ! Voilà qu'il bégayait, à présent ! Rendez-vous amoureux ou amical, qu'importe ! Il voulait juste se retrouver seul avec elle.

Cette fois, quand il revint avec ses punchs, Lily dansait avec un type qui portait un Stetson blanc. Il était plus grand que lui, ce qui l'agaça, mais il se réjouit qu'il ne s'agisse pas d'un slow.

Quand la chanson se termina enfin, elle sourit à son cavalier et fonça vers lui.

— Pourquoi est-ce que je te laisse toute seule ?

— Parce que tu aimes te torturer et que tu ne veux pas admettre qu'il y a un courant entre nous.

— Dis-moi ce que, toi, tu ressens.

— Eh bien, je me sens vraiment moi-même ce soir, je me sens belle dans cette robe par cette magnifique soirée d'été. Toi, tu as mis ce Stetson qui te va merveilleusement bien. Et l'orchestre joue ma chanson préférée de Dierks Bentley. On en profite ?

Elle avait raison, pensa-t-il, bluffé, en lui tendant son punch. Ils vidèrent chacun le leur, puis retournèrent sur la piste de danse.

Quand elle glissa les mains autour de son cou, il comprit que, cette fois, il n'allait plus la perdre de vue ce soir.

— Alors, c'est quoi cette histoire de vieux journal que tes frères et toi avez trouvé sous le plancher à l'Ambling A ? s'enquit-elle.

— Tiens, c'est amusant, j'y repensais justement tout à l'heure. Il est sur ma table de chevet. Fermé à clé. J'ai essayé de l'ouvrir mais en vain. Dois-je insister ? Franchement, je ne sais pas. Il y a un A qui ressemble à un bijou sur la couverture.

— Oh ! C'est romantique, cette histoire !

— Désolé d'avoir entendu votre conversation, déclara Nate Crawford qui dansait près d'eux avec Callie, sa femme. Ce A doit sans doute signifier qu'il appartenait à la famille Abernathy, qui a donné son nom au ranch, Ambling A. Les Abernathy ont quitté la ville depuis une génération.

Sur ces mots, le couple se dirigea vers le buffet.

— Waouh ! s'écria Lily. Une précieuse information, non ? Ce serait génial si tu pouvais le redonner à un ou une Abernathy. Tu imagines l'histoire familiale que ce carnet doit contenir !

— Des secrets de famille bien gardés, sans doute.

— En effet. Mais il doit y avoir prescription, depuis le temps, et je suis certaine que la famille se réjouirait d'avoir ce témoignage.

À cet instant, la musique se fit plus lente, et Xander attira Lily plus étroitement contre lui.

— Je peux ? murmura-t-il.

— Tu peux, et je le veux.

Sur ces mots, il enfouit son visage dans sa chevelure aux effluves fleuris dont il avait l'impression de ne plus jamais pouvoir se passer.

— Désolé de vous interrompre…

Et il se retrouva face à Henry, comme dans un cauchemar !

— Qu'est-ce qu'il y a, Peterman ? Lily m'a promis toutes ses danses, ce soir.

— Ah bon ? Je ne savais pas que vous étiez en couple. Pardon.

Et, haussant les épaules, Henry s'approcha d'une

jeune femme blonde, seule près du bar, qui accepta son invitation à danser.

Lily leva un sourcil, l'air amusé.

— Donc on est en couple, dit-elle. Je croyais que l'on était juste amis, c'est ce que tu ne cesses de répéter depuis…

Sans réfléchir, il se pencha vers elle pour prendre ses lèvres dans un baiser ardent, une main posée sur sa hanche, l'autre s'égarant dans sa chevelure soyeuse. Au diable ses hésitations ! Ils étaient bien plus qu'amis et il entendait des cymbales et des cuivres résonner joyeusement dans sa tête pour fêter l'événement.

- 10 -

Que ce baiser dure toujours, pensa Lily dans les bras de Xander…

— Je peux vous interrompre ?

Maudissant l'intrus, elle ouvrit un œil pour découvrir le regard furieux que Xander adressait à un cow-boy aux bottes blanches.

— Désolé, mais on s'embrasse, tu ne le vois pas ? rétorqua-t-il.

— Être possessif, c'est complètement passé de mode, vieux, renchérit le cow-boy.

Sur ces mots, il tourna les talons et s'éloigna.

— Si on allait dans un endroit plus privé ? suggéra Lily dans un murmure.

— Entièrement d'accord avec toi, répondit-il sur le même ton.

Et, passant son bras sous le sien, il l'entraîna loin de la piste de danse, loin de la foule…

Hélas, des gens étaient disséminés un peu partout, aussi échangèrent-ils bientôt un regard contrit.

— On peut toujours se rabattre sur le Ambling A ranch, proposa-t-elle, les yeux rivés aux siens. C'est plus proche que chez moi, et ton père a l'air de bien s'amuser, il n'est pas près de partir.

Elle rêvait de se retrouver seule avec lui, dans sa

chambre, dans son lit, et la nouvelle Lily était bien résolue à aller jusqu'au bout de ses rêves.

— Tu as raison, à propos de mon père, il passe un bon moment, répondit-il.

Ou l'art de changer subtilement de sujet… Mais il était vrai que s'ils faisaient l'amour ce soir, ils basculeraient d'amis à… amants.

Elle jeta un coup d'œil vers son père qui, lui aussi, avait l'air de bien s'amuser. Sortant son téléphone, elle lui envoya un message :

> Je vais faire un tour avec Xander. Il me reconduira à la maison. Tu peux prendre ma voiture pour rentrer.

Il lui répondit par un cœur et l'émoji qui sourit, puis précisa :

> Amuse-toi bien, ma chérie. Ne te refuse rien.

Oh ! papa ! pensa-t-elle en rangeant son portable avec un sourire.

— Donc on va à l'Ambling A ? reprit Xander.

Elle hocha vivement la tête.

Lui prenant la main, il l'emmena vers le parking bondé, et précisa :

— Je me suis garé à un emplacement stratégique d'où l'on peut partir sans difficulté. Je pensais m'en aller au bout d'une demi-heure. Et seul.

— C'est donc la soirée de toutes les surprises ?

Un grand sourire séducteur éclaira alors le visage de Xander.

Dix minutes plus tard, ils arrivaient au ranch, écoutèrent quelques vieux standards à la radio tandis que la douce brise de cette fin d'été entrait par les vitres entrouvertes.

— On a de la chance ce soir. Personne n'est là pour nous espionner, fit remarquer Xander.

Elle se rappela sa dernière visite au ranch, le repas qu'elle avait préparé pour la famille Crawford, et le dîner où on l'avait conviée. La maison lui semblait donc agréable et familière, à présent.

Xander l'entraîna à l'intérieur et ils commencèrent à monter l'escalier…

Le rêve qu'elle nourrissait depuis trois semaines était donc sur le point de se réaliser, songea-t-elle, le cœur battant.

Et soudain, ils furent dans la chambre de Xander.

Il ferma la porte à clé et se tourna vers elle en souriant.

— Enfin un endroit où personne ne viendra nous déranger, dit-il.

— Xander, ce soir, c'était à la fois fantastique et un peu étrange pour moi, tu sais. Je ne suis pas habituée à être le centre de l'attention. Je n'ai pas réalisé cette transformation à la Cendrillon pour faire tourner la tête de tous les hommes du bal, je voulais juste être en accord avec celle que je suis devenue.

— Je comprends ce que tu veux dire, Lily, mais moi, j'ai toujours vu celle que tu étais. Peu importe ce que tu portes, que tu sentes le parfum ou l'oignon frit, je te vois. Et je t'admire depuis notre rencontre.

— Je savais bien que je te plaisais depuis notre pique-nique, et je suis heureuse que tu l'avoues enfin !

Se hissant alors sur la pointe des pieds, elle effleura ses lèvres d'un baiser et le remercia intérieurement de la prendre dans ses bras pour la porter jusqu'au lit sans interrompre ce baiser, ne sachant si ses jambes auraient pu la mener jusque-là.

Elle n'y croyait pas… Elle était dans le lit de Xander ! Mille papillons se mirent à voleter dans son ventre. Bien sûr, elle n'était plus vierge, mais les deux brèves relations qu'elle avait eues auparavant ne lui avaient pas franchement appris à développer des talents particuliers en la matière. La première fois, à dix-neuf ans, c'était dans le but de perdre sa virginité, et elle avait demandé conseil à sa meilleure amie sur ce qu'elle devrait faire une fois au lit avec son partenaire pour paraître le plus naturel possible. L'expérience avait été moyennement agréable mais, au moins, c'était derrière elle. La deuxième fois, son partenaire était tellement inhibé qu'elle avait dû prendre toutes les initiatives. Par conséquent, dans les deux cas, elle avait été loin des torrides effusions que l'on voyait dans les films !

Mais elle avait l'intuition qu'avec Xander il en irait différemment.

Allongé près d'elle sur le lit, il lui caressa les cheveux, le visage, le dos… Et quand il l'embrassa de nouveau, elle ferma les yeux, saisie par un trop-plein d'émotions qui tournoyaient en tous sens en elle tandis qu'elle lui rendait son baiser avec une fougue égale.

— Tu veux de l'aide pour te déshabiller ? demanda-t-elle.

— Avec plaisir, répondit-il, un grand sourire aux lèvres. Et toi ?

— Je t'en prie…

Lentement, il fit glisser les bretelles de sa robe, prenant le temps de lui embrasser le cou, avant d'ouvrir sa fermeture Éclair… Sa robe froufrouta et se retrouva par terre.

— Waouh ! Que tu es sexy ! s'exclama-t-il.

Oh… Jamais on n'avait accolé ce qualificatif à sa

personne, songea-t-elle, troublée. Et pour garder contenance, elle commença à défaire le ceinturon de Xander, ce qui lui valut un regard approbateur et intense.

— J'aime les femmes audacieuses, dit-il en se trémoussant pour enlever son jean tandis qu'elle déboutonnait sa chemise.

Était-elle vraiment une femme audacieuse ? se demanda-t-elle pendant qu'elle déposait des baisers sur le torse musclé de celui qui serait bientôt son amant. Il fallait croire que c'était lui qui lui donnait confiance et l'avait aidée à sortir de sa coquille.

En moins d'une minute, ils se retrouvèrent peau contre peau, et lorsqu'elle sentit le regard de Xander sur elle, elle n'éprouva ni gêne ni timidité. Juste du désir…

Il ouvrit le tiroir de sa table de chevet pour en sortir des préservatifs et captura à nouveau sa bouche. Et tout à coup, tout s'accéléra. Elle sentit les mains, les lèvres de Xander partout sur son corps… Elle poussa un petit cri quand ils ne formèrent plus qu'un, puis perdit la notion du temps, et la faculté de penser… Elle nageait juste dans le bonheur et la félicité.

Un bain d'amour, en somme.

Quand Lily ouvrit les yeux, son premier réflexe fut d'enfouir la tête sous la couette avant qu'elle se souvienne où elle était. En l'occurrence ni dans son lit, ni seule…

Elle tourna la tête vers l'Apollon endormi près d'elle et sourit. Non, elle n'avait pas rêvé, même si c'était comme dans un rêve. Et Xander ne ronflait même pas ! Médusée, elle observa un instant son torse qui se soulevait au rythme de sa respiration, ses boucles adorablement emmêlées… Elle serait bien restée toute la journée dans son lit, toutefois, mais il était préférable qu'elle file avant qu'un de ses frères, ou pire, son père, découvre sa présence à l'Ambling A.

Lui lançant un dernier regard empli de nostalgie, elle rassembla silencieusement ses vêtements épars, enfila sa robe, ses sandales et passa son sac en bandoulière avant de se diriger sur la pointe des pieds vers la porte, s'abstenant même de donner un dernier baiser à Xander par crainte de le réveiller.

Passant la tête dans le couloir, elle jeta un coup d'œil à droite, puis à gauche… La voie était libre. Aussitôt elle se précipita dans l'escalier… et s'immobilisa une fois presque arrivée en bas des marches. C'était Xander qui l'avait amenée ici, hier soir. Elle allait donc être bel et bien obligée de le réveiller.

Tout devint soudain un peu délicat…

Et s'il regrettait leur nuit ? Au petit matin, avec la lumière du soleil, la situation pouvait finalement être gênante pour tous les deux.

Mais alors qu'elle avait remonté quatre marches d'un pas hésitant, la porte d'entrée s'ouvrit. Quelqu'un qui s'était bien amusé au bal et ne rentrait que maintenant…

— Salut, Lily ! Ça va ?

Au prix d'un immense effort, elle surmonta son embarras et se retourna.

C'était Wilder, le plus jeune frère de Xander, qui se tenait dans le vestibule, les vêtements un peu froissés, mais aussi beau que les autres Crawford avec ses cheveux un peu plus longs que ses frères et ses yeux d'un noir perçant.

— Très bien, répondit-elle. Et toi ?

— Pas mal, ouais, dit-il avec une légère arrogance. Donc tu viens juste d'arriver ?

— Euh… c'est une longue histoire.

— Ah bon ? Laisse-moi deviner. Tu as bu trop de punchs hier soir, tu t'es endormie sous un arbre, et ce matin au réveil, tu t'es souvenue que tu avais promis à ton *ami* Xander de lui donner un cours de cuisine. Voilà qui explique ta présence au ranch de si bon matin. Je me trompe ?

Quel voyou, ce Wilder ! pensa-t-elle, à la fois agacée et amusée.

— Allez, Lily, ne rougis pas ! On connaît tous Xander, tu sais. Une fois, j'ai même surpris deux femmes sortant de sa chambre à deux moments différents de la nuit.

Quoi ? Non, il la faisait marcher. Deux… ? Non, ce n'était pas possible. Quoi qu'il en soit, elle devait filer d'ici au plus vite.

— Je vais réveiller Xander, déclara-t-elle bien vite alors qu'elle avait envie de hurler.

Et elle remonta vivement à l'étage.

— N'hésite pas à préparer des pancakes, au petit déjeuner ! En général, j'en mange dix ! lança Wilder.

Oh non ! Cette fois, il avait réveillé toute la maisonnée.

Se ruant vers la porte de Xander, elle l'ouvrit brusquement et la referma de la même façon avant de s'y adosser, le cœur battant.

— Tu es bien trop habillée, murmura Xander en ouvrant un œil. Enlève ça, s'il te plaît.

Elle le regarda comme si elle le voyait pour la première fois. Wilder avait raconté des sornettes. Elle ne pouvait pas être une conquête de plus dans la prétendue longue liste de Xander ! Pourtant, elle savait bien que les hommes étaient obsédés par leur record en la matière…

— Attends un instant, reprit Xander en fronçant les sourcils. Tu étais en train de partir ?

— Oui, et dans l'escalier, je me suis souvenue que je n'avais pas de voiture.

Il éclata de rire.

— Dans ce cas, viens te recoucher ! dit-il en soulevant la couette.

— Je suis tombée sur Wilder, en bas, et il m'a dit de ne pas me sentir gênée, que je n'étais pas la première qu'il voyait sortir de ta chambre. Il lui était même arrivé d'en croiser plusieurs la même nuit.

— Wilder parle trop, marmonna-t-il.

— Non, ce n'était pas ce que tu étais censé dire, mais juste un mot : mensonges !

À cet instant, il parut comprendre qu'il venait de commettre un impair et reprit d'une voix adoucie :

— Lily, j'ai eu quelques aventures depuis mon arrivée ici, je ne peux pas le nier. Ma rupture à Dallas m'a tellement anéanti. J'avais besoin d'oublier.

— Eh bien moi, tu es juste mon troisième amant, répliqua-t-elle, avant de se mordre la langue.

Oh ! et puis zut ! Autant jouer la carte de la franchise, elle n'allait pas s'inventer une vie de grande séductrice.

— Quoi de plus normal que nos expériences soient différentes, Lily. J'ai sept ans d'avance sur toi.

Là-dessus, il se leva et enfila son jean.

— Je te rappelle que j'ai trente ans, poursuivit-il. La plupart de mes amis sont déjà mariés et ont des enfants.

Elle le fixa un instant et demeura un instant silencieuse, frappée par la beauté de son torse dans la lumière du matin. Et dire qu'il y a quelques heures à peine elle explorait chaque millimètre de ses muscles, son corps entier, et maintenant…

Maintenant, tout était allé de travers, et le bonheur s'était perdu en route. Et de plus, il lui semblait que Xander n'avait pas terminé de parler… Elle redoutait le pire.

— Voilà pourquoi j'étais si hésitant, avec toi, reprit-il. Je savais où cela nous mènerait, de céder à nos émotions.

Pitié ! Elle refusait d'avoir cette conversation au petit matin. Cependant… ne l'avait-elle pas déclenchée ?

Allons ! Elle n'allait quand même pas s'en vouloir de rechercher la vérité. Et si Xander préférait rester dans le rôle de l'homme qui s'interdisait de vivre et d'aimer, elle n'était pas responsable.

C'était juste… affreusement douloureux pour elle.

Et pitoyable de la part de Xander !

Dire que cette nuit elle avait cru qu'il avait surmonté la trahison de son ex-petite amie et avait de nouveau foi en l'amour. Quelle naïveté ! C'était sans doute parce qu'elle était jeune, comme Xander le lui avait fait remarquer. Qu'à cela ne tienne ! Elle espérait ne jamais être aussi cynique que lui !

— Je pensais qu'il y avait plus que… que ça entre nous, dit-elle en désignant le lit. Me suis-je donc trompée ?

Il soutint un moment son regard, puis regarda vers la fenêtre.

— Non, Lily. Seulement, cette conversation a ravivé toutes les raisons pour lesquelles…

Il s'interrompit, passant la main dans les cheveux.

— Pour lesquelles… ?

— Eh bien, je suis amer et désabusé, alors que tu es jeune et idéaliste. Et que tu as la vie devant toi !

— Arrête, Xander ! On n'a tout de même pas vingt ans d'écart ! Avoue juste que tu éprouves une immense peur car tu te rends compte que tu ressens bien plus pour moi que ce que tu croyais. C'est pour cette raison que tu me repousses.

— Lily…

Mais encore une fois, il laissa sa phrase en suspens.

— Xander, il est si rare d'éprouver des sentiments… particuliers envers une autre personne que, quand cela arrive, on essaie de les retenir.

— Ah bon ? C'est vraiment si rare que ça ?

— On arrête de discuter ! J'ai compris que je ne suis qu'une conquête de plus pour toi, Xander, déclara-t-elle, soudain en colère.

Finalement, la fureur empêchait ses larmes de couler, et ce n'était pas plus mal. Elle pleurerait plus tard, sous sa propre couette, seule.

— Ce n'est pas ainsi que j'avais envisagé notre réveil, Lily. Je pensais que l'on aurait refait deux ou trois fois l'amour, puis que l'on aurait pris une douche ensemble et que l'on aurait filé au Gold Rush pour savourer un copieux petit déjeuner. Ensuite on serait revenus ici pour remettre ça. Voilà comment j'imaginais notre matinée.

— Moi aussi, Xander, murmura-t-elle, à deux doigts de pleurer, cette fois. Moi aussi.

— Seulement, tu voulais aussi qu'il y ait de nombreuses autres matinées comme celle-ci, n'est-ce pas ? demanda-t-il gentiment.

— Exact. Et où est le mal ?

— Je suis désolé, Lily. C'est moi qui ai eu tort d'avoir

été incapable de résister à mon envie de t'embrasser. J'ai tout gâché. Vraiment, je…

— Tu *quoi* ? Tu regrettes d'avoir couché avec moi, c'est ça ? Comment oses-tu ?

Cette fois, la colère avait définitivement repris le dessus en elle et étouffé la douleur.

— Lily, non, je ne…

— Ramène-moi chez moi tout de suite ! Et en silence, s'il te plaît !

Et elle se précipita vers l'escalier avant de fondre en larmes.

Arrivée dans le vestibule et entendant de vagues rires qui venaient de la cuisine, elle courut vers la porte d'entrée. Elle devait quitter cette maison avant de croiser un autre Crawford, maintenant qu'elle était certaine de n'être qu'une aventure de plus pour Xander.

Dehors, elle reprit son souffle, cligna des paupières car les larmes lui brouillaient les yeux, et se précipita vers le pick-up de Xander.

Quand Xander y monta, quelques instants plus tard, elle avait retrouvé ses esprits.

Surtout, ne repense pas à la soirée d'hier. Aux baisers échangés au bal. Au trajet jusqu'ici dans ce même pick-up. Aux espoirs et à l'amour qui flottaient dans l'air…

Elle aurait préféré s'en vouloir de ne pas avoir écouté les mises en garde de Xander. Ou maudire le destin d'avoir placé Wilder sur son chemin, ce matin. Mais le fautif, c'était bel et bien Xander et son fichu entêtement ! Pas elle, ni des éléments extérieurs !

Et soudain, tandis qu'il s'engageait sur la nationale, une autre pensée lui traversa l'esprit, celle qui serait tout de suite venue en tête à l'ancienne Lily. La nouvelle version d'elle-même avait trop confiance en elle. Au fond, peut-être que tout cela n'avait rien à voir avec Xander et le passé qui le hantait.

Il se pouvait aussi que l'amour qu'elle lui portait ne soit pas réciproque, tout simplement.

- 11 -

Quand Xander s'arrêta devant chez Lily, Dobby et Harry étaient allongés sur la terrasse, profitant du soleil éclatant de cette fin août. Il aurait tant aimé descendre du pick-up, leur caresser le ventre et les oreilles, puis échanger quelques mots avec son père et ses frères, notamment avec Andrew.

Au moins, il avait été un vecteur d'amour pour deux personnes, Andrew et Heidi, pensa-t-il tout en cherchant désespérément des mots appropriés à dire à Lily avant qu'elle sorte de son véhicule.

« Je suis désolé » n'aurait pas du tout été judicieux. Il y avait tant à dire, mais il était incapable de mettre des mots sur ce qu'il ressentait. Il coupa le moteur et lui fit face.

— Lily…

Mais rien d'autre ne sortit de sa bouche.

Elle attendit qu'il poursuive, lui laissa largement le temps, il en était tout à fait conscient. Mais il ne trouva rien de plus à ajouter.

— Tout ce qui couve depuis le début entre nous nous a conduits à cette nuit, Xander. Et c'était un moment magnifique. Personnellement, je pense que tu es fou de tourner le dos à une nuit aussi grandiose mais c'est ton choix, et je suis censée le respecter.

Elle s'apprêtait à ouvrir la portière quand il parvint enfin à répondre :

— La nuit dernière était en effet fantastique, Lily, mais il est peut-être préférable de calmer nos ardeurs avant que l'un de nous tombe du train.

— Pour l'instant, je ne vois pas de train, mais un homme au volant d'un pick-up.

Et sur ces mots, elle descendit de voiture, ses deux chiens se précipitant aussitôt vers elle pour la saluer.

Il la regarda les caresser, et quand elle referma la porte d'entrée derrière elle, un sentiment de désarroi l'envahit.

Il remit le contact en espérant qu'une bonne journée de travail au ranch lui remettrait les idées en place et effacerait Lily de son cerveau. Mais durant le trajet, les images de leur nuit d'amour se bousculèrent dans sa tête… Il revivait les émotions qu'il avait alors ressenties, cette impression de plénitude…

Qui lui avaient déjà été fatales une fois, lui rappela la voix de la raison. Il ne pouvait accepter que Cupidon le frappe à nouveau et le fracasse ensuite, car les sensations qu'il avait éprouvées à la suite de sa rupture avec Britney avaient été extrêmement douloureuses.

Il avait besoin de faire une bonne marche sur le ranch ! se dit-il en se garant dans la cour. Cela lui permettrait par la même occasion de vérifier les clôtures. Et puis le ciel qui se couvrait était en totale adéquation avec son humeur.

Attachant un trousseau d'outils autour de sa taille, il se dirigea d'un bon pas vers une clôture défectueuse, à un peu plus d'un kilomètre. En s'en rapprochant, il vit que Knox y était.

— Tiens, on a eu la même idée, lui dit-il une fois à sa hauteur.

Knox lui jeta un coup d'œil.

— Parfait ! On ne sera pas trop de deux. Tu es venu à pied jusqu'ici ?

— J'ai besoin de me défouler.

— Tu m'en veux encore parce que j'ai dansé avec ta cheffe ?

— Mais non, pas du tout ! Je suis en colère contre moi-même car j'ai tout gâché. Lily me plaît énormément, et même plus que ça, mais je n'ai pas envie d'être amoureux, voilà tout. Je sais, ça peut paraître bizarre.

— Étant donné notre histoire familiale, c'est juste logique.

Ses frères et lui évoquaient rarement le passé, et pourtant Knox poursuivit :

— Avec un legs pareil, qui ne serait pas méfiant en matière d'amour et de mariage ?

Xander ne savait pas grand-chose sur leur mère, à part qu'elle était bien plus jeune que leur père quand elle avait accepté de l'épouser, peu après leur rencontre. Et qu'elle n'avait pas hésité à quitter son mari et abandonner ses six fils encore jeunes pour un autre homme.

Si sa mère avait été capable d'un tel abandon, quelle femme ne le serait pas, à commencer par Britney ? Il n'avait aucune raison d'exclure Lily de cette éventualité, d'autant qu'elle n'avait que vingt-trois ans !

Elle avait raison, bien sûr, quand elle affirmait qu'il menait sa vie en fonction d'un passé qu'il n'avait pas surmonté. Mais que pouvait-il y faire si son passé le serrait à la gorge, et notamment en ce moment ?

— Pourtant, c'est à toi de décider, ajouta Knox en secouant la tête comme s'il s'arrachait à ses pensées.

— C'est-à-dire ?

— Eh bien, soit c'est Lily qui gagne, soit c'est l'héritage familial. Regarde Logan. Il a de la chance. Tu peux avoir la même.

En l'occurrence, la chance n'avait rien à voir là-dedans. Pour Logan, c'était l'amour qui avait triomphé. Néanmoins, sans qu'il comprenne pourquoi, cet échange avec Knox lui redonna un peu d'espoir : peut-être avait-il juste oublié que l'amour pouvait aussi l'emporter.

Lily se réjouissait de travailler aujourd'hui. Au menu du jour, elle avait proposé la pizza égéenne qui avait tout de suite eu un grand succès auprès de la clientèle. Elle en avait au moins réalisé trente depuis sa prise de service pour le déjeuner ! Comme il lui était difficile d'exercer sa magie sur cette pizza sans la dénaturer, c'était sur les entrées qu'elle l'avait transférée, notamment dans la soupe minestrone qu'il était possible d'accommoder en fonction des endroits d'où venaient les clients pour qu'ils retrouvent une sensation familière ou des réminiscences de leur enfance. Cinq tables avaient commandé la soupe, ce qui l'avait fait sourire alors qu'elle n'avait pas vraiment envie de sourire, aujourd'hui…

Quand elle rentra chez elle, après le travail, elle ne monta pas dans sa chambre pour se détendre ou prendre un bain, mais se dirigea tout de suite vers la cuisine, car elle avait une commande à livrer le soir même. En effet, les habitués du Maverick Manor recouraient parfois à ses services pour des occasions spéciales. Et ce soir, elle confectionnait une soupe aux pois pour

Monty Parster, un veuf de soixante-quinze ans qui était enrhumé, le pauvre.

— Et voici le salon, dit soudain son père.

À cet instant, elle comprit qu'il n'était pas seul, mais accompagné d'une personne qui portait des talons, si son oreille ne la trompait pas !

— Mais qu'est-ce qui sent si bon, chez toi ? demanda une voix féminine.

Oh ! Son père avait-il rencontré quelqu'un, au bal ?

— Ce doit être ma fille, Lily, qui prépare un petit plat. Elle est cheffe au Maverick Manor. C'est la meilleure cuisinière de la région, et peut-être d'ailleurs de l'État du Montana. Voire du pays !

— Et l'odeur de ce qu'elle prépare le confirme.

Cette femme plut tout de suite à Lily.

— Lil ? demanda son père en passant la tête par la porte de la cuisine.

— Salut, papa.

— Je peux te présenter quelqu'un ?

Sans attendre la réponse, il entra dans la cuisine, suivie d'une femme de son âge avec des cheveux châtain foncé lui arrivant aux épaules et un regard noisette chaleureux.

— Voici Charlotte McKown. Nous avons fait connaissance au bal, hier. Charlotte, ma fille Lily.

Charlotte lui tendit la main.

— Ravie de vous rencontrer, Lily. Ce bal était une réussite. Et le buffet formidable, notamment les mini-quiches. J'ai rapidement arrêté de compter combien j'en ai mangé.

— Moi aussi ! Et j'ai aussi abusé des cheesecakes aux framboises.

— Oh ! oui… Les cheesecakes…

Quand son père escorta Charlotte dans la salle de bains pour qu'elle puisse se rafraîchir avant leur dîner au Maverick Manor, Lily termina sa soupe, la goûta une dernière fois, l'estima parfaite et éteignait la gazinière quand son père la rejoignit, un grand sourire aux lèvres.

— On a passé toute la journée ensemble, Charlotte et moi. Et notre premier rendez-vous a été un brunch chez Gold Rush Diner.

— Oh papa, c'est formidable !

— On a énormément discuté. Elle aussi est veuve, elle a quatre grands enfants comme moi. Elle fait du Pilates, du yoga, du bénévolat à la clinique. C'est une femme vraiment très bien.

— Oui, elle m'en a tout l'air !

Quand ils entendirent la porte de la salle de bains s'ouvrir, son père lui donna un baiser sur la joue et s'éclipsa.

Elle se mit à rire. Son père avait eu un coup de foudre, c'était indéniable ! Et sans doute Ryan et Bobby avaient-ils eux aussi rencontré quelqu'un au bal.

Eh bien, au moins, une bonne partie des Hunt serait heureuse, c'était formidable, pensa-t-elle en versant sa soupe dans un grand récipient au couvercle hermétique. Elle ajouta quelques crackers et du pain au levain dans son panicr, puis regagna sa voiture.

Quelques instants plus tard, M. Parster l'accueillait avec un air fatigué, mais un grand sourire.

— Ah, mon plat favori vient d'arriver ! s'exclama-t-il.

Elle entra, disposa le tout sur un plateau tandis qu'il poursuivait :

— Je vous ai déjà dit que vous la faites exactement comme ma femme ?

— Et pour cause ! Vous m'avez donné sa recette. Je la prépare aussi au Maverick Manor, et c'est toujours un succès.

— Ah, elle est si bonne, dit-il en la goûtant. Dernièrement, ma fille m'en a préparé une. Rien à voir ! Mais chut, je ne vous ai rien dit !

— Promis.

— J'imagine que vous êtes bien payée au Maverick Manor, mais je suis certain que vous pourriez vivre de vos talents en vous mettant à votre compte. Heureusement que j'aime cuisiner, sinon, je vous commanderai des plats tous les jours et je serais ruiné ! À propos, quand donnez-vous vos prochains cours de cuisine asiatique ?

— Une seconde… Vous pensez vraiment que je pourrais m'en sortir ici, à Rust Creek Falls, en m'installant comme cheffe privée ?

— Naturellement ! Comment pouvez-vous en douter ? Entre les malades, les parents trop débordés pour cuisiner, les célibataires qui ne savent pas casser un œuf, les repas de famille, les fêtes, vous ne chômeriez pas ! Tout le monde connaît vos talents, Lily !

— Vraiment ?

— Écoutez, je n'ai pas l'habitude de flatter les gens, et puis c'était juste une idée en passant. Mmm, un vrai délice, cette soupe !

Elle se mit à rire.

— J'en suis ravie. Et merci pour les compliments !

Sur le chemin du retour, elle ne put s'empêcher de repenser à cette discussion. Cheffe privée ? Elle envisageait d'ouvrir un petit restaurant pour commencer, ou une boutique-traiteur, mais elle n'avait jamais encore songé à cette éventualité. Au fond, pourquoi pas ? Plus elle y réfléchissait, et plus son cœur cognait fort ! N'était-ce pas la solution la moins coûteuse ? Commencer son activité de chez elle, en tant que cheffe privée ? Lily's Home Cookin', elle voyait d'ici la pancarte… Et tout à coup, les larmes lui montèrent aux yeux. Sa mère aurait été si fière d'elle !

Clignant des paupières, elle s'efforça de se concentrer sur des aspects plus techniques, comme le capital de départ qui lui serait malgré tout nécessaire, le projet qu'elle devrait montrer pour la banque, étayé à partir des cours en ligne qu'elle prenait actuellement. Il faudrait aussi qu'elle trouve une maison ou un appartement, avec une cuisine moderne et spacieuse. Son père comprendrait et serait fier d'elle.

La tête pleine de ces nouveaux projets, elle alluma la radio pour chanter sur un des tubes de sa station préférée, mais tomba sur une publicité.

— Et je rappelle que le concours du meilleur chef du Northwest Montana se déroulera à Kalispell, ce week-end, disait l'animateur. La limite pour les inscriptions est ce soir, minuit. Pour les modalités, rendez-vous en ligne à l'adresse Concours du meilleur chef du NW Montana point com, le tout attaché. Le gagnant empochera la coquette somme de dix mille dollars. Bonne chance à tous les cuisiniers et toutes les cuisinières !

Puis un de ses titres favoris s'éleva, mais elle éteignit la radio, sonnée.

Dix mille dollars ? Largement de quoi concrétiser son projet de cheffe privée ! Elle devait impérativement s'inscrire à ce concours et surtout le gagner !

Une fois arrivée chez elle, elle se précipita dans sa chambre, sur son ordinateur, et tapa l'adresse indiquée.

Le premier round éliminatoire aurait lieu le vendredi suivant, tous les participants devant réaliser le même plat, à partir des mêmes ingrédients et recette. Les dix retenus passeraient un deuxième round d'où sortiraient trois finalistes. Enfin, à la suite d'un troisième round, un gagnant serait désigné et recevrait les dix mille dollars et le droit de se prévaloir du titre de meilleur(e) chef(fe) du Northwest Montana.

Ce fut alors que ses yeux tombèrent sur le mot « Important », en gras, suivi du texte :

> Tous les participants doivent venir accompagnés d'un(e) e assistant(e) qui les secondera dans leurs préparatifs, leur donnera les ingrédients et ustensiles nécessaires durant le concours, et les aidera à bien gérer leur temps.

Un assistant ?

Elle s'élança vers la chambre d'Andrew. Zut ! Il n'était pas à la maison. Pas plus que Bobby ou Ryan, d'ailleurs. Elle leur envoya immédiatement un SMS pour leur expliquer la situation, et reçut rapidement des trois la même réponse : aucun n'était disponible ce week-end, tous pour de solides motifs. Andrew avait un cours spécial « Orientation » à l'école de police, et le mécanicien pour motos du coin avait demandé les services des deux autres. Elle savait que son père avait deux rendez-vous avec Charlotte ce week-end. Quant à Sarah, avec Sophia, ce serait compliqué à gérer. Elle contacta deux autres amies qui n'étaient hélas pas disponibles, elles non plus.

Évidemment, il y avait bien quelqu'un d'autre à qui elle pouvait demander. Il serait peut-être disponible et partant. Mais serait-elle capable de supporter tout un week-end la présence de celui qui lui avait brisé le cœur ? Il le piétinerait un peu plus chaque fois qu'elle le regarderait…

Allons, elle voulait s'inscrire à ce concours, oui ou non ?

Prenant une profonde aspiration, elle s'empara de son portable et appela Xander.

- 12 -

Lily retint sa respiration, le cœur battant. Xander allait-il décrocher ?

— Lily ? Tout va bien ? s'enquit-il aussitôt d'une voix inquiète.

Visiblement, il ne s'attendait pas à son appel.

— Oui. J'ai juste une faveur à te demander. Un grand service, en fait.

— Ma réponse est oui.

— Mais tu ne sais même pas de quoi il s'agit !

— Aucune importance, Lily. Je suis prêt à tout pour toi.

Ses yeux la piquèrent, et pas de joie cette fois. Elle comptait énormément pour lui, et pourtant, leur relation ne serait jamais celle qu'elle souhaitait.

Il était prêt à tout pour elle… sauf tomber amoureux ou lui mentir à ce sujet.

Assez ! Il s'agissait du concours, elle devait rester concentrée sur son objectif.

— Est-ce que cela inclut aussi d'être mon assistant pour le concours du meilleur chef du Northwest Montana qui a lieu ce week-end à Kalispell ? demanda-t-elle. Nous partirions vendredi en début d'après-midi et reviendrions samedi soir. Je sais que je m'y prends à la dernière minute et que tu dois déjà avoir planifié ton…

— Je mets combien de tabliers, dans ma valise ?

Enfin, je dois déjà vérifier s'il y en a, dans cette maison. Dois-je porter une toque de chef ?

Elle en aurait presque éclaté en sanglots, tant elle était touchée !

— Je me charge de tout, répondit-elle. Eh oui, en plus du tablier, tu porteras une toque !

— Tu peux compter sur moi.

— Merci, Xander. Tu ne peux pas savoir ce que ce concours représente pour moi.

Et elle lui raconta alors l'idée qui lui était venue grâce à M. Parster, et comment le prix, si elle le décrochait, l'aiderait à se lancer.

— J'ai toujours pensé qu'un jour tu dirigerais le monde, Lily. Je suis heureux de participer à l'aventure. Et comme je te l'ai dit, je suis prêt à tout pour toi.

Sauf tomber amoureux de moi…

Allons ! Elle avait un assistant pour le concours, qui plus est une personne fiable qui travaillait vite et bien. Et puis Xander avait assisté à l'un de ses cours, et les quelques leçons particulières qu'elle lui avait données l'avaient familiarisé avec le monde de la cuisine.

Durant les deux jours que durerait le concours, elle devrait donc se concentrer sur les trois recettes à réaliser au lieu de fantasmer sur l'homme qu'elle aimait.

Elle en était capable. Elle y arriverait !

— Tu es dispo, maintenant ? s'enquit-il. Je peux venir chez toi ? Comme ça, tu m'expliqueras de manière concrète ce que je suis censé faire. Je ne veux pas tout gâcher en ne coupant pas les légumes à la bonne dimension, par exemple.

Elle sourit.

— Pourquoi pas ? On fera un point, tu as raison. Je

ne sais pas ce que l'on nous demandera le jour J, mais on pourra préparer une recette, tu m'assisteras.

— Tout à fait ! J'arrive.

Et il raccrocha.

Elle garda son portable quelques instants sur son cœur.

Pourquoi avait-elle donc fait appel à l'homme dont elle était amoureuse ? Ce concours allait déjà la mettre sous pression, comment avait-elle pu se rajouter une dose de stress avec la présence de Xander ?

Elle s'en sortirait ! se répéta-t-elle plusieurs fois comme un mantra. Quand on le voulait, on le pouvait ! Évidemment, sa « non-histoire » avec Xander était l'exception qui confirmait la règle.

Mais ce week-end, ce leitmotiv se vérifierait : il y avait dix mille dollars à la clé, ce n'était pas rien !

Un week-end avec Lily ? Xander était partant.

L'aider à réussir quelque chose qui lui tenait à cœur ? Il signait des deux mains.

Elle aurait son assistant, et lui retrouverait son amie. C'était gagnant-gagnant.

À son arrivée chez elle, Dobby et Harry le saluèrent avec ferveur, tandis que Lily lui tenait la porte. Elle ne portait pas sa robe rose, aujourd'hui, et pourtant, ce n'était plus la Lily qu'il avait rencontrée le premier soir.

Elle avait un jean très sexy qui la moulait étroitement, un haut à col en V qui soulignait ses courbes, et ses sandales laissaient voir des orteils peints en vert pailleté. Sa superbe chevelure retombait parfaitement sur ses épaules.

Une très grande sensualité émanait d'elle. Une sensualité qui existait pourtant déjà, mais qui était comme rehaussée par il ne savait quelle magie.

Les chiens à ses basques, il entra en s'efforçant de ne pas trop la regarder.

— Je ne sais comment te remercier, Xander, d'avoir accepté, après la situation… délicate qui existait entre nous. Donc merci du fond du cœur.

Il hocha la tête.

— Je suis ravi de t'aider.

Et elle l'emmena… dans sa chambre. Oh… ! Il pensait qu'ils resteraient dans la cuisine, mais visiblement, elle voulait d'abord faire un point en s'aidant de son ordinateur. Il refréna vivement ses souvenirs en prenant place sur le bord du lit.

— Alors, quel sera mon rôle ? demanda-t-il.

Arrête de regarder ses jambes, ses cheveux… Et cesse de l'imaginer rouler avec toi dans ce lit !

Elle lui lut alors la description de son rôle sur le site, puis déclara :

— Donc tu vois, tu découpes les légumes, tu rassembles les ingrédients, tu me donnes une poêle, et tu peux dire, par exemple : « Lily, il te reste une demi-heure. » En revanche, tu ne dois rien cuisiner.

— Tant mieux, car je ne suis pas doué pour la cuisine.

— Faux ! Ton omelette a fait sensation auprès d'Andrew et Heidi, tu te souviens ?

— Bien essayé, mais ils ont mangé celle que *toi* tu avais préparée, et nous, la mienne. Tu te souviens ?

— En tout cas, tu avais bien remué le bacon et râpé le fromage, et c'est ce qui te sera demandé le jour du concours, répliqua-t-elle avec un grand sourire.

— Sauf que je ne sais pas distinguer une sauteuse d'un égouttoir.

— Nous allons y remédier. Direction la cuisine, à présent, et tu vas prendre des notes.

— Bien sûr, dit-il en brandissant fièrement le carnet qu'il avait apporté dans ce but. Je suis bien résolu à te faire gagner.

Elle se leva, il l'imita. Et, non ! Il n'allait pas la prendre dans ses bras et lui dire qu'il était désolé, mais qu'il ne savait pas ce qui lui arrivait.

Une fois dans la cuisine, elle s'agenouilla devant un placard d'où elle sortit toute une batterie de casseroles et de poêles, qu'elle posa sur le comptoir.

— Montre-moi ce qui, selon toi, est la sauteuse, demanda-t-elle. On y cuisine en général le poisson, la viande, et on peut aussi y faire une omelette.

— Ça, je crois, répondit-il en désignant ce qu'il pensait être le bon ustensile.

— Exact ! La casserole pour les spaghettis, le chili et la soupe ?

— Celle-ci est assez haute, donc je pense qu'elle convient pour les spaghettis, et quand mon père fait du chili, c'est toujours dans une énorme casserole.

— Encore exact ! Pour l'instant, c'est un A + !

Ils passèrent en revue le reste des casseroles et des poêles, puis les ustensiles, des spatules aux passoires, sans oublier les robots de cuisine.

— Attrape, dit-elle ensuite en lui lançant un poivron vert. Lave-le, découpe-le et émince-le.

Il le rattrapa après que le légume eut rebondi contre son torse.

— À toi ! répliqua-t-il en le lui renvoyant.

Elle le saisit d'une main.

— À toi, renchérit-elle en se retournant pour le lui lancer de dos.

— J'ai ! dit-il en riant. Qui aurait cru que faire la cuisine pouvait être aussi amusant ?

— Moi, répondit-elle en souriant.

— Tu vas gagner ce concours, je le sais.

Elle lui sourit, puis son regard se fit plus sérieux.

— Tu crois vraiment en moi ? demanda-t-elle.

— À 100 % ! Je n'oublierai jamais ton tournedos à la française.

Elle éclata de rire et il se rendit compte à quel point ce rire lui avait manqué. Il aurait aimé la rendre toujours heureuse.

— Et maintenant, les travaux pratiques ! déclara-t-elle.

Durant l'heure suivante, elle lui montra comment couper des légumes en dés, en julienne, les émincer ainsi que séparer les gousses d'une tête d'ail pour les peler.

Soudain, il l'entendit bâiller discrètement.

— Je crois qu'il est l'heure pour toi de te reposer afin d'être en pleine forme pour le concours, décréta-t-il. À quelle heure partons-nous demain ?

— Il faut que je sois sur place avant 16 heures.

— Je conduirai pour que tu puisses te reposer. Je passerai te chercher à 14 h 45, pour plus de sûreté. Il vaut mieux avoir une demi-heure d'avance que quelques minutes de retard.

Elle le prit soudain dans ses bras et l'embrassa sur la joue, et il résista à l'envie de la retenir contre lui pour une autre sorte de baiser…

— Merci de tout cœur, Xander. Tu es un véritable ami.

« Amis, potes, sympas, juste amis. » Les mots résonnaient en boucle dans sa tête…

Demain, ils partaient ensemble en week-end, et partageraient, du moins le supposait-il, la même chambre. Ou bien était-ce un fol espoir ? Saisi d'un doute, il demanda alors d'un ton innocent :

— Je devrais peut-être réserver une chambre pour moi ?

— C'est déjà fait ! J'ai pu heureusement réserver deux chambres simples, car le type à la réception m'a dit que c'étaient les dernières disponibles.

Son cœur, qui venait de s'envoler, retomba lourdement dans sa poitrine.

Quel était déjà cet adage, à propos du beurre et de l'argent du beurre ? Ah oui, on ne pouvait pas avoir les deux, se rappela-t-il, dépité.

Après un dîner en famille dont il ne resta pas une miette, Lily monta dans sa chambre pour relire une dernière fois les instructions sur le site du concours, puis, après être restée une bonne demi-heure sur son lit à regarder le plafond, elle se décida à faire sa valise. Elle devait prendre des vêtements à la fois pour le concours, et pour un week-end avec l'homme dont elle était follement amoureuse.

Pour le concours, elle prit son nouveau jean, deux T-shirt débardeurs et des cardigans légers, ainsi que ses sabots porte-bonheur dans lesquels elle avait la sensation d'être bien ancrée dans le sol.

Pour le week-end avec Xander, elle emporta ses dessous sexy – après tout, s'il ne les voyait pas, le fait de les porter lui donnerait de l'assurance – et une petite robe noire sans manches avec des sandales à brides. On ne savait jamais la tournure que pouvaient prendre les événements.

Après quoi, elle envoya un texto à Sarah.

Me suis inscrite pour un concours culinaire à Kalispell ce week-end. Et devine qui sera mon assistant ?

Oh non ! Ce n'est pas possible…

Il vient en tant qu'ami. Mais j'ai bon espoir pour le concours.

Moi aussi ! Et bonne chance sur les deux fronts !

Juste après qu'elle lui eut renvoyé un émoji qui souriait, on frappa à sa porte.

— Oui ?

Andrew passa la tête dans l'entrebâillement de la porte.

— Tu as une minute ? s'enquit-il.

— Bien sûr.

— Je voulais juste te remercier, Lil. C'est grâce à toi, tout ça.

— Tout ça quoi ?

— Mon bonheur avec Heidi. Papa qui sort avec une femme alors que ça ne lui est pas arrivé depuis une éternité. Je crois qu'il est amoureux.

Elle sourit.

— Il a l'air très heureux en effet, dit-elle. J'ai rencontré Charlotte, et elle est vraiment sympathique. Mais je ne suis pour rien dans ta relation ni la sienne.

— Si ! Tu donnes toujours une sacrée dynamique à la famille. Quand je t'ai vue t'inscrire à des cours de gestion en vue de booster ta carrière de cuisinière, cela m'a stimulé pour l'école de police. Et puis tu t'es liée d'amitié avec un Crawford, grâce à qui j'ai rencontré

Heidi. Ensuite, tu as décidé d'assister au bal d'été, et convaincu papa d'y aller aussi. Tu as introduit des changements positifs dans ta vie qui se répercutent sur la nôtre.

— Arrête, Andrew, tu vas me faire pleurer.

Il lui sourit, puis ajouta :

— Et tu sais quoi ? Je mettrais ma main à couper que Ryan et Bobby seront fiancés à Noël.

Tiens, avaient-ils eux aussi trouvé l'âme sœur à Sunshine Farm ? Ce bal aurait-il été magique pour tous les Hunt ? Même si la magie n'avait pas duré pour elle…

Se ressaisissant, elle sourit à son frère.

— Et toi ? C'est pour quand, ton mariage avec Heidi ?

— Tu ne crois pas si bien dire ! J'ai déjà regardé des bagues, figure-toi. D'ailleurs, tu accepterais de m'aider à en choisir une ? Je compte la demander en mariage pour son anniversaire, en octobre.

— Oh ! Andrew, je suis si heureuse pour toi ! Bien sûr que je t'aiderai à choisir la bague.

Et sur ces mots, elle l'enlaça.

Maintenant, il ne lui restait plus qu'à mettre de l'ordre dans sa vie amoureuse, au lieu de se lamenter.

Et elle avait tout un week-end pour agir.

- 13 -

En découvrant l'hôtel huppé avec toit végétalisé dans lequel avait lieu le concours, Lily pensa qu'il était très beau, mais pas aussi haut de gamme que le Maverick Manor. Le parquet était recouvert de superbes tapis, des fauteuils club en cuir étaient regroupés en différents endroits autour de tables basses et des fleurs en pots disséminées un peu partout. Dans un angle, deux femmes assises à une table installée pour le concours accueillaient les participants dont elles vérifiaient l'inscription. Il y avait au moins trente personnes qui attendaient, sur deux rangées ! Sans doute les chefs et leurs assistants.

— Oh ! j'espère qu'on sera passés à 16 heures ! s'exclama-t-elle, un rien affolée.

Un homme devant elle se retourna et répondit :

— Oui, ne vous inquiétez pas, j'ai déjà demandé.

— Ah, merci !

Xander l'enlaça par l'épaule, et elle fut aussitôt réconfortée.

Ils n'avaient pas cessé de discuter durant le trajet, comme si chacun redoutait le silence. Peut-être avait-il peur qu'elle en profite pour reparler de ce qui s'était passé après leur nuit d'amour ? Mais qu'il se rassure, elle ne comptait pas aborder le sujet directement. La façon dont se déroulerait le week-end parlerait d'elle-même.

La file d'attente avança plus rapidement qu'elle ne le prévoyait et, bientôt, une des femmes à la table lui tendit un formulaire à remplir et à apporter dans la salle de bal, au bout du hall. Ouf ! Elle serait en piste à l'heure convenue.

Elle sursauta quand on lui tapa sur l'épaule.

— Lil ! dit une voix masculine qu'elle crut reconnaître.

Elle se retourna. Hélas, c'était bien ce qu'elle craignait ! La plaie de son existence quand elle avait travaillé un an au Gold Rush Diner avant d'oser postuler au Maverick Manor. Kyle Kendrick, en personne, concourait lui aussi. Relativement petit, il était toujours aussi mince, avec son faux sourire d'ange qui masquait une personnalité redoutable et un caractère bagarreur.

Il travaillait toujours au Gold Rush Diner, surtout parce qu'il était rapide, car ses relations avec ses collègues étaient toujours orageuses. Et comme sa réputation l'avait précédée, la réponse de Gwen avait été un « non » catégorique, lorsqu'à sa suite il avait postulé au Maverick Manor.

— J'ai l'intention de remporter le prix, assura-t-il.

À côté de lui, une jolie blonde, sans doute son assistante, pianotait sur son portable.

— Grâce à cet argent, je vais ouvrir un bar-grillades avec un burger signature, poursuivit-il, comme s'il avait déjà remporté le prix. Les clients me disent toujours qu'ils préfèrent largement ceux du Gold Rush aux vôtres. Et qu'en plus ils sont bien moins chers.

Toujours égal à lui-même, donc !

— Bonne chance, lui dit-elle. On se retrouve à l'intérieur.

Et, prenant Xander par le bras, elle se dirigea vers

la salle de bal où avait lieu le concours. Pourvu qu'elle ne soit pas à côté de Kyle !

— Je connais la réputation de cet homme, lui dit Xander. Il suffit d'aller au Gold Rush pour voir qu'il met tous les serveurs et serveuses à cran. Et son burger n'a rien à voir avec le tien.

— Merci, répondit-elle avec un grand sourire. Tu sais que… tu me plais, toi ?

« Tu sais que je t'aime », avait-elle failli dire… Par chance, elle s'était retenue à temps.

La salle de bal avait été transformée en une cuisine géante où dix participants s'activaient autour de tables disposées en rangées devant une assistance d'une foule de personnes ayant pris place sur des chaises – les autres candidats qui attendaient leur tour ou étaient déjà passés. Le premier round d'élimination avait donc commencé, et une odeur de fromage grillé emplissait la salle.

Un homme avec écouteurs et écritoire à pince – qui s'appelait Hal, d'après son badge – lui tendit un numéro.

— Vous êtes le numéro 246, lui dit-il. Vous pouvez vous asseoir en attendant que votre groupe soit appelé.

— 246 ? répéta-t-elle. Il y a autant de candidats ?

— Ne m'en parlez pas ! Je plains l'estomac de notre jury ! Mais l'heure des inscriptions est close maintenant. Bonne chance !

Et il leur désigna les chaises.

— Je n'ai soudain plus autant confiance en moi, marmonna-t-elle une fois que Xander et elle se furent assis. Il y a au moins trois cents participants qui ont bien l'intention de l'emporter.

— Oui, mais toi seule es capable de gagner, précisa-t-il en l'enlaçant à nouveau par l'épaule pour la réconforter.

Elle sourit et secoua la tête.

— Je suis heureuse que tu m'aies accompagnée.

Dernièrement, elle se sentait capable de tout réussir, mais avec Xander à ses côtés, elle *savait* qu'elle réussirait tout ce qu'elle entreprendrait.

— Les candidats ayant les numéros allant de 240 à 250 sont invités à prendre place autour de la première table ! Sans leurs assistants, déclara Hal, peu de temps après leur arrivée.

— C'est à moi ! s'exclama-t-elle en se levant d'un bond, le cœur battant. Je suis donc livrée à moi-même…

— C'est toi qui as la situation en main, lui assura Xander.

Là-dessus, il déposa un baiser sur le dos de sa main, et ajouta :

— Pour te porter chance !

Le geste la surprit, même si elle aurait préféré un baiser sur la bouche. Cela aurait sans doute été plus efficace ! Mais pour l'instant, elle se contenterait de ce chaste baisemain.

Elle rejoignait les neuf autres, et… Oh non ! Kyle était juste en face d'elle.

— J'espère que tu ne feras pas brûler ton fromage, Lil ! lança-t-il.

— Idem pour le tien ! répliqua-t-elle en levant les yeux au ciel.

À présent, les dix candidats étaient invités à regagner le poste de travail équipé d'une plaque chauffante qui correspondait à leur numéro. Là encore, elle se retrouvait tout près de Kyle.

— Bienvenue au round éliminatoire, reprit Hal. Je m'appelle Hal et je suis votre maître de cérémonie. Le but de cette première épreuve est de réussir le meilleur croque au fromage, plat américain de base. Un assistant va vous distribuer à présent les ingrédients nécessaires à sa confection : pain de mie, beurre et tranches de fromage.

Elle se tourna vers Xander. Il s'était déplacé au premier rang, juste devant elle. Elle lui sourit et il leva le pouce pour l'encourager.

— Et maintenant, vous avez quinze minutes pour réaliser le croque au fromage parfait, qui sera goûté par nos trois juges, dit Hal. À vos marques, prêts, partez !

Entièrement concentrée sur sa préparation, elle entendit tout à coup Hal annoncer, au moment où elle glissait son croque dans l'assiette prévue à cet effet :

— Plus qu'une minute !

Elle la mit à profit pour couper le sandwich en deux, espérant que le fromage coulerait suffisamment au centre… Parfait ! Du moins en avait-il l'air…

Elle jeta coup d'œil à Xander qui approuva d'un hochement de tête et d'un sourire.

« Le tien est le meilleur », lut-elle sur ses lèvres.

Elle lui sourit à son tour.

Les membres du jury se mirent à circuler entre les tables, une femme blonde goûta une bouchée de son croque, puis une deuxième, et griffonna d'un air impénétrable quelques notes sur son carnet. Le groupe de participants fut ensuite invité à laisser la place au suivant.

Se laissant tomber sur la chaise à côté de Xander, elle murmura :

— Je me demande comment j'y suis arrivée. Le croque au fromage n'est pas vraiment ma spécialité.

— Tu ne devais sans doute pas être la seule ! Ils

veulent vérifier si le meilleur des chefs est capable de servir un délicieux croque au fromage avec très peu d'ingrédients.

Soudain, une odeur de fromage brûlé emplit la salle, et le système de ventilation se déclencha aussitôt pour évacuer l'odeur. Le malheureux candidat, dépité, quitta son poste sur-le-champ, direction la sortie.

— Un de moins, chuchota Xander. Et qui sait combien d'autres sont déjà partis avant que l'on arrive…

Une demi-heure plus tard, Hal annonça que le jury allait bientôt rendre son avis.

— Déjà ? s'étonna-t-elle.

Prenant la main de Xander dans la sienne, elle la serra bien fort. Il l'embrassa sur la joue et, dans la foulée, elle posa la tête contre son épaule.

— Merci à tous, reprit Hal. Nous savons que vous êtes tous de grands chefs, mais il s'agit d'un concours, et nous n'en retenons que dix, comme annoncé. Donc voici les noms des gagnants dans un ordre aléatoire.

Elle serra plus fort encore la main de Xander.

Hal avait déjà nommé huit gagnants, cinq femmes et trois hommes, dont l'affreux Kyle Kendrick.

Pitié, pitié, pitié ! Elle ne pouvait pas être éliminée pour un croque au fromage.

— La neuvième candidate sélectionnée est Lily Hunt !

Xander l'attira immédiatement contre lui pour l'enlacer.

— Bravo, bravo ! répéta-t-il contre son front avant d'y déposer un baiser. Première manche gagnée !

Elle n'entendit même pas le dixième nom tant elle était sur un petit nuage. Elle allait participer au second round… et elle était dans les bras de Xander !

— Désolée, mais je ne vois qu'une réservation, déclara

la réceptionniste. Juste au nom de Lily Hunt. Il n'y a hélas pas de réservation pour Xander Crawford et nous sommes complets à cause du concours. Cependant, il y a un autre hôtel à trois kilomètres. À ces mots, Xander échangea un regard avec Lily.

— Allons, vous avez bien une toute petite chambre de libre pour l'assistant de celle qui décrochera le titre de meilleure cheffe demain, dit-il, conscient de jouer de son charme.

Mais la réceptionniste demeura inflexible.

— Désolée, je ne vois qu'une réservation pour vous deux.

— Mais j'ai pourtant réservé deux chambres, fit remarquer Lily. Adjacentes.

— Désolée, je ne peux rien faire.

— Dans ce cas, dit Xander, je vais aller voir s'il reste des chambres dans l'autre hôtel.

Lily secoua la tête.

— Non, je préfère que tu restes dans cet hôtel. Tu imagines si pour une raison ou une autre tu n'étais pas à l'heure demain ?

— Tu es certaine ? demanda-t-il en prenant un air innocent alors que c'était précisément la réponse qu'il attendait.

Il rêvait de partager la même chambre que Lily, ce soir !

— Tout à fait ! répondit-elle avant de se tourner vers la réceptionniste. Dites-moi, il s'agit bien d'un lit double et non à une place ?

— Je vous le confirme, c'est bien un double.

— Dans ce cas, il y a de la place pour nous deux, répondit Lily.

Xander insista pour régler la chambre, puis ils se dirigèrent vers l'ascenseur.

Lily resta silencieuse pendant la montée.

— Tu es certaine que cela ne te dérange pas de partager cette chambre ? demanda-t-il, une fois devant la porte 521. L'autre hôtel est juste à trois kilomètres, ce n'est vraiment pas loin.

En réalité, cela représentait l'infini, concernant Lily. Il n'imaginait même pas comment il allait se passer d'elle, une fois qu'ils seraient de retour à la maison…

— Ça ira, répondit-elle. Nous sommes… Bref, peu importe ce que nous sommes. Je dors sur le côté et tu n'aurais qu'à m'imiter, ainsi on se tournera le dos.

— Parole de scout ! répondit-il en levant les trois doigts d'usage.

Sauf si aucun des deux n'était capable de rester à bonne distance l'un de l'autre, songea-t-il.

La chambre n'était pas très grande, nota-t-il en entrant. Il alla aussitôt ouvrir les rideaux et découvrit un magnifique panorama sur les montagnes, majestueuses malgré la distance. Il aurait pu les admirer toute la journée…

— Bon, tu veux que l'on dîne où, ce soir ? demanda Lily. Il y a un restaurant à l'hôtel, mais on peut aussi explorer ceux de Kalispell.

— Je vote pour la deuxième option.

— Je me change et j'arrive.

— Entendu.

Il portait une chemise blanche et un jean noir, tenue tout à fait correcte, estima-t-il en se regardant dans le miroir. Il passa la main dans ses cheveux pour y mettre un peu d'ordre, lissa sa chemise et revint contempler les cimes du Glacier National Park.

— Je suis prête !

Il sursauta, perdu dans ses pensées, et se retourna… pour rester bouche bée devant l'apparition !

Waouh ! Lily portait une robe noire courte et sans manches, avec un col en V. Un délicat collier en or dansait dans son décolleté… qui avait tout de suite attiré son regard. L'adjectif « sexy » était un euphémisme pour la décrire ! Sa chevelure retombait en parfaites ondulations sur ses épaules, et son rouge à lèvres légèrement brillant semblait lui faire de grands signes…

Il se rendit subitement compte qu'il était en arrêt devant elle.

— Tu ne cesseras jamais de me surprendre, murmura-t-il. Il y a tant de facettes en toi ! Et je les aime toutes.

— C'est vrai ?

Il hocha la tête. Comment aurait-il pu le nier ? Même s'il aurait été sans doute préférable qu'il choisisse un autre mot que le verbe « aimer ».

— Tu es magnifique, Lily Hunt.

Elle lui sourit et ses yeux brillèrent de plaisir.

— Tu es un gentleman, Xander Crawford. C'est ce que j'aime chez toi.

— Je ne dis que ce que je pense.

Lui prenant la main, elle l'entraîna vers la porte, comme poussée par le besoin d'échapper à la conversation, ce dont il lui savait gré, lui-même nageant dans la plus grande confusion. Ce qui l'irritait au plus haut point. Il était clair que ses paroles et ses actes le trahissaient, et pourtant son cerveau gardait le même cap : il devrait refréner les sentiments que Lily suscitait en lui.

Ils reprirent la voiture pour se rendre au centre de Kalispell qui, eu égard à ses vingt mille habitants, contrastait fortement avec Rust Creek Falls et ses quatre cents résidents ! Les rues étaient bondées, la ville attirant également de nombreux touristes, avec ses charmantes boutiques et restaurants affichant une cuisine du monde entier.

Une fois qu'ils furent garés, il demanda :

— De quoi as-tu envie ? Thaï, japonais, italien ?

— Et pourquoi pas un restaurant classique ?

— Pas de problème. Mon frère m'a parlé d'un excellent établissement, le Montana Hots. Attends…

Il chercha sur son téléphone.

— C'est à cinq cents mètres d'ici.

Elle lui sourit et passa son bras sous le sien.

— Quelle belle soirée ! s'exclama-t-elle. Et puis c'est excitant de se retrouver dans une grande ville, même si j'adore notre petit bourg.

— Entièrement d'accord !

Ils optèrent pour une place en terrasse, laquelle était verdoyante et donnait sur les montagnes. Un vrai rêve !

Elle commanda le chili *Grandma Cheyenne* qui semblait avoir longuement mijoté.Il prit des travers de porc bien caramélisés comme il les aimait, accompagnés de pommes de terre sautées et de coleslaw, le tout dans des proportions gargantuesques.

— J'ai toujours rêvé d'avoir un jour un restaurant comme celui-ci, mais depuis que M. Parster m'a parlé de devenir cheffe privée, l'idée a vraiment pris racine en moi, avoua Lily. Ce serait une super expérience avant d'ouvrir un restaurant, tu ne crois pas ?

— Tu peux déjà compter sept Crawford toujours affamés, parmi tes clients réguliers ! Donc, si j'ai envie d'un steak frites, il suffit que je t'appelle et tu me livres ?

— C'est le principe. Mais je proposerai aussi des menus pour ceux qui veulent découvrir de nouvelles recettes. Il y en aura pour tous les goûts et ma société s'appellera Lily's Home Cookin'.

— Ça sonne bien… Il est probable que j'appelle tous les jours cet établissement.

Soudain il se vit à table dans une maison, la leur, en train d'engloutir le plat du jour confectionné par la meilleure cheffe du Northwest Montana… Et, pour une fois, le principe de réalité ne vint pas altérer ses rêveries qui lui semblèrent alors presque dans le domaine du possible…

Elle lui proposa de goûter son chili, il hocha la tête, et elle porta à sa bouche une cuillerée absolument délicieuse. Ce qui serait délicieux aussi, ce serait goûter ses lèvres… Il enchaîna bien vite sur le chili que faisait son grand-père quand il était enfant, avant de manquer s'étrangler en entendant ce que Lily était en train de lui dire.

— Je pense que dans six mois, quand mon affaire sera lancée et commencera à porter ses fruits, je m'occuperai de ma vie personnelle.

— Ta vie personnelle ? C'est-à-dire ?

— Ma vie amoureuse, Xander ! Je suis peut-être jeune, mais j'ai envie de trouver l'homme de ma vie et de fonder une famille. Je recourrai peut-être aux services de Vivienne Dalton, qui sait ?

Sur ces mots, elle lui sourit avant de mettre une énorme cuillerée de chili dans son adorable bouche.

Bon sang ! Comment pouvait-elle manger et lui tenir de tels propos ? Lui parler de ses intentions de trouver un mari. Un autre homme. Qui ne serait donc pas lui.

Qu'elle ne compte pas sur lui pour encourager de tels plans ! Et puis quoi encore ?

Par chance, elle changea de sujet et parla du pain au maïs servi avec son chili, bien meilleur que celui que son père s'entêtait à préparer tous les dimanches matin, selon la recette de sa mère.

— J'adore mon père, mais il oublie toujours un ingrédient, précisa-t-elle.

— Bah, le pain au maïs, c'est comme les frites ou les pizzas ! Même mauvais, c'est bon.

Alors elle éclata de rire et les notes cristallines de son rire le ravirent au-delà du raisonnable... L'idée qu'un autre homme que lui l'entende tous les jours, pour le reste de sa vie, lui fit l'effet d'un violent coup de poing en plein ventre.

Ils décidèrent pour le dessert d'acheter une glace dans un des stands des alentours afin de pouvoir se promener dans la ville pour mieux la découvrir.

Comme le concours reprenait à 8 heures le lendemain, ils rentrèrent tôt à l'hôtel.

Dans l'ascenseur, Lily demeura silencieuse. À quoi pensait-elle ? À la suite du concours ou à la nuit qui se profilait, dans le même lit que lui ?

Sans doute les deux...

Dès qu'ils furent entrés, elle déclara vivement qu'elle allait dans la salle de bains mettre son pyjama.

Il déglutit avec difficulté. Son pyjama était-il aussi sexy que sa petite robe noire ?

Il fut fixé quelques minutes plus tard quand elle sortit de la salle de bains. Dans son ensemble short et T-shirt en coton à rayures bleues et blanches, avec son chignon savamment négligé qui dégageait bien sa nuque gracile, elle était à craquer ! Quant à ses taches de rousseur à la naissance de son cou…

— À toi, dit-elle en se glissant sous la couette, si près du rebord qu'elle aurait pu tomber entre le lit et le mur.

Quand il revint dans la chambre vêtu d'un short de basket et d'un T-shirt, il vit qu'elle avait remonté le drap jusqu'au cou. Il se glissa dessous à son tour, en s'efforçant de se faire le plus petit possible, ce qui n'avait rien d'évident. Se retrouver allongé près de Lily sans pouvoir la toucher lui promettait une longue nuit sans sommeil.

— Bonne nuit, murmura-t-elle.

Il se tourna vers elle.

— Bonne nuit. Et bonne chance pour demain.

Elle lui sourit, et l'éclat de lune qui filtrait par le rideau illumina son beau visage.

— C'est toi mon porte-chance, dit-elle.

— J'en suis ravi.

Sur ces mots, elle ferma les yeux et lui tourna le dos.

Alors il fut bien obligé de l'imiter, conscient qu'une nuit blanche l'attendait.

- 14 -

Lily était tellement épuisée et stressée à cause du concours et du fait de devoir partager sa chambre avec Xander, qu'elle s'endormit rapidement, la tête à peine posée sur l'oreiller.

Quand l'alarme de son téléphone sonna et qu'elle ouvrit les yeux, son regard tomba sur Xander, en train de faire des abdos au sol, torse nu.

— Bonjour, belle endormie. Tu vas faire un malheur, ce matin.

— Un malheur culinaire ? demanda-elle en ouvrant de grands yeux affolés.

Il lui sourit.

— Lily, c'est une expression.

— Désolée, je suis si nerveuse, marmonna-t-elle. Je dois gagner. Il le faut.

— Mais tu vas l'emporter. Il suffit que tu y croies.

— Si tu le dis… Le dernier dans la salle de bains a perdu ! s'exclama-t-elle en se levant d'un bond.

— Tu m'invites à prendre une douche avec toi ? s'enquit-il en se redressant, déployant tous ses muscles sous ses yeux.

— Absolument pas !

Et pourtant, elle aurait adoré… Mais pas question que leur non-histoire d'amour vienne la perturber dans l'atteinte de son objectif : gagner le concours.

Il fit la grimace.

— Dans ce cas, vas-y la première.

L'eau chaude qu'elle laissa longuement couler sur son corps lui fit un bien fou, détendit ses muscles un peu crispés, résultats de ses efforts inconscients pour ne pas toucher M. Beau Gosse, cette nuit.

Elle mit son nouveau jean skinny, un T-shirt rouge avec des petits nuages blancs et ses fameux sabots. Elle respira et expira régulièrement en se séchant les cheveux, puis sortit de la salle de bains pour trouver Xander en train de faire des pompes, cette fois. Ce qu'il était sexy, tout en sueur…

Surprenant son regard, il se redressa et fonça à son tour dans la salle de bains avec ses vêtements. Il en ressortit un quart d'heure plus tard, beau comme un dieu.

Ils se rendirent ensuite dans le salon où l'on servait le petit déjeuner.Elle se contenta d'un café avec un muffin, en dépit de l'abondance du buffet, incapable d'avaler autre chose.

Quand Xander et elle pénétrèrent dans la salle réservée au concours cinq minutes avant l'heure, les participants étaient au complet.

— Vous allez tous vous ramasser, dit Kyle Kendrick, en rejetant sa mèche blonde en arrière.

— Ferme-la, blondinet ! répliqua une femme.

Quelques instants après, Hal leur distribua de nouveau des numéros et les invita à regagner leur poste de travail correspondant. Elle avait le numéro 5, un de ses chiffres préférés.

— Ce matin, vous allez préparer l'omelette parfaite, telle qu'on la mange dans l'Ouest, leur expliqua Hal. Sept d'entre vous seront éliminés. Tous les ingrédients et ustensiles nécessaires sont à votre poste de travail et vous disposez de vingt minutes. Et je réponds tout de suite à la question qui vous brûle la langue : vous pouvez la personnaliser, mais à vos risques et périls. Cela peut donner le meilleur comme le pire. Les assistants, vous êtes autorisés à inspecter ce qu'il y a dans le placard pendant que les candidats lisent la recette. À vos marques, prêts, partez !

La recette était basique, remarqua Lily en la lisant. Elle devait impérativement l'améliorer, d'autant que c'était quand elle prenait des risques qu'elle était la meilleure.

Au petit déjeuner, elle avait entendu des participants parler des membres du jury. Deux étaient mariés et venaient de La Nouvelle-Orléans. Leur mariage s'était déroulé lors d'une croisière sur le Mississippi, il était donc probable qu'ils associent leur ville natale à de bons souvenirs. Elle allait donc exercer sa magie en épiçant légèrement son omelette de l'Ouest d'un soupçon du Sud.

— Et maintenant, vous avez vingt minutes pour cuisiner, déclara Hal. Trois, deux, un, c'est parti !

— De quoi as-tu besoin ? s'enquit aussitôt Xander.

— Une poêle à frire de taille moyenne et une spatule. Je m'occupe des ingrédients.

Leur duo fonctionna à merveille, Xander ayant bien retenu les leçons qu'elle lui avait données. Il était devenu un pro du tranchage fin, talent très utile pour les oignons à émincer, sans compter le jambon et divers légumes.

Alors que toute la cuisine s'emplissait d'odeurs délicieuses, une participante se mit tout à coup à hurler sur son assistante qui venait de laisser tomber les œufs par terre.

— Hal, puis-je avoir d'autres œufs ? C'est à cause de mon idiote de sœur ! Ils lui ont échappé des mains !

— Désolé, mais vous êtes disqualifiée, répondit Hal.

— Oh non, c'est injuste ! s'écria la femme en sortant, talonnée par sa sœur qui n'en menait pas large.

— Je ne voudrais pas assister à leur prochain Thanksgiving, murmura Xander.

— Moi non plus !

— Super ! Nous ne sommes plus que neuf ! s'exclama Kyle.

Quel malotru ! pensa-t-elle avant de se résigner à ne pas mettre de fromage dans l'omelette, puisque telle était la tradition de l'Ouest.

— Dix minutes, Lily, dit soudain Xander.

Elle hocha la tête et leva le pouce pour le remercier.

— Quatre minutes, Lily.

— Oh zut ! Mon omelette colle à la poêle ! s'exclama un candidat derrière elle.

— Je vais gagner, fit remarquer Kyle. Je suis le roi de l'omelette.

Elle fit une grimace, ce qui fit rire Xander.

— Ça te faire rire ? demanda Kyle.

— Il ferait mieux de surveiller son omelette, marmonna Xander.

Alors elle éclata de rire et ils se tapèrent dans la main.

— Deux minutes, Lily.

Heureusement qu'il était là, il lui permettait de canaliser son stress ! Elle ajouta une goutte de sauce Tabasco et une pincée de poivre de Cayenne pour le goût de La Nouvelle-Orléans. L'omelette avait l'air divine, pensa-t-elle sans la moindre modestie.

Elle la retourna une dernière fois et Hal sonna la fin de la partie.

— Et maintenant, les trois membres du jury vont passer parmi vous pour goûter les omelettes, annonça-t-il.

Xander prépara trois bouchées à leur attention, et Lily fut quasiment certaine que l'un des jurés du Sud avait rapidement fermé les yeux et poussé un très léger soupir d'aise.

— Oh ! Combien de sel avez-vous mis dans votre omelette ? s'écria une des jurés en goûtant celle de la concurrente derrière elle.

— Et deux de moins, commenta Kyle.

— Quel type affreux ! murmura Xander.

Après s'être entretenu avec les trois juges, Hal s'avança vers les candidats.

— Et les trois candidats qui seront présents au dernier round sont…

Lily retint son souffle.

Xander tenta de se rappeler la dernière fois qu'il avait prié… C'était quand il avait quatre ou cinq ans et qu'il attendait derrière la fenêtre le retour de sa mère. Qui n'était jamais revenue. Mais en l'occurrence, il se surprit à prier, à supplier l'univers entier pour que Hal prononce le nom de Lily.

— Kyle Kendrick, annonça Hal.

Oh non ! pensa-t-il, franchement déçu, tandis que Kyle brandissait un poing de triomphe.

— Je vous l'avais bien dit ! s'exclama ce dernier. Où vont les gagnants ?

— Restez où vous êtes pour l'instant. Deuxième retenue, Kerry Atalini.

Xander saisit la main de Lily, et vit qu'elle fermait les yeux.

— Enfin la troisième et dernière de nos candidats pour le dernier round, Lily Hunt.

Elle poussa un petit cri et il la fit tournoyer dans ses bras avant de lui donner un vigoureux baiser sur la bouche.

— Tu y es arrivée, Lily ! Et cet après-midi, tu battras les deux autres !

Il était si fier d'elle. Si fier pour elle.

— On se retrouve à midi, ici même pour le dernier round et l'attribution finale du titre, déclara Hal.

— Désolé, Lily, mais c'est moi qui vais gagner, déclara Kyle en passant devant elle.

Xander se retint à grand-peine de lui dire ce qu'il pensait de lui.

Une fois de retour à l'hôtel, il demanda à Lily si elle avait une petite idée de ce qu'on leur demanderait, tout à l'heure.

— Pas la moindre, répondit-elle. Mais je me sens prête à tout cuisiner. Tu es vraiment un assistant génial, Xander.

— C'est toi qui m'as tout appris.

Elle soutint son regard et lui adressa un sourire qu'il aurait presque qualifié de langoureux. Où était-ce son imagination qui lui jouait des tours ?

À peine entrée dans la chambre, elle lui annonça qu'elle prenait une autre douche car elle sentait l'oignon, et quand il entendit l'eau couler, il se mit à fantasmer sur son magnifique corps… Il aurait tant aimé prendre cette douche avec elle, la savonner puis lui faire l'amour dans la mousse…

Soudain, le bruit de l'eau cessa et, en un rien de temps, elle fut dans la chambre, les cheveux humides et une serviette blanche enroulée autour du corps.

Plongeant les yeux dans les siens, elle se dirigea droit vers lui et s'assit à califourchon sur ses genoux.

Waouh !

Jamais il n'avait connu une femme aussi surprenante !

— L'un de nous est trop habillé, murmura-t-elle.

— Exact ! Et c'est toi, répondit-il en déroulant lentement sa serviette.

Elle défit alors son ceinturon. Puis, en quelques secondes, ses vêtements volèrent à travers la chambre et ils roulèrent sur le lit.

Il se félicita alors d'avoir emporté des préservatifs ! Leurs corps se lancèrent dans une mêlée enfiévrée, ils s'embrassèrent éperdument et s'étreignirent avec une passion insensée. Encore une fois, Lily faisait chavirer son monde…

— Je t'aime, murmura-t-elle au moment où l'orgasme la saisit.

À ces mots, il se figea. L'espace d'une seconde.

Mais Lily l'avait senti car, un peu après, quand elle s'écarta de lui.

— C'est sorti malgré moi, dit-elle. Je ne voulais pas dire…

— Lily, je…

— Ah non, tu ne vas pas me ressortir ton éternel credo.

Elle avait l'air si déçue qu'il voulut lui dire que lui aussi il l'aimait, mais les mots ne parvenaient pas à sortir. L'aimait-il ? Tout montrait que oui, cependant, alors pourquoi ne pouvait-il le lui dire ? Et pourquoi était-il incapable de se l'avouer à lui-même ?

Il l'entendit soupirer.

— Bon, je ferais mieux de me concentrer sur le prochain round, dit-elle. Je vais m'habiller et partir en quête d'un café bien fort. Je ne sais pas ce qui m'a pris de te sauter dessus. Oublions ! J'ai juste un trop-plein d'adrénaline à cause de ce concours. Cela n'est jamais arrivé, OK ?

Il la connaissait assez pour savoir que son sourire forcé était une façon de cacher son désespoir.

— Lily, je…

Mais prenant ses vêtements, elle alla s'enfermer dans la salle de bains. Quand elle en ressortit, il s'était lui aussi rhabillé… et incapable de prononcer le moindre mot.

— On se retrouve en cuisine à 11 h 55, dit-elle.

Puis, saisissant son sac, elle se rua hors de la chambre.

Il ne savait peut-être pas s'il l'aimait, mais il avait une certitude : il se détestait, à cet instant précis !

Assise dans un club du lobby, Lily sirotait un excellent cappuccino, le deuxième, s'efforçant d'oublier l'humiliation qu'elle venait de subir.

« Je… ne t'aime pas. Désolé. »

Évidemment, il n'avait pas dit cela, mais le « Lily, je… » suivi de rien en était l'équivalent.

Elle le savait déjà. Alors pourquoi lui avait-elle sauté dessus ? Pourquoi avait-elle mis ses sentiments à nu ?

Parce que, elle, elle l'aimait. Et qu'elle ne se cachait plus, car désormais elle était elle-même, en l'occurrence une femme passionnée qui aimait très fort un homme et qui exprimait ses sentiments.

Sentant les larmes lui monter aux yeux, elle prit une profonde inspiration pour les refouler.

La veille, au restaurant, quand elle lui avait exposé ses projets de vie, expliqué qu'elle rechercherait l'âme sœur une fois installée professionnellement, elle avait espéré qu'il comprendrait qu'elle ne serait pas disponible indéfiniment, qu'un autre homme pouvait surgir dans sa vie.

Mais il n'avait pas réagi, et elle avait changé de sujet.

Et puis tout à l'heure, parce qu'elle était au dernier round, elle s'était senti l'âme de Wonder Woman, nageant dans une brume de bonheur et de fierté. Et en sortant de la douche, obsédée par le désir qu'elle éprouvait pour lui, elle y avait cédé. Jusqu'à lui dire qu'elle l'aimait…

Et zut !

— Salut, Lily ! dit soudain une voix féminine.

C'était Kerry, l'autre candidate encore en lice, en plus de Kyle. Approchant la trentaine, elle avait les cheveux noirs coupés très court et un tatouage de cupcake rose sur l'épaule.

— C'est fou que sur presque trois cents candidats, nous soyons parmi les trois à rester, dit-elle. Je n'arrive pas à y croire.

— Moi non plus, répondit Lily. Je l'espérais, bien sûr, mais je n'imaginais pas être au dernier round.

— Idem. En revanche, je crois que le troisième concurrent a bien l'intention de gagner depuis le début.

Lily leva les yeux au ciel.

— Je le connais, on a travaillé un temps dans le même restaurant, dit-elle.

— C'est un bon cuisinier mais un type vraiment pas sympa.

— J'espère que ce sera toi ou moi qui l'emportera. Les femmes doivent s'unir. Que comptes-tu faire avec le prix ?

Elle lui parla alors de Lily's Home Cookin', et de son espoir de créer son entreprise sans recourir à un prêt.

— Super idée, j'adore ! s'exclama Kerry.

— Et toi, quel est ton projet ?

— Je compte ouvrir un café où les mères pourront venir avec leurs enfants. Il y aura un coin où ils pourront jouer avec des camions, des poupées, des Lego, dessiner à de petites tables, lire dans des poufs poire. J'adore cuisiner, mais ce que j'aime avant tout, c'est la pâtisserie. Alors je leur concocterai d'incroyables pâtisseries ou ces petites choses que les enfants aiment, comme le croque au fromage. Ça, je sais que je le fais bien.

Et toutes les deux éclatèrent de rire en se rappelant le premier round du concours.

— C'est génial, comme projet ! Tu as des enfants ? s'enquit Lily.

— Oui, une petite Samantha de deux ans et demi qui est l'amour de ma vie. Son père m'a quittée mais il m'a laissé la plus belle part de lui-même, donc, je suis heureuse. C'est ma mère qui la garde ce week-end.

— Waouh, c'est formidable ! Moi, l'amour de ma vie, c'est mon assistant, mais il me considère juste comme une amie.

Kerry fronça les sourcils.

— Ah non, je ne crois pas ! J'ai vu la façon dont ce type incroyablement sexy te regardait, te parlait, interagissait avec toi. C'est un homme amoureux, tu peux me croire !

C'était aussi ce qu'elle pensait, mais pourquoi Xander était-il le seul à ne pas s'en apercevoir ?

— Peut-être, mais il n'a pas envie de l'être, amoureux, murmura-t-elle.

— Il est difficile de lutter contre ses sentiments. Et il ne pourra pas descendre du train en marche. Tu verras, il s'en rendra compte assez vite. Bon, il est 11 h 30, je vais me concentrer un peu pour le grand moment qui nous attend.

— Merci, à tout à l'heure. Et bonne chance !

— À toi aussi, ma belle, répondit Kerry.

« Il est difficile de lutter contre ses sentiments. »

Elle l'espérait. Du fond du cœur ! Le problème, c'était que, pour un pas en avant, Xander en faisait deux en arrière !

Pour la dernière épreuve, il fallait cuisiner un chili de son choix, et Xander ne doutait pas un instant que c'était dans les cordes de Lily.

Elle affichait un grand sourire, et semblait très concentrée, tout signe de désarroi ayant disparu de ses traits. Elle était bien résolue à l'emporter et c'était précisément cette détermination qu'il aimait en elle. Elle était peut-être blessée, mais elle tenait malgré tout à remporter le titre de meilleure cheffe du Northwest Montana.

— Tu vas l'avoir, dit-il en lui serrant la main, une fois qu'ils furent à leur poste.

— Au travail !

Je t'aime, moi aussi, Lily Hunt. Et il faillit le lui dire à voix haute.

Oh oui, il l'aimait comme il n'avait jamais aimé une femme, et cela le terrifiait !

Assez ! Lui aussi devait se concentrer et être un assistant à la hauteur de cette cheffe exceptionnelle. Et il se mit à émincer les légumes.

À un moment, Kyle hurla sur son assistante qui, au lieu de le laisser tomber, continua à l'aider, impassible. Cette relation ne durerait pas très longtemps, se dit-il.

Puis ce fut au tour de l'autre participante de pousser un petit cri.

— Tout va bien, Kerry ? s'enquit Lily.

— Je survivrai, c'est juste une brûlure.

Et il vit son assistante lui mettre un pansement adapté.

— On peut se concentrer, oui ? s'écria Kyle.

— Oh ! toi, ferme-la ! répondit Kerry.

Finalement, le temps fut écoulé.

Le chili de Lily sentait incroyablement bon. Elle devait gagner. Il le fallait.

Les trois jurés vinrent alors goûter les chilis, prirent des notes…

Bientôt, Hal se présenta devant les postes de travail, les trois membres du jury à ses côtés.

— À la troisième place, Kyle Kendrick, annonça-t-il.

Ce dernier en resta bouche bée.

— Il doit y avoir une erreur ! s'exclama-t-il, furieux.

Hal vérifia ses notes.

— Non. Vous êtes bien à la troisième place, confirma-t-il.

— Vous êtes tous des nuls ! Je m'en vais !

Et il se rua vers la sortie.

— À la deuxième place…

Xander retint son souffle, saisit la main de Lily, la serra très fort…

— Lily Hunt, annonça Hal.

Quoi ? Elle n'était que deuxième ? Il devait y avoir une erreur. Il comprenait la réaction de Kyle. Il regarda Lily qui tenta de lui adresser un petit sourire.

— J'aurais essayé, dit-elle. Deuxième sur presque trois cents, c'est plutôt pas mal, non ?

Il hocha vivement la tête tandis que Hal concluait :

— Et la gagnante du titre est Kerry Atalini !

Les jurés applaudirent et Lily les imita. Puis elle s'avança vers Kerry et la prit dans ses bras.

— Bravo, Kerry ! dit-elle. J'ai hâte de me rendre dans ton café et de regarder les enfants jouer aux Lego tout en savourant tes délicieuses pâtisseries !

— Merci, Lily. On échange nos coordonnées tout à l'heure ?

Lily revint alors à son poste, et on remit son chèque à Kerry.

— J'aurais tant aimé que tu gagnes, murmura Xander en l'étreignant brièvement. C'est toi la meilleure cheffe du monde.

— Au moins, ce n'est pas Kyle le vainqueur.

— Tu as raison.

— On rentre ? J'ai besoin de retrouver la maison.

Ils remontèrent dans leur chambre pour faire leurs bagages.

Xander avait la ferme intention de la prendre dans ses bras et de lui avouer son amour, mais encore une fois, les mots restèrent bloqués dans sa gorge.

— On y va ? demanda-t-elle, son bagage à l'épaule.

— Tu es sûre que ça va, Lily ?

— Mais oui ! Cela ne change rien à mes plans. Lundi, j'irai demander un prêt à la banque et j'ai bon espoir de l'obtenir. J'ai un solide projet à leur présenter.

— En cas de refus de la part de la banque, je te prêterai l'argent dont tu as besoin.

Elle ouvrit grand la bouche et la referma.

— Pardon ? Tu me prêteras dix mille dollars ?

— Oui, car tu es la meilleure et que je crois en toi.

Et que je t'aime.

— Merci, c'est une offre incroyablement généreuse, Xander, mais je pense que je m'en sortirai sans ton aide. Je suis peut-être la Cendrillon de Rust Creek Falls à cause de mon relooking, et si j'espère rencontrer le prince charmant, je ne compte pas sur lui pour me sauver.

C'est bien pour cela que je t'aime, Lily.

Bon sang ! Pourquoi les mots ne sortaient-ils pas, à la fin ?

- 15 -

Le mardi après-midi, Xander, qui n'avait pas revu Lily depuis leur retour de Kalispell, nettoyait les box tout en repensant aux derniers propos qu'elle lui avait tenus avant qu'ils quittent la chambre, tout comme à leurs ébats… Il ferma les yeux pour mieux la visualiser sur ses genoux, dans sa serviette blanche…

— Salut, Xander !

— Knox.

— J'ai croisé Lily en ville ce matin. Elle sortait de la banque et semblait aux anges. Comme si elle avait gagné à la loterie. Quand je lui ai demandé pourquoi elle rayonnait de bonheur, elle m'a répondu qu'elle avait fait une demande de prêt hier et qu'il avait été accepté aujourd'hui.

Il sourit, lui aussi sur un petit nuage. Bravo, Lily !

— Elle a l'intention de se lancer en indépendante en tant que cheffe privée, expliqua-t-il. Et dire qu'elle n'a que vingt-trois ans ! Est-ce que j'étais aussi déterminé, à son âge ?

— À vingt-trois ans, ton principal objectif était de sortir avec le plus de jolies femmes possible, répondit Knox. Donc la réponse est… non !

Xander se mit à rire.

— Oui, c'est bien ce que je me disais. Et c'est aussi

pour cette raison que j'ai sous-estimé Lily… Au fond, je prenais peut-être notre différence d'âge comme excuse.

Knox le regarda un instant avec attention, puis sourit.

— Enfin, tu t'en rends compte ! s'exclama-t-il. Même si tu as eu le cœur brisé à Dallas, tu es retombé amoureux ici au Montana. Et comme cela te déplaisait, tu trouvais tous les prétextes pour te dérober. Éloigner la femme que tu aimes.

Il regarda son frère droit dans les yeux. Knox avait toujours tendance à dramatiser mais, en l'occurrence, il lui parlait du fond du cœur.

— J'aime Lily, avoua-t-il. Je l'aime vraiment.

Il l'aimait de tout son cœur jusque-là barricadé et qui venait, grâce à elle, de se rouvrir à la vie. Ses beaux yeux vifs, sa superbe chevelure rousse et ses adorables taches de son avaient désormais effacé les visages de Britney et Chase dans son esprit. Tout comme l'image de sa mère et son tablier jaune avaient disparu pour laisser place à Lily et ses épices pimentées qui le ramenaient à la maison.

Cette maison, c'était elle qui l'incarnait, désormais.

— Allez, Sa Majesté, donne-moi ta fourche et file la rejoindre, lui ordonna Knox.

Et son frère, d'habitude si sérieux, lui adressa alors un beau sourire.

La fête aurait été plus belle si Xander avait été à ses côtés, mais son absence n'allait pas lui gâcher sa joie, se disait Lily.

J'ai obtenu mon prêt, j'ai obtenu mon prêt, ne cessait-elle de fredonner en boucle dans sa tête.

Elle mit la radio et s'apprêta à préparer son tout

premier repas signé Lily's Home Cookin' pour Vivienne Dalton, qu'elle avait croisée chez Daisy's Donuts où elle s'était arrêtée pour s'offrir un mocha latte glacé, afin de célébrer l'événement. Elle lui avait alors raconté ce qui venait de se passer et Vivienne, après l'avoir félicitée, lui avait commandé un bœuf bourguignon. Son mari et elle étaient si occupés, que Lily's Home Cookin' serait vraiment l'aubaine de leur vie.

Et elle espérait des réactions similaires de la part de nombreux autres habitants de Rust Creek Falls. D'ailleurs, elle avait failli bousculer Knox, en sortant de la banque. Mis au courant de ses projets, il avait tout de suite prédit que les commandes des Crawford la maintiendraient à flot pendant des années.

Ce qui l'avait alors amenée à se demander comment elle pourrait voir Xander presque tous les jours en tant que client, sans devenir folle…

Cesse de penser à lui ! Concentre-toi sur ton bœuf bourguignon.

Elle repensa à Vivienne qui n'avait pas toujours eu de gros moyens financiers. Sans doute était-ce pour cette raison qu'elle avait accepté la proposition de Max Crawford et son million, si elle mariait ses six fils.

Si ce conte de Cendrillon version Rust Creek Falls avait une marraine, c'était bien Vivienne ! Après tout, ne l'avait-elle pas incitée à rencontrer Knox ? Ce qui l'avait conduite à un pique-nique au parc avec Xander…

Même si le conte ne s'était pas bien terminé pour elle, elle sourit en pensant que Vivienne avait imaginé qu'elle, le garçon manqué avec de la sauce tomate sur ses T-shirts, serait en mesure de séduire un Crawford.

Assez ! Elle avait une commande à honorer.

Puis elle devrait penser à la petite maison à louer qu'elle avait repérée dans *Rust Creek Falls Gazette* et qui serait l'endroit idéal pour accrocher sa pancarte « Lily's Home Cookin' » et commencer son activité... Même si la cuisine n'était pas immense, elle n'aurait pas quatre Hunt autour d'elle occupant l'espace et dévorant tout ce qu'elle préparait... au fur et à mesure qu'elle le préparait !

Soudain, on sonna à la porte.

Tout à ses pensées d'avenir, elle alla ouvrir... à Xander, en costume et Stetson.

Il ôta son chapeau d'un geste cérémonieux et déclara :

— Lily, j'ai beaucoup de choses à te dire.

— Je t'écoute.

— Comme tu le sais, je n'ai pas déménagé dans le Montana pour tomber amoureux.

Oh non ! Il n'allait pas recommencer avec son éternel refrain.

— Et pourtant, une fabuleuse garçonne à la crinière flamboyante, talentueuse, passionnée, honnête, drôle et très sexy a surgi dans ma vie sans prévenir, et ses yeux d'un vert étincelant ont pris possession de mon cœur, dit-il d'une traite.

Elle laissa échapper un petit cri et sentit ses jambes flageoler.

— Je pensais n'avoir peur de rien, Lily. Mais depuis que je t'ai rencontrée, je redoutais affreusement ce que je ressens pour toi. Mais tu sais quoi ?

— N... non, parvint-elle à articuler.

— Tu m'as appris le courage. Et j'ai regardé la situation en face : je t'aime bien trop pour te laisser partir.

Il... *l'aimait* ? Il l'aimait !

— Lily, je veux repartir de zéro avec toi, c'est possible, tu crois ?

Elle demeura un instant muette, figée, puis finit par retrouver sa voix.

— Non, on ne peut pas tout recommencer, mais je te propose à la place de reprendre les choses là où on les a laissées, répondit-elle avec un sourire. Donc, où en étions-nous ?

— Sur une chaise. Nus. Dans un hôtel de Kalispell.

— Remarque, on peut peut-être rembobiner le film jusqu'au week-end dernier, recréer cet instant et changer la suite.

— Je signe tout de suite. Mais avant…

Mettant un genou à terre, il sortit un écrin en velours noir et l'ouvrit. Un magnifique diamant y brillait.

— Lily Hunt, veux-tu faire de moi l'homme le plus heureux de la Terre et m'épouser ?

— Oui ! hurla-t-elle de toutes ses forces.

Se relevant aussitôt, il passa la bague à son doigt et prit ses lèvres pour un baiser enfiévré.

— Oui ? répéta-t-il. Pour toujours ?

— Pour toujours.

Quand ils allèrent tous les deux livrer son plat à Vivienne, Lily brandit sa bague. Vivienne poussa un cri de joie, de sorte que son mari arriva en courant… et repartit immédiatement chercher une bouteille de champagne.

Après qu'ils eurent trinqué, Xander proposa de réserver un petit salon au Maverick Manor pour un dîner en amoureux mais, auparavant, ils passèrent au ranch afin d'annoncer la grande nouvelle. Là encore, des bouchons sautèrent et ce ne fut qu'embrassades et tapes dans le dos. La soirée s'acheva comme prévu au Maverick Manor où ils passèrent la nuit dans une chambre de rêve.

— Tu veux que je te dise un secret ? demanda Xander tout en lui tendant une fraise recouverte de chocolat. J'ai eu le coup de foudre pour toi dès notre pique-nique.

— Je le savais, qu'est-ce que tu crois ?

— Je te reconnais bien là… Et si on achetait notre propre ranch en lisière de la ville où tu pourrais accrocher ta pancarte « Lily's Home Cookin' » ?

— Je t'ai dit que je croyais au Prince charmant, n'est-ce pas ? Eh bien, il est devant moi !

Et elle éclata en sanglots.

— Ce sont des pleurs de joie, le rassura-t-elle entre deux hoquets. Je t'aime, Xander. Je t'aime tant.

— Moi aussi, mon amour. À propos, tu sais que j'ai réussi à ouvrir le journal trouvé sous le plancher du ranch ?

— Ah bon ? s'exclama-t-elle, vivement intéressée, alors qu'il le sortait de la poche de sa veste.

— Il raconte une histoire d'amour, dit-il en l'ouvrant. La ou le propriétaire vivait une folle passion avec un certain ou une certaine W. Et lui a écrit : « W, mon amour, je pense et rêve constamment à toi ! J'aimerais tant que l'on soit ensemble. J'espère que ce jour viendra très prochainement. À toi pour toujours. »

— Waouh ! Comme c'est romantique !

— Je te promets de te chérir autant que l'auteur de ces lignes.

— Moi aussi ! Donne-moi ce carnet.

Et elle l'ouvrit à la première page.

Épilogue

Une semaine plus tard, vêtue d'une robe de mariée en satin achetée dans une boutique spécialisée à Kalispell, Lily avançait au bras de son père sur le tapis rouge du centre de loisirs de Rust Creek Falls. Xander et elle avaient finalement choisi ce lieu car ils pouvaient accueillir bien plus de monde que le Maverick Manor. Et ne disait-on pas que plus on était de fous, plus on riait ?

Elle était si heureuse qu'elle avait peur que son cœur explose sous la pression d'un tel bonheur.

Les frères de Xander étaient les garçons d'honneur de Xander, et son père son témoin. Sarah était le sien, et cinq autres amies ses demoiselles d'honneur. Elle leur était si reconnaissante d'avoir pu se libérer alors qu'elles avaient été prévenues au dernier moment. En mémoire du bal d'été, elle avait choisi le rose clair comme couleur pour leurs robes.

Quand ils furent déclarés mari et femme, Xander l'embrassa avec tant de fougue que Dobby et Harry aboyèrent bruyamment, comme pour les rappeler à l'ordre.

La réception eut lieu sous une tente dressée dans les jardins et Max Crawford tint à porter un premier toast. Il expliqua que l'amour qui avait surgi chez les Crawford depuis leur arrivée dans le Montana était le plus beau cadeau que lui avait réservé la vie, d'abord avec Logan et Sarah, et maintenant Xander et Lily.

— Préparez-vous, Knox, Hunter, Finn et Wilder, car votre tour est pour très bientôt, conclut-il avec un grand sourire. Cupidon va vous viser de ses flèches avant que vous vous en rendiez compte.

Sur ces mots, il décocha un clin d'œil à Vivienne Dalton, et tous levèrent leur verre à l'amour. Le vrai, celui qui vous saisit par surprise.

Tout le monde s'avança vers le buffet et le chili que Lily avait préparé en énormes quantités. Elle y avait ajouté des épices des quatre coins du pays pour que chacun y retrouve le sien.

— Mmm, cela me ramène au Texas de mon enfance, décréta Xander après la première bouchée. À la grenouille que Hunter avait mise dans ma chemise. À Logan qui me battait toujours à la course.

Soudain, il changea d'expression.

— C'est curieux, poursuivit-il, l'image qui me vient à présent, c'est toi dans ton jean et T-shirt, avec ton hoodie noué autour de la taille, dans la cuisine du Maverick Manor.

Elle se mit à rire.

— Ça, c'était dans le Montana, monsieur mon mari !

— Qui est désormais mon chez-moi, car tu y habites, Lily Crawford.

Les invités tapotèrent alors leur verre avec une petite cuillère pour inciter le marié à embrasser de nouveau la mariée.

Sous le soleil radieux de la fin août, Xander lui donna un baiser mémorable. Chacun avait trouvé son havre de paix et d'amour en l'autre, pensa-t-elle, ivre de bonheur.

Vous avez aimé *D'amie à amante* ?
Retrouvez sur Harlequin.fr
les autres frères Crawford !

1. *Le père idéal* : Logan
2. *D'amie à amante* : Xander
3. *Un diamant au ranch* : Knox
4. *Enceinte de son rival* : Finn
5. *Une famille pour Merry* : Hunter
6. *Père pour Noël* : Wilder

Retrouvez prochainement,
dans votre collection

PASSIONS

Les flammes de la passion, de Sheri WhiteFeather - N°1043

SÉRIE : LIAISONS À LOS ANGELES 1/2

C'est décidé : Margot va mettre un terme à la liaison qu'elle entretient avec son ex-mari Zeke ! Bien que ses baisers langoureux la fassent fondre, leur relation est dans l'impasse. Parce qu'elle est une célèbre actrice, Margot vit sous le feu des projecteurs, tandis que Zeke aspire à une vie tranquille. Surtout, il y a Liam, le petit garçon qu'elle vient d'adopter, et auquel elle veut pouvoir se consacrer sans imaginer à chaque instant que Zeke pourrait faire partie de leur famille…

Amis et amoureux, de Sheri WhiteFeather

SÉRIE : LIAISONS À LOS ANGELES 2/2

Bailey et Wade étaient de simples amis au lycée, mais une réunion d'anciens élèves les entraîne sur la piste de danse… et dans un lit. Bailey entame alors une liaison sans attache avec l'ancien rebelle devenu milliardaire. Pas exactement le *happy ending* qu'elle espérait… En effet, troublée par les tendres sentiments que Wade éveille en elle, Bailey craint d'avoir le cœur brisé quand viendra l'heure de se séparer…

La proposition de l'héritier, de Niobia Bryant - N°1044

Bobbie, détective privée de renom, a bouleversé la vie de Lincoln en lui révélant qu'il était l'héritier de Phillip Cress, un riche homme d'affaires à la tête d'un empire culinaire. Alors qu'elle pensait en avoir fini avec son enquête et cet homme exaspérant, voilà qu'elle le retrouve à New York quelques mois plus tard. Et sa surprise grandit encore quand Lincoln lui propose de jouer le rôle de sa petite amie auprès de sa nouvelle famille…

Troublée malgré elle, de Kerri Carpenter

Grace doit faire équipe avec Xander pour préparer le mariage de leurs meilleurs amis. Un seul problème : ils ne cessent de se disputer ! Pourtant, Grace doit bien l'admettre : malgré son arrogance, Xander l'attire au plus haut point ! Et quand un baiser troublant les transporte, Grace se surprend à espérer voir leur étreinte se prolonger encore…

Dans le lit du play-boy, de Katherine Garbera - N°1045

SÉRIE : UN MARIAGE À NANTUCKET 2/3

Créatrice de bijoux, Danni a besoin d'un mentor, pas d'un amant ! Alors que le mariage de son amie était l'occasion parfaite pour rencontrer Leo Bisset, son rival en affaires, et lui demander des conseils pour lancer son entreprise, voilà qu'elle a passé la nuit avec lui ! Une nuit de rêve mais dont elle mesure aujourd'hui la folie. *Jamais* elle n'aurait dû mêler travail et plaisir…

Sous le charme de Spencer, de Brenda Harlen

Kenzie était éperdument amoureuse de Spencer lorsqu'elle était adolescente, avant qu'il quitte leur petite ville de Haven, dans le Nevada. Or – surprise ! – le champion de rodéo est de retour, accompagné par sa fille de quatre ans. Si Kenzie ne tarde pas à retomber sous le charme de son premier amour, elle reste sur ses gardes. Pas question pour elle d'avoir le cœur brisé une seconde fois…

Un séduisant célibataire, de Karen Booth - N°1046

SÉRIE : SCANDALEUSES RÉVÉLATIONS 2/3

Les intentions de Taylor sont tout sauf romantiques quand elle gagne une soirée avec Roman Scott à une vente aux enchères. Ce qu'elle veut, c'est approcher le séduisant hôtelier afin de solliciter ses conseils pour le lancement de son hôtel. Hélas, elle perd vite son objectif de vue, en succombant au plaisir entre les bras de Roman. Un moment d'égarement qu'elle regrette d'autant plus que le sulfureux compte « Petit Carnet Noir » menace bientôt de le dévoiler…

En souvenir de nous, de Jessica Lemmon

La tentation. Voilà ce qui réunit Vic et Aubrey, sa trop charmante ex-petite amie. Mais quand, le lendemain, cette dernière est victime d'un accident et perd en partie la mémoire, leur relation devient plus ambiguë encore. Parce qu'elle a tout oublié de leur rupture, le rancher décide de jouer le jeu pour ne pas la brusquer. Une comédie dangereuse, car tout en comprenant qu'il aime encore Aubrey, Vic se demande comment elle réagira le jour où les souvenirs lui reviendront…

Ce fils dont tu ne sais rien, de Cat Schield - N°1047

Harcelée par sa belle-famille – qui menace de lui retirer la garde de Dylan, son fils de dix-huit mois, si elle ne renonce pas à son héritage –, Savannah comprend qu'elle n'a plus le choix : elle va devoir accepter la protection que lui propose Trent, son ex-fiancé. Trent, qu'elle a toujours passionnément aimé, mais qu'elle a quitté deux ans plus tôt sans lui dire qu'elle attendait un enfant de lui...

Rival et amant, de Michelle Celmer

Comment Roman ose-t-il revenir dans sa vie pour lui demander une seconde chance? Pour Grace, il est absolument hors de question de renouer avec le détective privé, qui s'est odieusement servi d'elle pour détruire sa famille dix ans plus tôt. Pourtant, chaque regard que Roman lui lance la bouleverse. Au point que, bien qu'elle s'en défende, Grace se surprend à douter. Est-elle en train de commettre une terrible erreur en le repoussant?

Un époux sous contrat, de Joanne Rock - N°1048

Depuis qu'elle vit avec Quinn, Sofia est perdue. Car, à force de côtoyer cet homme très séduisant, elle en est arrivée à la plus inattendue des conclusions : il est le prince charmant dont elle a toujours rêvé! Hélas, il ne s'agit entre eux que d'un mariage de convenance lui permettant à elle, danseuse étoile au ballet de New York, de repousser ses admirateurs les plus insistants. Malgré leur formidable entente, jamais Quinn ne partagera ses sentiments...

Coup de foudre au Texas, de Jules Bennett

Frappée par un coup de foudre pour Colt Elliott, Annabelle est désemparée. Cet homme est son ennemi, celui qui a ruiné son père! Si elle lui fait face aujourd'hui, c'est pour lui demander d'annuler une dette de jeu – une hypothèque sur leur maison de famille. L'enjeu est trop grand pour abandonner la lutte. Annabelle doit se ressaisir. Sur-le-champ.